m

—————— 阅读之前 没有真相

见鬼的爱情

雷钧 著

新 星 出 版 社 NEW STAR PRESS

目 录

第一章　上楼梯的时候

这是一条很长的大街。或许，它本身并没有那么长，只是由于两头的景物模糊，才会引起某种不见首尾的错觉罢了。

我站在大街上，面前是一幢九层高的老居民楼。大楼的外墙刷成了阴暗的灰色，仿佛一个巨大的水泥箱子。箱子的正面可见一排排整齐的缺口和突起，无一例外都笼罩在粗壮的防盗铁丝网下，是容易令人产生不安全感的窗户和阳台。

在二十世纪末，城市里像这样的居民楼可谓鳞次栉比、随处可见，并没有任何值得大惊小怪的地方。但对我来说，眼前的这幢大楼却是特别的，因为我家就住在这里的顶层。

许多类似的居民楼都建成了九层，这当然不是什么巧合。因为根据当时的规定，十层或以上的楼房就必须安装电梯，对于普通的居民楼而言，那无疑太奢侈了。

而这就意味着，我要回家就必须爬上八层的楼梯。

楼梯是当时常见的设计：相邻的楼层之间分为方向相反的两段，中间的拐弯处做成一个小平台。这些平台位于楼门的正上方，紧靠大楼的外墙，下半段是普通的墙壁，到了齐胸高的地方，则用砖头和水泥砌出一道花瓶状的栅栏，以作采光之用。一些讨人嫌的住户，往往随手把垃圾丢弃在这里，弄出一股恶心的气味来。

我家的这幢楼有一个特别之处，进楼的大门并不朝向大街，而是在大楼的一侧，经过一条狭窄的通道才能走进去。旁边紧挨着另一幢五层高的居民楼，两座楼犹如热恋中的情人一般，亲密得几乎不留半点儿缝隙。

这么一来，在五楼以下的楼层，原本可以照亮楼梯中平台的阳光，便会被旁边的大楼阻隔。因此，即使是在烈日当空的正午，楼梯间里也永远是一片黑暗。

我不情愿地走进那条狭窄的通道，沉默的阳光从我的头上和肩膀上滑落。步入大楼后，周遭一切都变得悄无声息，连我自己的脚步声仿佛也被吞噬了。

为了照顾我们这些只能活在光明世界的人类，楼梯间里有一盏永远都亮着的灯——准确地说，也不过是一个孤零零的十五瓦灯泡罢了，在黑暗面前显得相当力不从心。微弱的光线照亮了侧面墙上几排密密麻麻的老式信箱，每个墨绿色的铁皮箱子上都开着一大道口子，活像是一张张倒吊着的人脸。

我忐忑地从这群龇牙咧嘴的家伙身边走过。双目死死直视前方，不敢与之对望，生怕它们随时便要朝我扑来。

正前方的墙上画了一道红色的油漆，在白色的墙面上显得极为醒目。是阿拉伯数字的"1"，表示这里是一楼。

拐过一百八十度的弯后便开始上楼梯。两段楼梯各有十级台阶，因此相邻的两层楼之间总共是二十级台阶。爬上这二十级台阶以后，正面墙上的数字便变成了"2"。

二楼的灯光要比一楼更加昏暗。或许，这是由于并不需要照亮信箱，以方便人们拿报纸的关系。

这幽幽的楼梯间看了直叫人心里发毛，于是我开始一步跨上两级台阶，一心只想快些逃离这里。

但问题是，根本无处可逃。即使登上三楼后，那儿的灯光也是同样瘆人。然后是四楼……四楼没有灯。

似乎一直以来，四楼就是没有灯的。不过，通往三楼的楼梯拐角处仍能透出些微灯光，而通往五楼的楼梯拐角处同样会有微弱的阳光照射进来，倒还勉强可以视物而不至于跌倒。大概，这也是四楼并未开灯的原因。

我当然不是头一回走这条楼梯，因此对于这里莫名的黑暗，应该说早有思想准备。然而，这却丝毫无助于化解我对四楼的恐怖。

在中国人的观念里，"4"从来都是一个不吉利的数字，那无疑是因为跟"死"谐音的关系。只要情况允许，人们会尽量选择那些不含"4"的电话号码或是汽车牌照，以免招来厄运。而近年来新建的高层大楼，精明的房地产商通常也会刻意回避四楼或十四楼，三楼的上面一层直接便是五楼，否则的话，带"4"的楼层往往无法获得理想的售价。

不过，在我家这幢居民楼落成的时候，房子还不是能够在市场上自由买卖的商品。由于没有背后的利益驱动，四楼也就自然被保留下来了。

"那真是大错特错啊……"在无奈地踏上那可怕的四楼时，我暗忖。

墙上是叫人触目惊心的红色数字"4"，在这不彻底的黑暗中，显得格外有立体感。当初大楼竣工，在进行楼层编号的时候，恐怕是当时施工的师傅一不小心多蘸了油漆，结果油漆便沿着墙壁一路垂直流下，犹如淋漓的鲜血，形成了一个极为诡异的"4"。

但是……好像还有什么地方不太对劲……似乎，那红色的液体，竟然还在往下流动？！

那当然是绝不可能的事情！这楼建成至少已经十几年了，不管怎么说，这油漆早该彻底干了才对！

我猛地一甩头，试图不去看那缓缓淌下的红色，以为这样便能驱散心魔。但墙上的数字竟像会动一般，无论我的脑袋转向何方，依然无比清晰地映入眼帘。仿佛我的视线是两根能随意伸展扭曲的光纤，末端被牢牢粘在了墙上，丝毫挣脱不得。

一阵腥味隐约飘来，的确是血，这不是什么错觉。那个象征着死亡的数字，就像一个正在融化的鲜血冰淇淋，竟真切切地一滴滴滑下来了。

陡然遭逢如此异变，对于任何头脑正常的人来说，大抵都只会有一个念头——跑！至于心胆俱裂之际，双腿是否还能受大脑控制，则另当别论了。

我倒还是出奇地镇定，仿佛这种事情已经不是首次发生。此地自然不宜久留，这是毫无疑问的。但另一个问题却接踵而至，该往哪儿逃？——继续上楼吗？还是转身冲回楼下呢？

假如时间允许的话，这将会成为一个很有意思的辩论。往上的话，只要再爬上一两层，楼梯间里便将是一片阳光明媚。然而，倘若那个邪门的"4"字——抑或是藏在它后面的某种更可怕的东西——追将上来，我却是再无退路。而假如选择回头往下走，只要能顺利冲出这座诡秘的建筑，回到大街上便可以算是逃出生天。问题是在这之前，还必须经过阴森森的三层楼梯，天知道有没有什么玩意儿正在守株待兔。

无论如何，此刻根本没有思考的余地。当我反应过来时，双脚已经在下意识地往五楼狂奔的途中——没有什么道理，大概只是由于往上的惯性罢了。

说来也怪，当五楼的第一缕阳光照耀在我的脸上时，那个滴血的"4"字一下子便从眼前消失了，就好像我的视线终于被松了绑。

我忍不住瞥了一眼墙上的"5"字，也是毫无异常之处。

当然，只有那些最愚蠢的家伙，才会因此便掉以轻心。事实上，我脚下仍丝毫不慢：像个兔子般用力一跳，一步便跨上了四级台阶，下一步借力再跨上三级台阶，然后又是三级——于是只消三步便登上了半层楼。

就这么一口气往上直蹿了三四层，我已经是上气不接下气，不得已只好慢了下来。毕竟全速奔跑着上楼梯，可是件极度消耗体力的事情。而且这时四周早已是一片光明，恐惧的情绪不禁已消去了大半。透过楼梯拐角的栅栏，外面如火的骄阳正高悬于天空，刺眼得教人不敢直视。

我壮起胆子，回头朝楼下张望了一阵，并不像有什么东西要追来的样子。

于是这才略略放下心来，不自觉地又放缓了脚步。累得气喘吁吁，我几乎是扶着墙在半走半爬。就这么艰难地挪了几层楼，呼吸才总算平复了些。

忽然一阵寒意袭来，仿佛外面正有一片乌云掠过。我急忙回头看，仍是万里晴空，太阳欢快地散发着金灿灿的光芒，只是落在身上却不觉丝毫温暖。

那种惴惴不安的感觉依旧挥之不去。我试图安慰自己，只是单纯的心理作用吧。

又继续上了一层楼，我却突然领悟到问题出在哪儿了。

不可思议的事情是在四楼发生的。我被吓到后，便拼命往上跑了三四层楼，然后因为气喘不过来，不得已又慢慢走了三四层楼……

可是……可是，这是一座只有九层高的建筑物啊？！

从四楼开始，我起码已经爬了六层楼——那样的话，我至少应该已经来到这座居民楼的天台了。

然而摆在眼前的事实是：一成不变的狭窄楼梯间，楼梯分作方向相反的两段，每段十级台阶，中间的拐角处是朝向楼外的栅栏。朝上的楼梯静静地铺在脚下，也就是说，这里甚至还不是顶楼。

为什么会这样？我……我糊涂了。

冷静点儿，让我好好想一想。也许，只是由于刚才过于紧张，以至于对走过了几层楼也数不清楚罢了，并没有必要大惊小怪。

要是那样的话，我现在究竟是走到了哪一层呢？要知道这个答案，似乎是件要多容易有多容易的事情。

我下意识地抬头，脑袋里顿时"嗡"的一声，变得一片空白。

因为，在我以为能看到一个熟悉的红色数字的那面墙上，此刻同样是教人绝望的一片空白！

空空如也的墙壁一侧，是走廊的入口，通往后面的各个单元房。这让我又想起了一件事来。平日里的这个时候，空气中早已弥漫着各家各户烧菜做饭的气味，倘若谁家炒了辣椒，更是呛得人眼泪直流。电视里动画片的配音，与女人扯着嗓门的斥责声交织在一起，合奏出一段不和谐的旋律。

但此时此刻，楼梯间却如同午夜的墓园，死一般的寂静；空气中分辨不出任何气息，仿佛这里根本就是一片真空。似乎除了视觉，我的听觉和嗅觉也一并出了问题。

当然，还有另外一种可能性存在——出于某种原因，除了我以外，这幢大楼里的其他人都消失不见了。

犹如一个扯线木偶，被不知道什么人用看不见的细线牵引着，我不由自主地迈开步子，往上又走了一层。举目望去，墙上仍没有显示楼层的数字。看着这空白一片的墙壁，我竟有种不出所料的感觉，却说不上来什么缘故，只是哭笑不得。

楼梯间的模样，与方才的那一层亦毫无二致。十级由水泥浇注而成的台阶，依旧固执无比地指向上方。

到了这个地步，眼前的一切显然已经不能按常理来解释了。尽管如此，周围却仍是风平浪静，令人察觉不到任何危险。本来，我是应当感到害怕的，然而却没有任何值得害怕的对象存在。倒是这咄咄怪事实在过于匪夷所思，远远超出了我的理解范畴，竟令我不禁恼怒起来。假若现在从楼道里转出一个鬼来，我暗想，兴许反而是一种解脱。

只是不要说鬼了，连阴恻恻的过堂风也没有一丝。我只觉得胸中积郁难当，忍不住放声大吼，却听不见自己的叫声。我如同着了魔一般，一步跨过三级台阶，赌气般地朝楼上冲了上去。

我只管一路低头狂奔，只见一级级台阶在脚下不断流逝，也不知道拐了多少个弯。这楼梯却像是个莫比乌斯纸圈①一般，俨然全没尽头。

直至我强迫自己去思考这个问题：跑了这许久，为什么没有感到喘不过气来呢？

一念想间，步伐也就自然慢了下来。这么一来，我顿时在脚下找到了原因，立刻又惊得浑身汗毛直竖——不知不觉间，这楼

---

①莫比乌斯纸圈是一种单侧、不可定向的曲面。将一个长方形纸条 A B C D 的一端 A B 固定，另一端 D C 扭转半周后，把 A B 和 C D 粘合在一起，得到的曲面就是莫比乌斯纸圈。

梯竟然变成朝下的了！

与上楼相比，下楼当然是要轻松得多的。

我呆呆地看着脚下的楼梯，感到一阵剧烈的晕眩。

地面上是一段长长的影子，一直延伸到前方的墙上，扭曲成了一个滑稽的形状。毫无疑问，这是我自己的影子：我抬脚，地面上的影子也跟着抬脚；我举手，墙上的影子也同样地举手；我又晃晃脑袋，可是影子却没有做出反应——这是由于头部的位置比较高，影子投射到花瓶状的栅栏上面，看不见了。

似乎，还是有某个不对劲的地方。怎么回事？我绞尽脑汁地想。

栅栏……影子……光……啊，对了。

楼梯拐角处的栅栏是采光用的。光线从大楼外面照进来，我的影子便应该跟栅栏的方向相反才对，无论如何，也不会映在栅栏的这面墙上。

会造成这种现象的原因只可能有一个：造成影子的光源，并非来自大楼外面，而是来自我身后的某个地方。

再仔细看那面墙壁。果然，不知道什么时候，栅栏外面已是一片漆黑。灰蒙蒙的影子被包裹在一片昏暗的黄光之中，仿佛是个被囚禁了的灵魂。

我缓缓回头，在身后半层楼以上的地方，亮着一盏孤零零的灯。

但我无暇理会那个可怜巴巴的发出微弱光线的十五瓦灯泡，因为，我的注意力已经完全被旁边的东西吸引住了。那好像是一张张倒吊着的人脸，墨绿色的脸上裂开了一大道黑漆漆的口子，仿佛正要张嘴噬咬。

那是一排信箱。

装设在一楼的那些信箱。

当然，这幢楼是没有地下室的。但是，我现在却站在了一楼的下面，而且，还有楼梯通往更下面的地方。

那是什么地方？我转过身来，却发现刹那之前还在那儿的墙壁和栅栏，此刻俱已消失得无影无踪。

眼前就只剩下一条无穷无尽的楼梯，在昏暗的灯光照射不到的地方，便汇聚成一片漆黑。好几百级，不，至少有数千级的台阶整齐地排列着，似乎一直要通往地狱的最深处。

蓦地，好像被一股电流击中了后背。我双脚顿时一软，再也站立不稳，一个倒栽葱便从楼梯上摔了下去，径直跌进那无止境的黑暗之中……

我忽然从黑暗中惊醒过来，发现自己以一个奇怪的姿势躺着，并没有继续往下掉。脑子混乱不堪，一时间还无法转过弯来。

周围是一片伸手不见五指的漆黑。我使劲儿揉了揉眼睛，依旧无法视物，却发现脑门儿上满是汗水。

身旁忽然一阵窸窣，像是有什么东西在动。我登时警觉，一骨碌便坐起身来。

只听黑暗中传来一个年轻女子的声音，迷迷糊糊地说道："……恪平，做噩梦了？"

这声音极为耳熟，一下子把我从噩梦的边缘拉回了现实。我逐渐记起来了，今天晚上甘芸刚好是到我家里来，后来也自然留下来过夜了。

甘芸是个年轻的女孩子，大学毕业还不到两年，目前在一家旅行社做文案设计。差不多半年前，我在一个朋友的聚会上偶然认识了她。

"呃。"我一边含糊地回答，一边摸索着打开了床头的落地灯。米黄色的灯罩内顿时充盈了柔和的光线，但比起原本的一片漆黑，仍然显得有些刺眼。一旁的甘芸忍不住抬手挡住了脸，又咕哝了一声表示抗议。

我呆呆地坐在松软舒适的床上，大口大口地喘着粗气，随手抹掉了额头上的汗珠。眼睛适应了灯光以后，才发现不光是前额，连胸口和手臂都冒出了点点冷汗。

"没事儿吧？"甘芸也清醒了过来，柔声问道。

"嗯，"我艰难地回答，"就是做了个梦。"

"乖乖，不要害怕了哦……"她柔声笑道，一边安慰地轻拍着我的肩膀。"哎呀，怎么身上这么多汗？"

"不要紧的……"我握住了她的手。

"不行！"她一下把手抽了回去，竟像个大人那样教训起我来，"等着！我给你拿条毛巾去，赶紧擦干，不然会感冒的。"

甘芸穿上睡衣，就像是一只粉红色的猫，灵巧地跳下了床。我看着她跑出房间，心想跟睡衣上那可笑的 Hello Kitty 图案相比起来，还是里面包裹着的东西更值得欣赏。

"这么大的人了，"女孩的声音在门外响起，"居然还会半夜做噩梦吓醒的啊……"话音刚落，甘芸已回到了床边，手里拿着一条毛巾。

"你最近的工作压力是不是太大了？"她一边替我擦掉身上的汗水，一边喃喃道，"因为那个变态的案子……"

"啊。"我敷衍着。现在我最不想提起的，就是那个案件的事情。

"好了。"她收起毛巾，"睡吧？明天一早还上班呢。"

我顺从地躺下。甘芸替我盖好了被子，把灯关掉，自己从另一侧爬到了床上来。我搂住她的肩膀，顺手便解去了她衣服上的扣子。她乖巧地缩进了我的怀里，温润柔软的胸脯紧贴着我的身体。

　　"那个，"她忽然小声道，"你到底梦见什么了？"

　　"没什么，是我小时候在老家的那幢房子，我在大楼里不停地上下楼梯，没完没了地跑来跑去……"

　　"哦……"

　　这回答是如此无趣，我轻抚着甘芸光滑的脊背，感觉她好像已沉沉睡去。

　　不过我没有告诉她的是，一个星期以来，我已经做了三次几乎完全相同的梦了。

第二章　警察局的大夫

市公安局有一条不成文的规定：不论是谁，在局里都只能喝咖啡。

因为只有这种具有浓烈苦味、能使神经系统进入兴奋状态的褐色液体，才能突显这些精英干警们的冷酷气质。假如，你的饮料是可乐、橙汁、茉莉花茶之流，会遭到同事们的白眼不说，你也不好意思说自己是在市局上班的。

绝大多数的人——包括局长大人在内——都喜欢喝三合一的即溶咖啡。这种廉价的袋装粉末在食堂和茶水间里免费大量提供，从来没有断货的时候。至于小部分比较讲究的家伙，附近也有好几家风格各异的咖啡店，给他们提供更加新鲜浓郁的口味。

唯独曾枫是个例外。他既不喝局里的即溶咖啡，也甚少光顾那些小店。毫无疑问，曾枫拥有局里最好的一间办公室，不但比局长办公室还要宽敞，而且拥有整个市局大楼里首屈一指的视野。洁净明亮的窗户正对着圣月教堂的尖顶——花岗岩的十字架在蓝天下巍然耸立，连受难的耶稣雕像都清晰可见。这座从殖民地时期遗留下来的双塔哥特式建筑，以其华美的身姿，让外地来的游客们流连忘返。而后来围绕教堂建成的中央公园，则明确定义了这座城市的中心所在。

圣月教堂的前方是一大片绿油油的草坪。眼下正值春天，草地上早已遍布各种黄白色的不知名小花，倘若仔细寻找，还能在草丛中发现几个湿漉漉的小蘑菇。几年前，曾经发生过游客误食这些野生蘑菇导致食物中毒的意外，自此之后，一块醒目的警示牌便在草坪边上竖立了起来。

一对情侣模样的年轻人正在做野餐前的准备：男人刚把一块格子桌布在草地上铺平，几个小学生忽然一阵风般地掠过，又把桌布掀起来一角。孩子们望着空中的风筝，纵情地大声嬉笑，丝毫没有注意到男人的怒目而视。草坪在教堂一侧形成一个小山丘，山顶上尽是苍翠茂密的树林，叶影之间依稀闪动着无数亮芒，那是来自山丘后雉湖的粼粼波光。

我站在窗前，无比羡慕地欣赏着窗外的景致。旁边的窗台上，摆放着一整套精致的咖啡冲调器具：磨粉机、压滤壶、电磁炉还有开水壶。曾枫正在一丝不苟地测量热水的温度，然后将水注入滤壶，其手法极为细致。

"每个来找我的人，"曾枫手上一边有条不紊地操作，一边愉快地说，"我都会先给他们泡杯咖啡。这样有助于舒缓他们的紧张情绪。"

"用不着那么麻烦吧？只要在这房间里待五分钟，不管多紧张都能平静下来了。"我转过身来，环视这个堪比五星级酒店套房的办公室，实在无法掩饰语气里的嫉妒。室内的陈设简洁明快：高高的天花板以及米色的墙壁，恰如其分的绿色植物点缀着房间的各个角落，令人感到心旷神怡；大门与窗户遥相对望，旁边的楠木衣帽架上正挂着一件白大褂；侧面的墙上是一排富有现代感的铝合金书架，除了一些书籍以外，还摆放着许多造型奇特的装饰品；房间的正中则被两张对向摆放的二人座真皮沙发所占据，中间隔着长方形的玻璃茶几，底下铺了一张硕大的土耳其地毯——沙发摆放的方式虽然略为奇特，但由于房间足够宽敞，反而显得艺术感和个性十足。

"这房间多大？至少得八十平方米吧？"

"唔，差不多吧。"曾枫回过头来，手里已端着一杯热气腾腾的咖啡。"当然，肯定没有你那边地方大了。"

"可是我那儿人也多啊！"

曾枫稍稍一愣，随即莞尔一笑，把咖啡放到了茶几上。

"这倒也是。"他指向沙发，做了一个"请坐"的手势。"不过，只是最近才人多起来的吧？"

"那当然。要是一直这样，上头还不得早疯了啊……"

我顺从地坐下，双手一摊，慵懒地躺进沙发的靠背，顿时感觉就像是婴儿落到了母亲的怀抱中。

曾枫显然注意到了我脸上异样的神情，笑问："怎么样？坐着还舒服吗？"

"太棒了！"我喊道，"我要在家里也弄一张！这沙发是哪儿买的，多少钱？"

曾枫居然真的说了一个数字，于是我马上就打消了购买的念头。

"每年的那么点儿预算，原来都落这儿来了！"我忿忿不平道。

"治疗心理创伤最关键的一点，就是要让患者的精神完全放松。"曾枫轻描淡写地说，"所以有必要把环境布置得舒适一些，这属于医疗方面的需要。"

"那也不必用三人座的长沙发吧？"如果是单人座的沙发，价格应当能低一半。

"在正式的治疗中，我会要求患者完全平躺，也是为了放松精神。事实证明，这沙发比病床的效果要好得多。"

"但为什么一买就是两张呢？"

"哎，"曾枫耸耸肩，在我对面坐了下来，"这样看起来比较美观嘛。"

曾枫所从事的工作，正式的名称叫作警察心理治疗师，顾名思义，也就是警察的心理医生。其工作性质，与一般的心理医生并没有太大差异，但属于警察编制，治疗对象也仅面向警察系统内部。近年来，关于警察人群的心理健康问题越来越受到社会关注，有些国家甚至制定了法律，强制警员必须接受定期的心理辅导。

而在中国，目前像曾枫这样的专业心理治疗师仍是屈指可数，远远无法满足需求。因此，只有那些经历了重大事件，被认为遭受高度心理创伤的人员，才会被安排接受心理辅导。比方说，曾在车祸现场目睹了支离破碎的死者残骸的交警，从浓烟大火中死里逃生的消防员，或是初次开枪击中疑犯的刑警，等等。即便如此，也已经足以令曾枫这诊室每天门庭若市，应接不暇。

"总而言之，"曾枫在手中摊开一个笔记本，随手在上面写了些什么，"连续几天晚上，你都做了一个内容相同的噩梦，对吧？"

"不是连续几天晚上，"我较真地说，"差不多是隔天晚上，有时候隔两天也说不定。"

毕竟不管多忙的人都要吃饭。曾枫与我年纪相仿，又同在一个单位工作，私交还算不错。今天恰好在食堂里碰上，于是便在一起吃了午饭，餐桌上的闲聊之中，无意间又谈到了昨晚上做的怪梦。我原本以为无非只会引来一阵嘲笑，没想到心理医生竟显出十分感兴趣的样子，连水果也不吃了，径直把我拉到了他的办公室里来。

"那么，"曾枫完全无视我的纠正，"咱们就来谈谈这个梦的内容吧，把你所记得的所有细节，尽量详细地描述一遍。噢，对了，先把你的手机关上。"

"啊？为什么？"

"这可算是一次正式的心理诊断，必须在没有外界干扰的前提下进行。"

"那我调成震动不就好了？"

"不行，必须彻底关机。"

"别开玩笑了，在这种节骨眼儿上，万一有紧要事找我怎么办？"

"不会占用你多少时间的。"曾枫不容置疑地说。"何况，杨恪平，这可是为了你自己的精神健康着想啊。如果不是考虑到现在这个案件可能对你造成一些影响，我才没有这工夫来多管闲事呢。你现在算是我的病人，可别太不识好歹了。"

我屈服了。于是不情愿地掏出手机，在按下关机键的瞬间，突然有一种即将会有来电的不祥预感。我连忙暗自祈祷那不要成真，但心头的阴霾却仍然挥之不去。

"很好。"曾枫满意地点着头，"那么，首先请描述一下梦里的场景，记住要尽可能地回忆更多细节。虽然吃饭的时候我已经听你讲过一遍梦的内容，但那不能算正式的诊断过程。"

"是不是我还得躺下来，那样才够正式？"我阴阳怪气地说。

"我倒认为没有这个必要，"不知道这家伙是过于迟钝，以至于没听出来我话里嘲讽的意味，还是只是在故意装傻，"不过要是你觉得躺着更舒服的话，那躺下来也无妨。"

那一本正经的样子让人感到哭笑不得。我放弃了争辩，默默开始回忆，让梦里的画面再次在脑海中重现。

　　"我梦见了自己小时候的家——我是指，我家那幢大楼的楼梯间。那是一幢九层高的老式居民楼，每层楼梯分成两段，每段十级台阶，中间是一个拐角，拐角的平台上有朝向外面的栅栏……哦，一开始我是在楼外，然后才走进了楼梯间。"

　　"不错，"曾枫夸奖道，"记得很清楚嘛。"

　　"毕竟这梦已经做过好几遍了。"

　　"说的也是。我有一个问题——你说是'小时候的家'，准确地说，你住在那座大楼里，具体是在什么时候？

　　"具体吗……我四岁的时候，我家就搬到那个房子里去了，那是一九八二年。然后一九九六年我上了大学，便搬来了这边市里，之后就没有在老家住了。"

　　"也就是说，那几乎是二十年前的事情了。"

　　"是的。"

　　"后来，你还经常回去吗？"

　　我认真地想了想，然后摇摇头。

　　"只是大学的时候还回去过几次吧。差不多十年前，我父母把那个房子卖掉了，也就没有再回去的理由了。"

　　"嗯。那么，在梦里的你是什么样子的？我的意思是，梦里的你就是现在的你吗？还是小时候的你？"

　　我不由得愣住了——这么一说，我还从来没考虑过这个问题。在梦中，我相当肯定地认为，我仍然住在那座居民楼里。但除此以外，无论是记忆、知识或是思维方式，似乎都与现在成人的自己无异。我清楚地记得，在梦里走上四楼的时候还曾经想到过，如果是新建的大楼，也许便不会编排四楼了。这当然是只有经历了商品房时代的这个"现在的我",才有可能想到的。

我直接说出了这些情况以及自己的想法。曾枫点点头,大抵是表示同意,然后在笔记本上记录了下来。

"好,请继续。"

我自然只能遵命。曾枫一丝不苟地聆听,不时作一些笔记,但大部分时间则是直勾勾地盯着我的眼睛。除了偶尔给出一些指示之外,完全是一言不发,其专注的样子令我不由得有些慌张。

事实上,这只是一个关于上楼梯的噩梦,粗略估计,也就是十五分钟的事情。我曾经在网上读到过一篇科普文章,大意是人类在做梦时的思维是跳跃式的,所以在梦里感到经过了的时间,大约是实际做梦的时间的二十倍左右。这么算来,我其实只不过做了短短几十秒的梦,但此刻却用了将近一个小时才讲完。因为口干舌燥,我端起面前的咖啡一饮而尽,咖啡已经彻底凉掉了。

平心而论,这咖啡并不怎么好喝。

在再次确认我没有别的补充了以后,曾枫把笔记本翻了一页。"下面,我将会进行一系列与你相关的陈述。对于我所说的每一句话,请依照你同意的程度打分,五分代表完全同意,零分则代表完全不同意。"

他刻意停顿了一下,然后说道:"你已经明白这个打分规则了。"

"五分。"我立即敏锐地回答。

"非常好。"曾枫笑道,"最近一个月以来,你总是感到疲倦。"

"三分。"

"你认为,你从事的工作具有重大意义。"

"五分。"

"昨天入睡之前，你度过了一个愉快的晚上。"

"三……不，四分吧。"脑海中突然浮现出甘芸那充满青春活力的身体，让我不由得提高了分数。

"对你来说，工作是一件有趣的事情。"

"嗯……三分。"

接下来曾枞又说了一些在我看来毫无关联的事情。大概是为了建立参考坐标系，我如此猜测。

"你梦见的大楼，完全反映了现实中那幢大楼的样子。"

"五分。"

"每次做这个梦的时候，梦的进程是完全一样的。"

"……四分。"犹豫之后扣掉了一分。昨天晚上在梦里，似乎隐约记得之前便做过一样的梦。那样的话，应该算不上是"完全一样"吧。

"对于鬼怪一类的东西，你感到十分害怕。"

我笑了，仿佛是个恶作剧被发现的孩子。

"五分。"

令我惊讶的是，曾枞竟然并不显得惊讶。他合上了笔记本，随手扔到了茶几上。

"这算是结束了？"我试探着问。

"是啊，必要的信息已经收集完了。"

"那，结论呢？为什么我会连续做那样奇怪的梦？"

"别着急，我有一个好消息和一个不算太好的消息，你愿意先听哪个？"

我感到心跳正在不自觉地加速。"那就先说坏消息好了。"即使试图回避，坏事也不会自己乖乖消失不见。

"不是坏消息，我说的是'不算太好的消息'。"

"随便吧，就是它了。"在我看来，即使换一种说法，也没有本质的区别。

"好吧。从你描述的这些现象来看，我认为你大概存在某种程度的心理阴影，这是由于童年时期受到持续惊吓造成的。"

"童年时期的惊吓，是指我家的楼梯吗？"

"不错。每次当你经过这段楼梯的时候，都会由于恐惧导致精神紧张。久而久之，就会在心理上产生难以磨灭的影响，对于心智发育不成熟的儿童来说尤其容易。事实上，在梦的前半部分，你在梦中的想法，便是你童年时心理状态的一种映射。一般来说，已经二十年没有去过的地方，记忆多少都会产生模糊或偏差，但你却在梦里重现得极为精确。这说明你对这个地方有着非常深刻的印象。"

他说的没错。小时候每次单独上楼梯，我都是硬着头皮一股劲儿地跑过去的，直到五楼变亮了才慢慢走——与梦中的情景如出一辙。不过要说这样就会造成心理阴影，也未免显得我过分脆弱了吧。

"几乎每个人小时候都会怕黑，"我说，"那岂不是都会落下心理阴影了？"

"嗯，可是每个人的承受能力却是不一样的，同一个人对于不同类型惊吓的承受能力也不一样。相信你自己也已经意识到了，你对来源于鬼怪的恐怖，心理承受能力恰好是比较弱的——不需要觉得难为情，有心理学理论认为，怕鬼的人往往拥有丰富的想象力，他们害怕的其实是自己溢出的部分想象力而已。另外，你说的也对，的确几乎每个人都会有这样或那样的心理阴影，只是大部分人都不会出现具体的症状罢了。"

"那为什么偏偏出现在我身上呢？"

"一般都是由于某种诱因，工作压力是最常见的一种。我认为，你的情况也是如此。"

"不可能，"我果断地摇摇头，"我根本没觉得工作有什么压力。"

"压力有时候并不容易被感知。但我是警察心理治疗师，来我这儿的病人，超过一半都存在工作压力过大的问题。所以，我设计了一个测试。"

"那我现在是要做这个测试吗？"我无奈地说。

"不不，"曾枫伸出右手食指摆了摆，笑道，"测试的结果已经出来了。"

"什么时候的事？"我好奇地问道。难道那个打分的什么玩意儿就算是测试了吗？

"就在你刚刚坐下的时候。这个房间的装饰、窗外公园的风景，还有你现在坐着的这张沙发，都是测试用的道具哦。"

我惊愕地张大了嘴。

"说穿了其实很简单。"曾枫不无得意地说，"一桌丰盛美味的饭菜，放在一个吃饱了的人面前，他并不会有什么感觉；但假如把这桌饭菜放到一个饥肠辘辘的人面前，却无疑会令他感激涕零了！同样的道理，工作生活压力越大的人，对平静的需求也越迫切。因此这个房间刻意营造的这种宁静平和的气氛，就是最好的压力测试工具——实践表明，这个小把戏出奇地有效。至于刚才你进来的时候是什么样的感觉，相信不用我多说了吧！"

我哑口无言。莫非我真的承受着巨大的压力，自己却不知道吗？

"总而言之，"曾枫又道，"以你目前的情况，暂时来说不至于造成什么危害，但一定要给予足够重视。假如症状进一步恶化——比如说，同样的梦不断出现，甚至出现的频率提高；又或者产生其他症状，例如幻视幻听等，就必须采取治疗手段了。"

"如果……"我舔舔发干的嘴唇，"如果真是那样的话，需要怎么治疗？"

"主要还是精神放松——我会建议你休一段时间的假，做一些不同的事情，有必要的话也可以配合少量药物。只要诱因不存在了，症状自然就会消失。"

"但是你刚才说的什么心理阴影还是在那里的，没有办法彻底消除吗？"

"倒不能说完全没有办法，但会很困难，也不能保证成功。你梦里的这幢大楼，现在还在那儿吗？"

"据我所知应该还在。"老家算不上什么大城市，九层的居民楼大概不会说拆就拆的。

"那样的话，一个办法就是你再次回到那个楼梯间。自然，二十年后你会对其产生全新的认识，这样或许能减弱你心目中原来的恐怖印象……无论如何，我并不建议你这么做。毕竟就像我刚才所说，心理阴影是每个人都会有的，关键还是消除诱因。"

我知趣地点点头，但不知道为什么，心里却并不信服。

"刚才说，还有个好消息？"

"这个么，之前我担心的情况并没有出现，这算是很好的消息了——老实说，我本来怀疑你的问题要棘手得多。不过，现在咱们可以大致认为，你做噩梦与那个案件并没有明显的直接联系。当然由于与案件的密切接触，你不可避免地受到一定程度的刺激，很可能也构成了引发连续噩梦的部分诱因。但这种刺激仅是浅层次的，除了导致压力增大以外，不会造成其他任何不良影响。"

"这是怎么判断出来的？有什么根据呢？"

"唔，理论解释起来比较复杂，咱们用一个比较容易理解的方式来说明好了。人们通常认为，梦是现实在潜意识里的映射，即俗话说的'日有所思，夜有所梦'。就你的这个梦而言，可以说从头到尾都只是你的独角戏，你没有看见甚至听见其他人的存在，对吧？"

"是啊。"我回想起，梦中突然意识到自己是完全孤单的刹那，竟有种怅然若失的感觉。

"也就是说，虽然是一个恐怖的噩梦，但是梦里并没有出现拥有具体形象的鬼怪。"

"噢！"我恍然大悟。

"是的。如果你在案件中遭受了更加严重的刺激，那么毫无疑问，一定会有具体的鬼怪形象映射到你做的梦里。但事实上并没有，所以有理由相信，即使你受到了一定程度的刺激，也只不过是浅层次的而已。"

我心悦诚服，这话听起来很有道理。

"那就是说，"我小心翼翼地发问，"我不会有什么问题了？"

"目前来说是这样。不过我刚才也说过了，还是必须加以注意。如果晚上做噩梦的情况进一步恶化，或者是有其他症状出现，必须及时向我报告。"

"明白了。"

"对了，还有一件事情……"

曾枫犹豫着欲言又止，像是在考虑应该如何措辞。对于这个通常口若悬河的家伙来说，这是很少见的。

"关于你的这个梦，还有一件事，让我觉得有些奇怪。梦是由潜意识控制的，而逻辑则是属于意识的范畴。因此，人们在清醒时所接受的普遍逻辑，在梦中却很可能被忽略，或是被扭曲甚至颠倒地反映出来。所以有时候我们会遇到这样的情形：现实中百思不得其解的某个问题，在梦里竟然轻而易举地就解决了，但醒来以后却会发现，梦中的解答其实压根儿就不合理。"

我点头同意，以前的确有过类似的体会。

"但是，在你的梦里，却连续在好几个地方出现了与现实世界相同的逻辑。甚至可以说，这个梦之所以能称为噩梦，正是由于你在梦中进行了一次关键的逻辑推理。"

"什么意思？"我没理解曾枫的话。

"试想一下，假如不是你在梦里停下来计算大楼的高度的话，这个梦将会怎么发展？大概就是你在无意识的状态下一直爬楼梯，然后梦境逐渐变得模糊，最终缓缓醒来吧——事实上，这样才更符合梦的特质。至于后来关于光和影子方向的推理，在我看来，简直可以说是匪夷所思了。"

"那会意味着什么呢？"

"我也不知道，"曾枫不负责任地耸耸肩，"这恐怕已经超越了我的知识范围。要从心理学的角度来给出合理的解释，除非这种事情曾在现实中发生过——也就是说，映射到梦里的是'记忆'而不是'逻辑'——但这显然不可能。"

"嗯……"

"又或者，"曾枫换上了一副开玩笑的表情，"这意味着接下来，你会有惊人的发现也不一定哦……"

"砰砰砰！"房间的一侧，突然传来了巨大而急促的敲门声，硬生生地打断了心理医生的话。事实上，说敲门未免过于客气了，门背后的人似乎正抡圆了拳头，狠狠地砸在门上。

曾枫不禁皱起了眉。毫无疑问，他这扇门从来没有遭受过如此粗暴的对待。

　　"砰砰砰！"

　　曾枫快步走过去开了门，一个没穿制服的家伙随即跌跌撞撞地闯了进来。

　　"大夫！"他叫唤着。

　　这时我已看清了来人的相貌，心登时便沉了半截。这冒失的小子姓何名丰，是个菜鸟新人刑警，给我的印象是个并不怎么靠谱的家伙。何丰属于主管暴力犯罪案件的刑侦一科，在调查需要的情况下也可以穿着便衣。

　　"尸体……"菜鸟刑警气喘吁吁地喊着，"发现……新的尸体了！"

　　果然，怕什么偏偏就来什么。

　　"是女性吗？"我腾地站起，朝大门走去。

　　小何点点头，立即又摇摇头。

　　"应该是吧……郑队已经带队到现场去了，不……不过好像还没有确认……"

　　郑队就是郑宗南，刑侦一科的头儿，是一名经验丰富的老刑警了。怎么会连尸体是男是女都确认不了？我暗暗咒骂这群糊涂虫。

　　"现场在哪里？"我拿起挂在门边的白大褂，匆匆套上半边袖子，跟在小何身后走到了外面。

25

第三章　讲述了三起谋杀案

"就在观月酒店后面的一条小巷子里，"何丰答道，"离咱们这儿很近。"

观月酒店位于花园大道的北侧，与市公安局仅隔了一个中央公园。假如从直升机上俯瞰，这是一条泾渭分明的分界线：观月酒店、右关百货大楼、新唐广场，以及数幢高耸入云的高级写字楼仿佛一排庄严的卫兵，把背后一堆堆低矮破烂的旧房子牢牢地挡在了视野之外。于是从花园大道这边看来，宽广的马路两旁便纯粹是一派欣欣向荣的都市景象。

而在繁华背后，横七竖八的大街小巷构成了未经改造的老城区，宛如一张错综复杂的蜘蛛网。老城区原来的居民们，大都搬到了像我家那样的新式小区，遗留下来的旧房子，多数便出租用作这边酒店和商场服务人员的宿舍。这座城市的规划者们认为，直接在一无所有的市郊建造新城区，再分别修筑连接市中心和新区的地铁和高速公路，也远远要比费力气去改造老城区来得容易。

这张模样丑恶的网，现在已经捕获了它的牺牲品。

"我先回办公室一趟。你到楼下停车场等我，搞清楚开车的路线，待会儿你来带路。"我对小何做出指示，"另外给郑队打个电话，说我们五分钟左右就到。"

"开车？什么车？"菜鸟刑警的眼神中写满了困惑，那迟钝的样子简直让我产生了朝他脸上来一拳的冲动。这小子到底是怎么通过警察学校的毕业考试的？

"废话！"我提高了声音，尖刻地说，"不开车，难道你准备把尸体背回来吗？"

只要是法医前往凶案现场，无论距离远近，都必定会安排特殊车辆随行，因为需要将尸体运回做司法解剖。作为一名主要负责杀人案件的刑警，却连这点儿常识都没有，实在叫我忍无可忍。

被这么劈头盖脸地训了一顿，小何的脸涨得通红，越发显得怯懦。我不再管他，径直走到电梯旁按动了下行的按钮。作为市公安局的首席法医，某些时候我必须展示出与肩膀上的警衔相称的威严。

其中一台电梯原本就停在这一层，大概是小何刚刚乘坐上来的，门立即便打开了。我走进电梯厢，小何这才如梦初醒，赶在门关上之前也挤了进来。

"那个……杨大夫，"菜鸟刑警嗫嚅道，"您……您不必到现场去了。郑队认为那儿只是凶手的弃尸地点，尸体也已经运回来了，现在停放在您的办公室里。"

"怎么不早说！"我狠狠瞪了他一眼。

电梯抵达了地下二层。把停尸房设计在大楼的地下室，无疑是十分合理的，而出于工作便利的考虑，让法医办公室紧挨着停尸房也是理所当然的事情。然而在参观过曾枞的工作环境以后，这个连窗户都没有一扇，无论是通风还是照明都必须依靠电力的地方，顿时变得令人难以忍受了。同样是高级专业技术人员，待

27

遇怎么就那么不同呢？

走出电梯，办公室的门前已经站了一个人。看到我终于出现，她本来阴沉的脸色一下子变得明亮起来了。

"哎呀！大夫，可总算把你给盼来了。"

"小安吗？"我点头致意，"你为什么没去现场？"

在市公安局，安绮明是出名的美人，也是刑侦一科唯一一位女性成员，其超过一米七的身高足以令不少男士汗颜。尽管算得上天生丽质，但她似乎从不着意打扮。此刻她身穿一件白色圆领T恤，上面印有奇怪的几何图案，下半身是洗旧了的紧身牛仔裤和名牌运动鞋，从远处看颇像个街头少年。唯一不同的是，她在手里把玩着的不是花里胡哨的滑板，而是一副寒光闪闪的精钢手铐。

"去了。"她的声音低沉而富有磁性，"刚刚才跟小何一起，被郑队打发回来了。"

我瞥了旁边的菜鸟刑警一眼，发现这小子正在聚精会神地盯着安绮明的胸部。丰满婀娜的身段把T恤撑得紧绷，一小截内衣的吊带从领口边上露了出来，是诱人的海蓝色。必须承认，在这个充斥着千篇一律的警察制服的地方，这是难能可贵的景致。

"发现什么线索了吗？"我随口问了句，目的只是为了把注意力从她胸前高耸的部位移开。

安绮明抿着嘴唇摇摇头。

"完全没有！那里只是弃尸地点，第一现场明显是在别的地方。所以按郑队的意思，首先要弄清楚死者的性别和死因。万一跟这个案件没关系，就交给二科去办。"

整个市公安局的上上下下，包括我本人在内，当前的首要任务都只有一个，那就是集中全力侦破眼下这桩以年轻女性为目标的恶性连环杀人案。作为局里的骨干力量，专案组被设立在刑侦一科。局长大人几乎每天都亲自找郑宗南了解调查进展，足可见上级对此案的重视程度。

已知的最初一起案件发生于大约两个月前。那时元宵节刚过，各大商场和公园仍然张灯结彩，正月的城市笼罩在一片欢乐祥和的气氛之中。

二月二十一日早上七点，当大多数人还因为假期后遗症而蜷缩在被窝里时，一对年届七旬的退休夫妇却一如既往，到城郊的晴雾山爬山锻炼。每个晴天的清晨，晴雾山都会被白茫茫的浓雾所覆盖，这雾说来便来，一直盘桓至太阳高悬方才散去，于是得名。

那天的雾比平时更浓，简直教人无法看清十步开外的地方。当然，两位老人对此早已经见怪不怪——每天早晨在这儿爬山的习惯，他们已经坚持了超过十年。老太太甚至已经在琢磨着，回头要趁着好天气晒晒过冬的被子了。

两人依照平时的路线，走到了芙蓉涧附近的一段盘山公路。老爷子的眼睛相对来说还比较好使，忽然发现前面的雾中，有一小块地方要比别处显得更白。他想起来了，这路旁有一棵千年古槐树，就跟黄山的迎客松似的，一条枝干斜着伸出，横亘在路面之上两米多高的地方。为了保护这棵古树，公路的两头还特意立起了限高门，以免横伸的枝干被往来的汽车撞断。

莫非是附近的住户贪图一时方便，竟在古树的横枝上晾晒衣物？

老爷子退休前是林业局的工程师，生平最看不惯的就是破坏绿化的行为，当下不禁勃然变色。这一怒之下，全然忘记了附近根本没有住户这个事实。

29

的确，横枝上挂着一身白色的连衣裙，在半空中来回摇曳。只不过，这时连衣裙仍然穿在一个女孩的身上。

一根小指粗细的麻绳，从树枝上悠悠垂下，环在了女孩白皙的脖子上。

理所当然地，两位老人立即报了警。首先抵达现场的民警认为这是一起单纯的自杀案件：从年龄看，女孩很可能是一名大学生，而现在的大学生为了各种微不足道的理由轻生早已是屡见不鲜。而且，本市的大学城离晴雾山也只有两站路的距离。

但那位可敬的老太太却指出了一个显而易见的疑点：如果女孩是上吊自杀的话，路上根本就没有可以供她垫脚用的东西。

正是老太太的这句话把我和刑警们带到了现场。

我到达晴雾山的时候，郑宗南他们已经把那可怜的女孩从树上解了下来。我立即着手检查尸体的后颈，在那里发现了明显的绳子勒痕。

上吊自杀的死亡机制，在法医学上被称为"缢死"。无论在哪一所医学院，教授在讲到机械性窒息这一章的时候，都必然会重点强调如何区分"缢死"和"勒死"——其中最明显而有效的方法，便是通过鉴别尸体颈部的勒痕。

缢死者是利用自身体重压迫套在颈部的绳索，从而引致窒息死亡，因此勒痕只会出现在颈部与绳索接触的部分，通常从喉部延伸至两耳耳根，呈一个"V"字形。而勒死者由于绳索环颈一周或数周，因而颈部一整圈都会留下勒痕。

从女孩后颈的勒痕来看，毫无疑问，她并非上吊自尽，而是被勒死的。

当然，单单是勒死这一点，还不能就作为他杀的依据。结合绳子制造出来的力矩，人类也可以依靠自身的力量，通过自勒的

30

方式成功自杀。但问题是，即使女孩是自勒而死，她显然也不可能在死后把自己挂到树上。

她是被人杀死的。

我着手检查尸僵和尸斑，两者的情况均表明，女孩的死亡时间为六到十个小时之前，也就是说，在二十日晚上十时到二十一日凌晨二时之间。

在女孩身上找不到可以证明她身份的东西。事实上，除了一件连衣裙，她并没有穿着任何衣物。这让我立刻怀疑她在遇害前后曾经遭到性侵犯。

郑宗南把那个倒霉的民警骂了个狗血淋头，然后像赶苍蝇一般把他打发走了。不过，至少有一点或许他是对的：女孩很可能是一名大学生。于是，在我回局里进行尸检解剖的时候，一科的刑警们分散到了大学城的各所高校去核实女孩的身份。

我的猜测很快就得到了证实。死者的阴道肌肉处于拉伸状态，并且阴道内壁有轻微的擦伤，这证明她在死亡前曾发生性行为。这么一来，基本已经可以认定凶手是男性。然而，从死者的阴道分泌物中并没有发现精斑，这或许是因为凶手使用了避孕套。

死者身上没有明显的伤痕，指甲没有断裂，指甲缝里也没有纤维、血迹或皮肤组织，显示出她在死亡之前并未经过挣扎，这与之前勒杀的推断相矛盾。直至解剖完毕，进行消化残留物化验的时候，我才找到了合理的解释：死者曾服用了超过正常剂量的安眠药，而且，在她的胃部还检验出了酒精。

此外，死者的身上异常干净，连汗渍都没有，就像是死后被彻底清洁了一遍。这让我有一种不祥的预感，凶手似乎有相当强的反侦察能力。

另一方面，刑警们在大学城的工作进展得异常顺利。被害女孩的身份很快得到了初步确认，她名叫江美琳，今年十九岁，确实是某大学二年级的学生。

认尸工作被安排在第二天的上午进行。江美琳的班主任，还有与她同寝室的三个女生都来了，他们一致证实了死者的身份。女生们在停尸间里当场就哭了。

"要是我们没和她分开就好了。"一个戴眼镜的女孩抽泣着说。

她之所以这么说，是因为二十日那天，她们几个一起到位于右关百货大楼顶层的卡拉 OK 厅唱歌。之后，江美琳说想顺便去逛一下街，但其他人不是觉得累了就是和男朋友有约会，便都直接回学校了。凶手之所以选择江美琳下手，很难说跟她孤身一人没有关系。

然而，到底她是离开卡拉 OK 厅后，在市中心立即便被凶手盯上了，还是回到学校附近以后才遭到袭击，却仍不能确定。

在查看江美琳的遗物时，女生们异口同声地指出，当天她穿的不是那条白色连衣裙。其中哭得最厉害的一个女孩坚持说，江美琳根本就没有这么一条裙子。

"琳琳说白色显胖，她不可能会买白色的衣服的。"

遗憾的是，这句证词在当时并没有引起足够的重视。

尽管凶手在晴雾山上的弃尸手法令人发指，但在当时，警方只是单纯地认为，凶手的目的仅在于伪造自杀的假象。谁也没有预料到，江美琳一案只是这出恐怖大片的序幕，而两个星期后发生的第二起案件，才是正戏的开端。

在城西的雨竹区有一条燕花街。这是一条商店街，长约七八百米，宽不过五六米，颇有名气。街道两旁都是些不起眼的小店，绝大部分经营服装，也有几家卖些皮具饰品。这些店铺一般要到日上三竿才开始营业，而傍晚又早早关门。但即使是在工作日的白天，街上也永远是熙熙攘攘，几乎每家店都挤得水泄不通。

燕花街卖的东西只有一个特点，那就是便宜。在这座城市里，有许多年轻人，怀有在他们这个年纪所特有的，对美的那种近乎执着的追求。然而，右关百货大楼里动辄几百上千元的价格标签，却足以令他们望而却步，至于汇聚了国外奢侈品牌旗舰店的新唐广场，更是他们压根儿就不敢想象的地方。对于他们来说，只有在燕花街的小店里，才能让自己的愿望得到满足。

在这里，只要三十元便可以买到一条款式新潮的牛仔裤——同样的钱，甚至无法在新唐广场喝上一杯最便宜的咖啡。燕花街的老板们都有着特殊的进货渠道，从那些不知位于何处的山寨工厂里，拉进来一个个神奇的纸箱子。箱子里的服装自然不可能是什么名牌，质量多半也不敢恭维，但却能让一个从农村进城来打工的小姑娘，瞬间变得跟偶像剧里的女主角有几分相像。这些衣服，与其说是装点了她们的容貌，不如说是承载着她们努力要融入这座城市的梦想。

在燕花街中段有一家专卖女装的店，淡紫色的招牌上写着"可馨"两个花体字。在临街一面，除了狭窄的店门以外，便是一整面带有维多利亚风格的玻璃橱窗。这里的老板娘是位三十出头的漂亮女人，每隔一两周，她便从新进回来的货物中精心挑选出时下流行的搭配，套到橱窗里的模特儿身上。这么一来，路过的女孩往往情不自禁地驻足欣赏，然后却忘记了，这些从塑胶模具中生产出来的模特儿，与自己的身材其实相距甚远。

由于店面普遍狭小，因此在燕花街上，像"可馨"这样拥有橱窗的店少之又少。但街上往来的顾客，不管买不买东西，往往都会走进店里去转上一圈。也许，这是因为橱窗中散发着优雅气质的模特儿，会使他们产生一种是在花园大道购物的错觉。

三月十三日是一个晴朗的周末。一大早，两名在某个电子配件工厂打工的女孩兴高采烈地来到了燕花街。她们来得真的很早，因为她们打算趁着汹涌的人流到来之前，尽快买到符合心理价位的新衣服。工厂每周休息一天，这就意味着，一个星期来所有的私人事务，都必须在这二十四小时内完成。要是把一整天都花在逛街购物之上，未免过于奢侈了。

这时候，姑娘们的心情很好，因为这天的一切都非常顺利。从工厂宿舍出来，立刻便遇到了恰好进站的公交车，之后换乘了两条地铁线，也几乎完全不用等，车厢里甚至还有许多空座。而从地铁站出来，最后转乘一趟公交车时，那司机简直就像是在那儿专门等着她们的。

这么一来，她们到达燕花街的时间，竟比原计划提早了许多。还没有到营业时间，街两旁的商店都尚未升起厚重的防盗闸帘。燕花街展现出其宁静的一面：早晨的阳光将青石板照耀得熠熠生辉，映出无数跃动的灰尘。

女孩们走了一圈，只有"可馨"的店门是敞开着的，但很显然，它也没有开始营业。橱窗内的射灯全都关着，里面一片昏暗，模特儿也还没有摆放到位。橱窗左边的模特儿算是勉强穿戴完毕，可脚上还没有搭配上一双合适的凉鞋。而右边那个模特儿则干脆是倒卧着的，戴着茶色假发的头被拧了下来，随便扔在旁边的地板上。

而且这模特儿那身宽袍大袖的套裙也忒难看了吧，一个女孩想道，大红色的简直就是件睡衣嘛！难道是最近流行起来的款式吗？

于是她们走入店内——无论如何，总不会因为还没正式开门，就把顾客给轰出来的。而且，假如能延续之前的好运气的话，老板娘看在是第一笔生意的分儿上，说不定还可以多砍点儿价呢。

鳞次栉比的货架上，各种式样颜色的女装上衣、连衣裙、短裙、热裤、小夹克等琳琅满目，几乎每一件都有让人带回家去的冲动。虽然，这种冲动最终将不得不受到价格标签上数字的严格限制。

讨价还价是燕花街的传统，哪怕只差个两三块钱，那也是不可或缺的步骤。然而，谈判中将涉及的另外一方——老板娘此刻似乎并不在店内。从装饰到一半的橱窗来看，或许是临时上厕所去了吧。

"要是拿上那条漆皮短裙就这么走出去，大概也不会被人发现的吧。"

在这样的邪恶念头考验她们的道德底线之前，两名女孩不约而同地被一股奇妙的腥味吸引住了。有点儿像是菜市场的那种腥味，似乎是从橱窗那边飘过来的。

从店内的角度来看，明亮的阳光从正面照入橱窗，视野反而比室外清楚多了。橱窗的侧面贴着米黄色的墙纸，此刻却沾了一块深褐色的污迹，在维多利亚式的花纹上显得十分突兀。污迹一路滑落到墙根，之后又沿着橱窗的地板延伸。

在污迹的尽头，女孩们看到的是"模特儿"那血肉模糊的脖子。

本来打算在三月十三日来燕花街买东西的人们要失望了。一直到这天晚上，两侧街口都被醒目的警戒线封锁着，严禁无关人等入内。

这次，我是和刑警们一起前往现场的。在看到橱窗里尸体的状况以后，他们立刻便对地板上那颗带着茶色假发的头颅敬而远之。于是我走上前去把它捡起来，手上却分明传来塑胶的质感。

如假包换，这是一个塑胶模特儿的头部。

而倒卧在橱窗中那具红衣女尸的头，却从脖子上不翼而飞了。刑警们把整个"可馨"翻了个底朝天，也没有找到人头，倒是把塑胶模特儿的剩余部分给找了出来。我敢说，他们中的某些人因此而松了一口气。

然而几乎就在同一时刻，安绮明凭借女性所特有的，对时尚的敏锐触觉，有了一个更加骇人听闻的发现。

"喂，"由于压抑不住语调里的激动，她那低沉的声音变得高亢，"你们来看看那个模特儿啊……"

我正半蹲在地上检查尸体的僵硬情况，闻言不禁抬起头来。安绮明就站在我身旁，微微颤抖着的手指向我身后——橱窗左边站着的那个模特儿。

我别扭地回过头去，顿时仿佛被一块干冰刺穿了脊椎的椎管。

模特儿身上穿着的，是一件极为眼熟的白色连衣裙。

江美琳命案中，被害人所穿着的同款衣物，在短短两个星期后，又神秘地出现在另一起命案的现场。

后来清查发现，相同款式的连衣裙，在某个纸箱子里还有好几件存货。

尸检的结果彻底否定了巧合的可能性。两起案件的手法极为相似：死亡时间都是发现尸体前一天的午夜左右；两名死者生前都曾遭到性侵犯，然而阴道内没有精斑；尸体上均没有明显外伤，而且被擦洗干净；致死原因均是窒息——红衣女尸出现的肺气肿和内脏瘀血现象说明了这一点。

不同之处在于，红衣女尸的体内并未检出安眠药或酒精成分。假如被害人是清醒的话，被强奸或勒杀时，应当会因反抗而留下伤痕。关于这点，我向郑宗南指出了另一种可能性，即被害人是由于受到外部打击而失去意识——伤痕很可能位于头部。或许正因为如此，凶手才割下并带走了她的头。

从尸体颈部不整齐的切口看，凶手使用的或许是锯子。但我无法做出十分确定的判断，毕竟肢解案并非每天都能碰到，可供参考的资料十分有限。

至于死者的身份，虽然尸体缺少了头部，但老板娘一直没有出现的这个事实，已经为警方提供了足够合理的推论。鉴定科从"可馨"收银台的抽屉把手等地方取得了一组指纹，与红衣女尸的指纹相比对，结果二者完全吻合。

从店内的营业执照得知，老板娘的名字叫沈馨。

两周前，江美琳的舍友曾坚定不移地说过，她并没有一条白色的连衣裙。

既然不是被害人的东西，那么，连衣裙就很有可能是凶手买来或者偷来的。只要警方致力调查连衣裙的生产厂家，根据其销售渠道，对每家进货的商店逐一排查，应当不难找到燕花街上的"可馨"。

假如是这样的话，是否就能抓住凶手？退一步说，是否至少可以避免沈馨的惨死？没有人愿意去猜测那样的可能性，在市公安局，这俨然已成了一个禁忌的话题。

郑宗南他们并没有放弃寻找尸体头部的希望，然而始终是全无进展。

仿佛是老天爷对警察们的嘲笑，这个冬季的最后一场雪下得也是有心无力。转眼间已是春暖花开，在天气晴好的周末，到中央公园踏青的人明显多起来了。人们在雉湖上划起出租的游船，远远望去，犹如惊蛰后倾巢而出的蚂蚁。

老吴平静的日子也因此而变得忙碌起来。他在中央公园里担任租船管理员一职，已经差不多有二十年了。在此之前，他也曾经当过一段时间的货车司机。相比之下，尽管现在的收入少了一些，但对于患有慢性心脏病的人来说，这实在是一份再适合不过的工作，为此老吴时常怀有感恩之心。

中央公园的租船码头位于雉湖的一个湾角，有各种类型的休闲游船供游人选择。设计成白天鹅形状的双人脚踏船颇引人注目，要是不想消耗体力的话，也有带发动机的高级摩托船。但真正受欢迎的，却还是最普通的桨划木头小艇，平实的价格只是一个因素，那种荡起双桨泛舟湖上的意境，才是它备受青睐的真正原因。

老吴每天的任务，就是负责把船只交给到码头上来的游客，然后在他们回来的时候再将船回收。当然，偶尔也会有些鲜廉寡耻的家伙，因为把船划得远了，又不愿意驶回码头再走一段路，索性就随便在湖边某处登岸弃船而逃。这些人认为，他们因此放弃的押金，已给予了他们这么做的权利。

在这种情况下，老吴则会绕上大半个雉湖，把被遗弃的船驶回码头。

四月四日便发生了这样的事。一如既往，失踪的是一艘木头小艇——类似事件，从来没在押金高昂的机动船上出现过。当老吴在一处偏僻的湖岸附近找到它的时候，小艇正处于船底朝天的状态。

似乎是小艇在湖里打翻了——这可不是什么稀奇的事——船上的人好不容易游到岸上，于是也顾不得押金什么的了。要是这样的话，倒不应该过分指责。

老吴伸出随身带着的竹篙，三两下便把小艇拨拉到了岸边，然后扯动小艇上的缆绳，将它拖到岸上的草地上。待船里的水全部流走以后，老吴蹲在船侧，两手把着小艇的船舷，准备一举将它翻过来。

对于老吴来说，这本是驾轻就熟的动作。然而他用力一掀之下，小艇却只是略略抖了抖，船舷反而险些砸在老吴的手背上。这木头做的小艇，不知道什么缘故，竟显得出奇地沉重。

老吴不禁有些犹豫，这船，好像有什么地方不对劲。

不远处，有几个路人恰巧看见了这一幕。其中有个热心的青年，立即跑过来帮忙。于是两人合力之下，没费多少力气，便把小艇翻了过来。

却听那青年突然惨叫一声，仿似疯狗一般，手足并用地爬了十几米，又一下子瘫软在地，全身兀自颤抖不停。老吴则直勾勾倒在草地上，不省人事。

小艇的船舱内，一个浑身湿漉漉的女人长发覆面，不见五官，身上缠绕着形状狰狞的水草，两条白森森的手臂往前伸出，仿佛随时要朝人们扑来。

就在老吴被送往医院抢救的同时，警方也抵达了现场，每个人都如临大敌。

小何愣愣地蹲在离小艇七八步的地方，脸色煞白，嘴里念念有词。直到我凑上前去才听清楚，这小子竟是在不断重复三个词：

"吊死鬼……无头鬼……水鬼……"

郑宗南忽然从我身后出现，二话不说便朝小何屁股上踹了一脚。

"你小子在这儿胡说八道什么！"刑警队长破口大骂，"还不快去给人录口供！"

被称为"水鬼"的女尸全身赤裸，被拦腰绑在小艇的座位上，尸体的背部紧贴船底。当小艇倒扣在湖中时，尸体的双手由于重力自然下垂，之后形成尸僵。于是当小艇被翻过来后，便呈现出那种恐怖诡异的姿势。

我准备先查看尸体的口鼻，以判断其是否为溺死。但当我试图撩开遮盖尸体面部的头发时，却有了意想不到的发现。

死者虽然是一名长发的女性，但挡住她脸部的那些头发，却并非长在她的头上，而是用强力胶水粘在前额上的。而且，这些粘上去的头发不仅仅是二三十根而已，简直——简直就是一个人的全部头发。

现场尸检并没能找到什么有价值的信息，我从雉湖取了一试管水样，便吩咐工作人员将尸体运走。

其后尸体解剖的结果证明，被害人是溺死无误。但是在死者体内，并未发现与雉湖水样中相同类型的硅藻，也就是说，死者是先在其他水体中溺毙，然后才被移至雉湖的。

尸体与前两起案件中的死者有着许多相似的特点，种种迹象表明，凶手是同一个人。稍有不同的是，死亡时间是在大约三十六小时以前，即两天前的晚上。但尸僵通常在死后三小时左右便开始形成，一般最长也不会超过八小时，因此弃尸应该在行凶当天已经完成。凶手很可能是趁着深夜盗走了一艘小艇，如此一来没有未被领回的押金，而老吴也不会每天盘点小艇的数量，致使尸体过了整整一天才被发现。

此外值得注意的是，尸体的后颈处有两点烧伤的痕迹，我认为，是由防身电击枪造成的。某些型号的电击枪能令人在一小段时间内失去意识，这便解释了死者身上没有挣扎痕迹的原因。

在进一步的问询中，江美琳的同学证实，她生前习惯随身携带一支美国生产的高性能电击枪——尽管这是不合法的，事实上最后也没能保护得了她。几乎可以肯定，这支枪现在落到了凶手的手里。

两天后，有年龄相近的女性失踪者的家属前来认尸。确认死者名叫黎小娟，二十四岁，是一名普通的公司职员。

随后，鉴定科给出了一份令人发指，但算不上意外的报告：根据DNA化验结果，那些粘在黎小娟脸上的头发，正是属于服装店老板娘沈馨的。

这三具女性尸体——除了沈馨的头部仍然不知所踪，现在就保存在隔壁停尸间的冷藏库里。

因此，假如新发现的这具尸体是男性，又或者并非死于他杀的话，那就是与连续杀人案没有关系的另外一起案件了。但显而易见，谁也没对这种可能性抱有任何希望。事实上，除了那个变态的凶手，还有谁能把尸体弄得让警察无法辨认性别呢？

"到底是什么情况？"我问。

"怎么说呢……"安绮明踌躇道，"你还是自己看吧，尸体已经搬到病床上了……"

我知道，她指的是法医办公室里那个不锈钢的台子——当然了，那个东西正确的名字叫解剖台。不过，我理解她会说错的原因。

我拧开办公室的门，顿时，一股像是烤肉糊了的气味钻进了鼻孔。

原来如此。水接下来的是火，这倒是挺合理的。

跟曾枫那儿相比，我这法医办公室可谓简陋至极。一个大房

41

间被透明的玻璃从中间隔开，靠门这边是一般办公区，摆放着办公桌和电脑等；另外一边则可称为解剖区，安装有两张解剖台及其他应用设备。在最里头还有一扇通过密码控制的铁门，直接通往隔壁的停尸房。

此刻解剖区的无影灯已经打开，没有死角的光线，照亮了解剖台上一堆焦黑的东西。

我走近解剖台，惊愕地发现焦尸的头部同样被整个切除了。

即使如此，法医也是不会被轻易难倒的。不要说是残缺不全的焦尸，就算是只剩下了骸骨，根据骨盆的特征也很容易辨别死者的性别。更何况，这具尸体的外生殖器仍然可以辨认——恐怕，刑警们只是不敢仔细观察罢了。

安绮明也走了过来，脸上带着询问的神情。

我冲她点点头，只简单地说了五个字：

"这是位女巫。"

第四章　第四名被害人

在我看来，这一系列案件的脉络现在已经很清楚了。

正应了小何那时候的乌鸦嘴，凶手每次作案以后，都会刻意将被害人的遗体装扮成某种鬼怪的样子，然后弃置在容易被人发现的地方。在恐怖小说和电影作品中，白衣和红衣是女鬼通常的装扮——古代下葬用的寿衣就是白色，而相传假使有人身穿红衣而死的话，其怨气便无法散去，死后将化为厉鬼。至于特地隐藏在船下的水鬼凶灵，已经把一个无辜的人吓进了重症监护病房，自然更不必说。

虽然严格来说，女巫并不算是鬼怪，但恐怕凶手未必会拘泥于这种细节。至于动机方面，很明显这家伙存在严重的精神问题，因此也就无从谈起。

"把女巫烧死我可以理解，"小安沉吟道，"干嘛还要把头切了呢？"

在中世纪的欧洲，人们普遍认为女巫是恶魔的化身，有不计其数的女性因此而被天主教会烧死。

"虽然绝大多数的女巫是被判火刑，但也有一部分是被斩首的。"我试图解释，"另外，这具尸体也并不是被烧死，而是在死亡以后才遭到焚烧的。你看，颈部的切口也完全烧焦了，这说明

43

凶手在放火之前，就已经把被害人的头割下了。"

"那个……"小何插嘴道，"杨大夫，不好意思，我得先去跟郑队汇报一声。尸检报告就麻烦您了啊。"

我这才注意到这小子原来还站在那儿，话音刚落，他便一溜烟地消失在门外。看样子，他是无论如何也不愿意再靠近这尸体一步了。

我转向小安，她似乎并没有要离开的意思。在杀人案件中，不时会有刑警希望参与到验尸过程中来，就像生怕我会在报告中遗漏一些重要的信息似的。对我来说，只要对方不会当场呕吐，我通常也不加阻拦。于是我翻出一副口罩和手术头罩让她戴上，然后自己也以身作则，以免尸体上的证据被飞溅的唾液或掉落的毛发破坏。

这么装备起来以后，脸上就只有眼睛露在外面了。我不经意间与小安四目相接，她的眼中仿佛释放着灼人的光芒。

去年的平安夜，就在这同一间屋子里，她的眼神也是同样的炽热。我不禁瞟了一眼身后那张空着的解剖台。

八年前，我进入市公安局工作，当时的法医办公室里就已经有两张解剖台了；后来搬入现在这座新大楼的时候，又一并从美国进口了两张新的，具有自动排水抽风等许多先进功能。安放两张解剖台的原意，据我揣测，大概是为了方便进行伤口比对之类的检验。但在这些年间，连一次这样的案例都没有发生过。

另一方面，我感觉外面的无影灯光线更好一些，所以尸检都是在外面的解剖台上进行。因此，靠里面的这张解剖台就从来没有被使用过。

或者应当说，并没有按照它本来的用途来使用吧。至少，其稳定性令人十分满意，即使是在承载着女刑警那连绵不断的激情的时候，它也依旧稳如泰山。

假如这事让局长大人知道了的话，毫无疑问，老头子一定要大发雷霆了。光是想象他那个吹胡子瞪眼的样子，我都不禁在心里暗暗发笑。无论如何，即使是局长大人也必须承认，在安绮明的热情面前，没有一个正常的男人能做出任何抵抗。

而我自然是个正常的男人。

那天我或许喝了些酒，已经不大记得事情是怎么发生的了，反正那也不是重点。由于没有采取安全措施，事后反而担惊受怕了好一阵子。幸运的是，小安并没有显出任何的不同，唯一的变化在于，她对我的称呼从此由"您"变成了"你"。

这当然只是微不足道的代价。

今天的安绮明同样热情不减，不过，这只是对于解剖台上的那具无头焦尸而言。这一串杀人案件发生以来，小安无疑是一科的刑警中最为积极的一位，即使调查不断受挫，她也丝毫没有气馁的意思。然而，她的努力却始终给我一种感觉，并非是单纯的正义感使然，也不是身为女性而产生的同仇敌忾，而是——我不知道该如何形容——一种莫名的兴奋状态，就好像是遇上了火盆的飞蛾。

有时候我不禁怀疑，促成去年我们那不负责任的疯狂一夜的，恐怕正是当时那段风平浪静的日子。对小安来说，暴力犯罪案件似乎能带来比情爱交欢更胜一筹的快感。

我一边戴上手术用的乳胶手套，一边试图把那些撩人的杂念从脑海里赶走。

这并不是我第一次处理焦尸。一般来说，假如发生了导致人员死亡的火灾，必须由法医来进行验尸。最基本的一项检验是尸体的气管和肺部是否有吸入烟尘，以此判定死者在起火之后是否仍然活着，还是遭人谋杀后，再纵火毁尸灭迹。

我以指尖按压死者上臂的肌肉，又试着移动了一下其肘关节，以判断尸体被火烧毁损的程度。这将直接决定我还能通过尸检获得多少信息。幸运的是，受到波及的似乎只是皮肤以及一部分脂肪，骨骼和内脏仍然完好无损。

就在这时，右手无名指上突然传来一阵刺痛，仿佛是摸到了某种锋利的金属。我条件反射地缩回了手，一看之下，薄如蝉翼的手套上已经划破了一个洞，指尖上有一个米粒大小的划口，由白转红，然后慢慢地渗出了一滴血珠。

"怎么了？"小安关心地问。

"没事儿，不小心把手划了。"我边说边摘下手套，随手扯了点儿棉花捏住，还好伤口很小，不到一分钟血就止住了。

我俯下身来仔细观察，发现尸体的左肩部有一截不自然的尖锐突起，约一厘米长，大概便是害我受伤的罪魁祸首。再三研究之下，我发现那原来竟是一条变了形的项链，烧得通体漆黑，除了露在外面的这一小截以外，其余部分都已经和尸体的皮肉粘在一起，肉眼几乎看不出来。

我拿起一把手术钳夹住突起的部分，一边用棉签蘸上生理盐水，湿润金属的表面使之慢慢和皮肉分离，一边小心翼翼地把项链抽取出来。这是一项需要耐心的工作，倘若稍有不慎，尸体便会碎肉横飞。

最终我把整个物件从尸体上拿下，放入旁边一个不锈钢托盘里。由于火焰的高温，它已经没有了原来项链的模样，只是一个参差不齐的金属圈子，底部连着另一个形状古怪的金属块。

"你来看看这个。"我把不锈钢托盘递给小安。

"咦？"她翘了下眉毛，"这个挂坠是……十字架吗？"

我又一次见识了女人对首饰的敏感。经她这么一说，底部的那个金属块的确像是一个扭曲了的十字架。

"有可能，"我点头表示同意，"形状很接近。"

"看起来像是被害人的遗物。"小安分析道。"你看，这根链子很细，大概是女性佩戴的。"

"别忘了，"我提醒道，"晴雾山那个大学生身上的连衣裙，不也是女性专用的吗？"

"哦？那么你是认为，项链也是凶手故意戴上去的？"

"我不是那个意思，说实话，我也判断不出来。但有一点我能确定，尸体上没有纤维燃烧产生的灰烬。也就是说，在火烧起来的时候，她身上是一丝不挂的。而且，那时候她的头已经被切掉了，项链很容易就会从脖子上掉下来。凶手脱光了她的衣服，却特意留下了一条项链，这是为什么？"

有时候，一次成功的肌肤之亲，除了带来当时感官上的愉悦以外，在事后还能大大降低两个人之间的隔阂，因而可以肆无忌惮地谈论各种话题。假如站在这里的是其他刑警，我大概只会简单地指出"死者身上没有衣物"的事实。

小安思索了片刻，说道："假如凶手是刻意模仿天主教对女巫的火刑，为了加强宗教的印记，特地在被害人的尸体上挂上十字架也不奇怪。另一种可能性则是，凶手是在看见被害人佩戴的十字架以后，才萌生出烧掉尸体的念头。"

"嗯，的确如此。"我佩服地说。

"不管怎么说，反正是重要的证物。只要能追查到这条项链的来源，一定会得到有价值的信息。嗯，我倒希望是凶手专门买来的。"

"既然是这样，现在就拿去鉴定科，试着把项链复原出来吧？如果你盯紧他们干的话，说不定下班前就能有结果了。"

"呃，可是……"

小安似乎有些恋恋不舍，不知道是纯粹关心这具尸体，还是也有一点儿我的原因在内。

"你去吧，这里放心交给我好了。而且接下来的场面会很恶心，如果你还想留点儿胃口吃晚饭的话，我建议还是不要看的好。"

小安接受了我的建议。之前警方由于忽视了连衣裙上面的疑点，以致没能及时破案，结果又因此枉送了三条人命，这一惨痛的教训仍然历历在目。

我目送着她离开，深深呼出一口气。重新集中精神以后，我拿起一把手术刀，沿着尸体的锁骨下方，在焦黑的皮肉上切开了一个口子。

跟预想的一样，死者的气管中并没有灰尘，也没有产生热作用呼吸道综合征，以此可以作为死后焚尸的证据。随着切口的进一步拉开，肿胀的肺泡、右心房以及肾脏的瘀血，还有见于多处内脏黏膜的塔迪厄氏斑[①]——展现在眼前。这就说明了，死亡原因和之前的三名死者完全一致，是窒息。

接下来是进行死亡时间的推断。由于尸体被焚烧的关系，通常的尸僵尸斑等证据均已被破坏殆尽，因此留给我的最好选择就只有残留的消化物了。算是运气不错，死者的胃里充满了几乎未经消化的食物，这样便可以将死亡时间限定在最后一次进食后的一个小时以内。如果是同一名凶手所为，考虑到其过往的作案特点，死者很可能是在昨天或前天晚饭后遭到杀害的。

---

① Tardieu Spots，指因机械性窒息死亡的尸体内脏和黏膜下可见的瘀点样出血。

我取了一些消化残留物样本。之后经过化验，发现其中含有安眠药的成分——这与江美琳一案的情况相同，但与沈馨和黎小娟的情况则不一样。至于这是因为凶手厌倦了使用电击枪，还是别的什么原因，就只能留待刑警们去进一步破解。

杀人案件的尸检工作，向来必须做得格外详细。比方说，一个后脑有明显外伤的死者，怀疑是遭钝器击打致死，从理论上来说，只要锯开颅骨，检查颅内瘀血及大脑组织的损伤状况，等等，便可以完全确定死亡原因。但实际上，法医还必须逐一检查死者的肢体、内脏、血液等，寻找一切因素在尸体上留下的各种痕迹，从而还原出死亡前后的全过程。一些并非直接与死亡相关的细节，往往隐藏着破案的关键线索。

但也有许多时候，连续数个小时的解剖检验，也无法换来任何振奋人心的结果，这对法医来说已经是习以为常的事情了。不幸的是，今天便遇上了这样的情形。与之前的三位被害人相同，死者的阴道内壁也有刮擦的痕迹，但没有留下精斑。除此以外，尸检可以说是一无所获。

为了帮助之后确定死者身份，我对尸体进行了骨龄测定。通过 X 射线拍摄耻骨联合面的形态，再在电脑软件的辅助下进行比较推断，最终得出死者的年龄为二十五周岁。由于个体差异的存在，加上我缺乏这方面的经验，我认为误差有可能达到五岁甚至更多。也就是说，这个资料几乎不具备参考价值。

下午五点二十分，我完成了所有解剖和检验工作。把尸体送到停尸房冷藏后，我在电脑前坐下来，开始撰写本次尸检报告：

检验日期：二〇一一年四月十四日

姓名：（不明，身份未确定）

性别：女

年龄：（根据对耻骨联合面骨龄测定）20～30周岁

死亡时间：（假定，根据消化物残留）4月12日17时
至4月13日24时

致死原因：窒息（疑为机械性窒息）

刚刚敲完这几个字，手机不合时宜地响了起来。荧幕显示着
甘芸灿烂的笑脸，我按下了接听键。

"忙吗？"她听起来心情不错。

"呃……还好吧。"

"几点钟下班？我们公司旁边新开了一家日本料理，寿司全
部五折，看起来还不错的样子。咱们晚上去试一下吧？"

"我恐怕去不了，这边还有事情呢。"

"什么呀？不是说不忙的吗？"

"不是啦，现在是有一点儿特殊情况。"

"啊……"我听见电话那头的甘芸倒吸了一口气，然后明显
压低了声音，"是不是又……"

"你先别问了，"我打断了她，"手机说话不方便，回头再慢
慢告诉你。"

"好吧，那你什么时候能干完？"

"不好说，估计也早不了。"

"那你晚饭怎么办？要不我先去吃，你出来的时候给我打个
电话，我打包一点儿拿到你家去吧。"

我没有给她家里的备用钥匙，一来是我比较在意个人隐私，
二来是我觉得我们的关系并没有进展到那一步。

"还是算了吧，"我想了想说，"说不定你要等很久。你自己

去吃好了，完了就早点儿回家，现在晚上不太安全。我到外面随便吃一点就行。"

"我一个人去还有什么意思？本来就是因为你爱吃寿司，才想着要去的啊！"

"那，要不我们改天再去？"

"可是，人家的开业优惠到明天就结束了……"

"那就明天去好了。"

"真的吗？"

"嗯，一言为定，明天下班我去接你。"

"好吧，那你也别弄得太晚了，记得要准时吃饭。"

"知道了。"

挂上电话，我试图集中精力在尸检报告上。但或许是因为昨天晚上没有休息好，效率低得令人火大。写出来的句子不是缺乏条理性，就是过于专业晦涩，刑警们根本不可能读得明白。这样来回修改了好几遍，才总算拼凑了一篇差强人意的东西出来，由于尸检本身就没获得什么意义重大的信息，恐怕报告对郑宗南他们也难有什么帮助。

我走出办公室，锁了门，在电梯前按下上行按钮，却怎么样也无法把它点亮。一看时间，竟已将近晚上八点，在不见天日的地下室里，时间总是趁人不注意而流逝得飞快。因为局里绝大多数人都已经下班，电梯也停止了运行。我没有其他办法，只能穿过整座大楼，使用位于另一侧的消防楼梯。

那样的话，就必须穿过一条狭长的走廊。走廊上安装着讨厌的节能日光灯，发出一汪青惨惨的光线，直至远处的尽头，这是因为那边的楼梯间使用了声控电灯。毫无疑问，现在还留在这里的，就只有我一个人了，孤独的脚步声在空荡荡的走廊里回响，四周犹如停尸房一般寂静。

我走过一扇厚重的铁门，对了，事实上这里就是停尸房啊。或许应该说，现在这里只有我一个活人才对。

地下二层除了法医办公室和停尸房以外，还有两间用于临时羁押嫌疑人的拘留室。为了防止嫌疑人自残或销毁证据，拘留室没有通常意义上的门，取而代之的是比大拇指还粗的精钢栅栏，活像动物园里猛兽居住的笼子。笼子的一角设有便池，同样没有任何遮拦，要是有人使用的话，恐怕我在这层楼就待不下去了。幸好这是堂堂市公安局，一般的小偷小摸或打架斗殴的嫌犯，自然是没有资格被扣押在这里的，因此拘留室长年都处于空空如也的状态。

日光灯无法照亮拘留室的内部，铁栅栏的影子匍匐在地上，接着融入朦胧的阴影中。我忍不住瞥向笼子深处，神经质地觉得或许有什么东西潜伏在那里，然而目不能及，里面安静得连一丝风都没有。

静谧的大楼，狭长的走廊，黑暗的房间。

一股凉气悄无声息地爬上脊梁，这样的场景好像似曾相识。

"啊哈哈哈哈哈哈哈哈哈哈哈！！！"耳畔回荡起一阵歇斯底里的狂笑。

"杨恪平，你也太没用了吧！"一个男孩阴阳怪气地叫道。

"嘻嘻……"好像还有女孩子忍俊不禁的声音夹杂在里头。

眼前蓦地浮现出那时候的画面：我孤零零地站在一片小空地上，弯腰喘着粗气，身上只穿了一条裤衩，屁股上还破了两个大洞。四周布满了阴恻恻的家伙，如同一群饥饿的僵尸，不怀好意地缓缓聚拢，把我团团围在中间，无路可逃。

然后，他们像事先约好的一般，同时爆发出一阵震耳欲聋的怪叫。

在名目种类繁多的大学中，医学院历来是一个比较特殊的地方。无论在哪所医学院的哪个年级，总会有那么两三个穷极无聊的男生，喜欢玩一种胆量游戏，大致的内容无非就是晚上独自到坟地里转一圈，或者是在人体标本陈列室闻着福尔马林的气味过夜之类的。仿佛此等壮举可以弥补智商上的缺陷，俨然也能把自己当作合格的医生了。

十几年前，我还在医学院念本科的时候，寝室的老三就是这么一个家伙。

当时，电影《午夜凶铃》刚刚在日本上映。作为好事分子的老三自然不甘落后，从盗版光碟贩子手里搞来一张ＶＣＤ，是用手提摄像机翻拍的版本，图像模糊不清，还能看到前排的观众在大银幕前走过的影子。但对于穷学生来说，没什么是不能忍受的，于是邻近几个寝室的男生便都聚了过来，围坐在老六的电脑前观看。老六以学习需要为名，让家里给他配了一台ＩＢＭ的笔记本，这在当年可是了不得的东西。

我素有自知之明，当然不会去凑这个热闹。但周围的人谈论得热火朝天，因此我对电影的剧情还是多少有些耳闻，大意就是一卷被诅咒了的录影带，每当播放的时候，鬼就从电视机里面爬出来杀人。哦，还有那个女鬼的名字叫作贞子。

那天夜里，我像平常一样到水房里洗漱。宿舍每天晚上十一点准时熄灯，之后立即便会有一大帮光着膀子，浑身散发着汗臭和烟味的好汉涌进水房。我不喜欢和人挤在一起，以及被旁边哥们儿吐出的漱口水溅到身上的感觉，所以总是提早一点儿过来。

我刷完牙，从水房里出来的时候，楼道里已是漆黑一片。两旁寝室的门大都敞开着，奇怪的是，却看不到拿着毛巾脸盆鱼贯而出的家伙。

我不明就里地回到自己的寝室，正准备上床睡觉，忽然察觉了不对劲的地方。

黑暗中，寝室里的其他人全都不见了。

在我出门之前，除了每天晚上的例行公事，在楼底下和女朋友卿卿我我依依不舍一番的老大以外，每个人都还在。显而易见，他们不可能是去了水房，否则的话，一定会和我在楼道里碰上。

难道说，又有女生没拉窗帘就换衣服，所以这群色狼都挤到对面寝室偷窥去了？

这有可能，因为从我们自己寝室的窗户，是看不到女生宿舍楼的。

对面寝室的门是开着的，我直接便闯了进去，然而我们屋的那些家伙根本没在。不光如此，原本住在对门的那几个哥们儿，现在也一个都不见了。

这太不可思议了！我感到额头上一颗水珠滑落，不知道是洗脸的时候没有擦干，还是刚刚才冒出来的冷汗。

就在这时，我听到了一些声音，是从我的寝室里传来的。

我猛然回头，并没有看见我的室友们。但原本黑灯瞎火的房间中央，现在赫然出现了一方光亮，声音正是从那儿传出来的。我认出来那是老六的IBM笔记本，而且十分确信，不到一分钟前它还是关着的。

荧幕上显示着一个奇怪的画面，好像是一口井。

好像响起了电话铃声。画面切换，变成了一个长发的女子，她缓缓转过头，向着荧幕以外的世界伸出一只手来。

"有鬼啊——"

我一边像疯了一般朝楼外狂奔，一边撕心裂肺地喊着这三个字。

　　宿舍楼前是一块小空地，我惊讶地发现这里聚集了许多人，他们大都躲在路灯直射不到的地方，肢体相互缠绕在一起，摆成了各种怪异的姿势。

　　身后的男生宿舍突然响起一阵疯狂的笑声，我顿觉手足无措。然而为时已晚，空地上人们的目光早已完全被这个只在腰间围了一条破裤衩，并且做出了奇怪举动的男生所吸引。他们慢慢包围过来，一个个带着似笑非笑的诡异表情，老大和他女朋友也在其中。

　　真相不难猜测。老三花了一个下午，动员附近的男生寝室协助这场恶作剧；与此同时，对电脑比较在行的老二则编写了一个定时自动播放的程序。但令他们始料未及的是，我在受到惊吓以后竟会径直冲出宿舍楼。

　　因为动静闹得比较大，惊动了宿舍的楼管，于是事情又被报告到了学校。老三倒也算够义气，主动承担了所有罪名而没让其他人受到牵连，教导主任网开一面给他免去记过处分，只是在广播里作了全校通报批评。

　　当然，五分钟后，就不会有任何人记得老三的名字了。

　　具有讽刺意味的是，我作为受害者，虽然没有受到任何惩罚，却从此成了学校里的名人。由于这一事件，我在整个大学阶段都没有试图去和女生交往。

　　我的报复在临近毕业之际才姗姗来迟。当我宣布将会攻读法医专业的研究生时，老三直接从双层床的上铺摔了下来，脚踝因此肿了好几天。要是说，我当时没有半点幸灾乐祸的心情，那绝对是骗人的。

　　在许多人的概念中，怕鬼的人自然也会怕见死人，更不用说一天到晚在死人堆里面打转了。有趣的是，事实上并非如此。在英语里，Necrophobia（尸体恐惧症）和 Phasmophobia（鬼魂恐惧症）是截然不同的两个单词，前者有时又被称作 Thanatophobia（死亡恐惧症），源于人类对自身死亡的恐惧；后者则仅限于超自然现象方面，有些人对 UFO 和外星人的恐惧也可以划归此列。

我对这些理论也了解得并不透彻，曾枫大概能做出更为详尽的解释。心理医生无疑清楚二者之间的区别，因此对我身为法医却害怕鬼一事，并没有感到十分惊讶。

就我自己的情形而言，当面对一具人类尸体时，即使是眼球暴突或是肠流遍地，也完全不会令我觉得可怕。恰恰相反，手术刀、肋骨剪、电动开颅锯这些光听名字就足以令一般人胆寒的东西，我拿在手里却有一种如鱼得水的满足感。就好比端起调色板的画家，或是双手在琴键上轻扫而过的钢琴师一样。

然而在深夜里，孤身一人走过这条阴冷的走廊时，感觉就大不一样了。我不自觉地加快了脚步，唯恐在某间拘留室的阴影里，又将看见一台正在播放《午夜凶铃》的笔记本电脑。

走廊的尽头又是令我头皮发麻的楼梯。我像小时候一样，迈开大步，一鼓作气便冲了上去。不过，在走进一层的接待大厅之前，我已经重新调匀了呼吸。

"杨大夫，这么晚了还没回去？"接待大厅的警卫诧异地说。

"嗯，"我故作轻松地挥挥手，"有个报告必须要今天完成。"

"呀，您辛苦了。"

因为并非每个人都是心理医生，一个怕鬼的法医，在这个雄性激素严重过剩的地方，理所当然不可能得到任何理解。因此我向来十分注意，绝对不能让旁人察觉一点儿蛛丝马迹，考虑到对手都是火眼金睛的刑警们，这委实是件不容易的事情。

霎时间，我明白了自己一直没有意识到的工作压力的来源是什么了。

停车场上所剩的车已经寥寥无几，我径直走向我那辆丰田PRADO。启动发动机之前，我下意识地调整了一下车内后视镜，当眼神接触到那黑黝黝的镜子时，心中又忽然一凛，觉得会在后座突然蹦出个鬼来。

我驾车在中央大道掉头，右转驶入圣月西路，然后又拐进花园大道。璀璨的灯光在车窗外飞闪掠过，昭示着城市的夜晚才刚刚揭开帷幕。我驶入右关百货大楼的停车场，在地下二层停好车后，乘坐直达电梯前往位于八楼的餐饮楼层。

我的目的地是一家叫作"夜路"的店，现代重金属的装修风格，兼营酒吧和餐厅。此时已经过了生物钟设定的晚饭时间，我并不觉得饿，也没有什么欣赏美食的胃口。只是在工作告一段落后，假如不去找吴瞎子喝上一杯，便总觉得好像欠缺了点儿什么。由于长期和一科的伙计们合作，这毛病也不知不觉地传染到我身上来了。

吴瞎子是个有趣的家伙，他不光是"夜路"的老板，还亲自在吧台作调酒师，手艺不同凡响。我想，他多半是姓吴，但却从来不知道他的大名。这倒不怎么要紧，反正外号是不会骗人的，吴瞎子的确是个如假包换的瞎子，从早到晚都戴着一副太阳镜，毫不透光的镜片让人不禁联想起老式的黑胶唱片。据说，店里面有伙计看过他摘下眼镜后的样子，左右眼球均已整体摘除，只剩下两道瘆人的疤痕。

我信步走进店内，吧台就设在靠近店门的位置，吴瞎子身穿熨得笔挺的衬衫和条纹西装背心，正在来回擦拭一个高脚杯。

大部分盲人都有超越常人的听觉，听见我走近的脚步声，吴瞎子骤然停下了手里的动作。他抬起头来，漆黑的眼镜正对着我所在的方向。

"欢迎光临。"

与平日里不同，吴瞎子的声音显得有气无力的。

"老板，生意好哇。"我随口客套着。事实上在这个时间，吃晚饭的客人已经走得差不多了，而喝酒的客人还没到来，店里面显得空荡荡的。L形的吧台旁大概有十几个座位，此刻只有最里面的角落坐了一位女性顾客，她的面前放着一杯喝了一半的马丁尼。

"呵，原来是大夫啊。"吴瞎子咧嘴一笑，但笑容有些勉强。"有日子没见了啊。喝点儿什么吗？"

"嗯，还是老样儿吧。"

老样儿的意思是指苏格兰威士忌加冰块，醇香的金黄色液体能给身体带来愉快的放松，那正是我现在所需要的。尽管之后还要开车回家，但我清楚自己的酒量，只喝这一杯不会造成任何影响。至于路上的交警，显然也不会来为难市局的上级警官。

"夜路"的吧台是经过特别设计的，每样东西都摆放在固定的位置，因此吴瞎子虽然看不见，也能驾轻就熟。他拉过一个方形的酒杯，往里面加入适量的冰块，放在了我的面前。然后他抓起一个酒瓶，在手里掂量了一下，准备倒酒。

这时我诧异地发现，那赫然竟是一个波旁威士忌的瓶子。

"等一下！"我一把按住吴瞎子准备倒酒的手。

吴瞎子蓦地怔住了，脸上透露出诚惶诚恐的神情。被我的声音吸引，角落里的女人也把头转向了这边，她的侧脸乍看上去很熟悉。或许是有点儿像某个女明星吧，我想，在这个时代，美女的同质化本来便十分严重。

"哎呀，对不起。"吴瞎子终于意识到了错误，立即把那瓶波旁收了回去，又从旁边拿起了 CHIVAS 的瓶子。

我顿时觉得有些无趣，本来是打算找吴瞎子发发牢骚的，可是看他那心不在焉的样子，今天明显不在状态。

一阵烤肉的香气传来，这让我想起了这里的煎鸡肉三明治也是一绝。我确实是答应过甘芸要好好吃晚饭的。

"我还是坐到里面去好了。"我说着向吴瞎子举起杯子，他对这个动作毫无反应，只是无精打采地点点头，算是回答我的话。

我选了一张带沙发座位的桌子，店里的伙计强子招呼我坐下，我不假思索地在点餐单上勾选了煎鸡肉三明治和罗宋汤。强子今年过年的时候才刚满十七岁，但已经在"夜路"里干了有一段时间，和我们这些常客也混得颇熟。

"你们老板今天是怎么回事？"把点餐单递过去时，我拦住他问道。

"哪止今天，这段时间一直都这样呢，"强子压低了声音说，"听说老板家里出事了。"

"啊？什么事？"

"那我就不太清楚了。那个，杨大夫，您可别说是我说的啊。"

给我端来三明治的是另一名叫阿森的伙计，大概是强子那小子怕我继续追问下去，所以刻意躲开了。

食物香气的信号迅速传递至大脑，减少了胰高血糖素的分泌，被抑制的饥饿感又重新开始蔓延。轻咬一口三明治，包裹在鸡肉内的汁液如决堤般涌出，浸润了外层烤得恰到好处的面包，配合着有机番茄和芥末酱，在舌尖上形成一股妙不可言的滋味。

"夜路"的这道菜，秘诀在于其新鲜的用料，因此从来没让人失望过。

我狼吞虎咽地嚼着三明治，忽然有一种被人注视的感觉。那目光似乎是来自吧台方向，我本来以为是吴瞎子，但随即醒悟过来那是不可能的。囫囵吞下嘴里的半块鸡肉，我抬头一看，发现那个喝马丁尼的女人正目不转睛地朝这边望。发现被我注意到了以后，她马上把脸转向了别处。

初次直面她的正脸，再次让我产生了一种似曾相识的感觉。无论如何，她可算得上是个漂亮的女人，大概是在附近写字楼工作的白领。乌亮的长发烫成了大波浪卷，脸上化了淡妆，身穿一袭纯黑色的套裙，彰显出她苗条的身材。尽管我还是更欣赏像甘芸或小安那种丰满而活力充沛的女孩，但在女人裙摆之下，交叉于吧台旁边那双曲线完美的小腿，同样叫人浮想联翩。

"夜路"既然是酒吧，自然就不乏那些寻找艳遇的顾客。老实说，假如这样的女人走过来搭讪，那是很难把她拒于千里之外的。

不过令我在意的是，我确定自己曾在什么地方见过这个女人，却无论如何也想不起来她是谁——说不定，她也是出于同样的理由所以多看了我两眼。我想，大概是很久以前的事情了，否则像这样的女人，我应该是不会轻易忘掉的。

酒足饭饱后，我带着遗憾离开了"夜路"，始终无法想起那个女人的身份。我也考虑过直接过去问她，但最终还是打消了这个念头，因为假如人家对我没有印象的话，那只会被认为是个可悲的借口罢了。

我乘电梯到地下停车场，发现PRADO被两辆车紧紧夹在了中间，左边的那辆奥迪尤为过分，几乎是紧贴着我的车停住。车门只能拉开一个很小的角度，人根本不可能钻进去。无计可施之下，我只好打开副驾驶一侧的车门，跨过中控台和换挡杆进入驾驶舱。

我好不容易刚刚坐下，一个人影从车前方经过，定睛一看，竟然是刚才"夜路"里的那个女人。

我忽然有了一个疯狂的想法，假如开车一路跟踪她回家的话，说不定能想起来这个女人究竟是谁。

PRADO 停的位置很好，是车辆驶离停车场的必经之路。于是我故意先不启动发动机，就坐在那儿等她开车出来，心里感到不可思议，自己怎么会那么在意她的事情。

十分钟后，女人再次出现在挡风玻璃前，一边还在东张西望。似乎她在停车场里面逛了一圈，然后又绕回到了原点。

我按捺不住，折腾着从副驾驶一侧下了车。

"找不着车了吗？"我从越野车的阴影处跳出来。

女人下意识地向后退了一步，但并没有露出受到惊吓的表情。她与我对视了两三秒，又瞟了一眼旁边的 PRADO。

"酒后驾车可是违法的。"她缓缓道，声音如同一杯微温的威士忌。

"说我吗？"我微笑着反诘，"你自己呢？"马丁尼可是由琴酒和苦艾酒调成的烈酒。

"我可没有开车。"

"那你到停车场来干嘛？"

女人的回答让我心花怒放。

"我是来找你的。"

"噢？找我有事吗？"我竭力让自己显得矜持一些。

"嗯，这个给你。"

女人递过来一张名片，我伸手接了，但那上面并非我想象的那样是她的电话号码，而是一个网址。

"这是什么网站？"我惊奇地问道，"为什么要给我这个？"

"因为，"她的话音依然平静，却犹如一道晴天霹雳，"你的身上……有问题。"

"什么？！"

"你现在大概还没有意识到，但不久之后也许你会需要我的帮助。假如是那样的话，你只要到上面的网站留言，我就可以看到了。"

我几乎就要认为，这又是老三安排的一出恶作剧了。然而看见女人那认真的样子，却令我始终无法释怀。

"喂！我到底有什么问题，你把话说清楚了！"

"该怎么说呢……"她幽幽地说，眼神像是在看一只无家可归的流浪狗。

"你身上，有不干净的东西。"

第五章　穿起新衣裳

冰冷的解剖台上躺着一具冰冷的女尸。

女尸是赤裸着的，在无影灯的照射下，洁白无瑕的躯体被包裹在一片神圣的光晕之中，宛若一尊白玉美人雕像。

精钢制成的手术刀已经抵住了女尸的咽喉，然而我执刀的手却在微微颤抖，始终无法用力割下那吹弹可破的肌肤，仿佛不忍心去破坏这件完美的艺术品。

我伸出另一只手压住女尸的胸部，希望借此来减少手术刀的抖动。指尖顿时传来一股柔软而富有弹性的触感，凝脂般的乳房在掌心里不安分地游走，就像是一对野性未驯的兔子，使我无法着力。

正当我不知所措的时候，女尸忽然睁开了眼睛。

她的瞳孔已经完全散大，犹如两颗黑色钻石，直勾勾地望向天花板，显得说不出的香艳诡秘。奶油般苍白的嘴唇微微上翘，似笑非笑的表情却格外撩人。

她抬起头来，将那寒芒闪动的刀尖咬在了嘴里。然后双唇微张，舌尖抵着锋锐无匹的刀刃缓缓滑过，却没留下丝毫伤痕。她从刀身舐至刀柄，接着又顺势滑上了我的手指。

我呆呆地松开了手，手术刀哐当一声掉到了地上。

女尸翻身坐了起来，黑漆漆的眼珠转到我的身上，脸上那淫靡的笑意更浓了。她轻舔双唇，一丝水银般的唾液挂在嘴角，挑逗着我每根神经的原始欲望。她像体操运动员那样舒展双臂，优雅地向前围拢，如蛇一般地攀上了我的脖子。我只觉浑身无法动弹，一双冷冰冰的嘴唇瞬间贴上了我的唇，舌头随即互相纠缠在一起。

我的一只手依然按在女尸的胸部，随着她的身体紧贴上来，丰满圆润的乳房逐渐在我的掌中变形，她发出了如莺啼般的一声嘤咛。

耳熟的声音唤起了我的记忆。对了，怀中的女人根本不是什么尸体，而是一科的刑警小安。把解剖台当成爱床真是一个绝妙的主意，在办公室里偷偷摸摸地结合，也平添了一种别样的快感。

女人的身体变得紧绷起来，她轻轻地啮咬着我的下唇，雪白修长的双腿已经盘到了我的背后。我也积极地给予她回应，一边热烈地吸吮她那有如兰花般的舌尖，一边伸手将她拦腰抱起。冰凉光滑的腰肢仿若杨柳一般纤细，随着躯体有节奏地摇摆，一头波浪般的秀发在我手上来回掠过。

不，不对。小安明明是齐耳根的短发，怎么会落到腰际了呢？

无比高涨的情欲已经不允许我再进一步思考，我紧紧地拥着怀中那具魅惑的躯体，五感开始变得模糊起来。

我从双人床上醒来，发现周围空空如也，压根儿就没有什么女人的影子。下体传来一阵胀痛，我意识到自己正处于完全勃起的状态。

原来竟是南柯一梦，我不由得重重地叹了一口气，心中的失落难以言表。不过转念一想，总算摆脱了那楼梯间的梦魇，倒也是件值得高兴的事情。方才的梦境虽然匪夷所思，但与其说是噩梦，还不如说是美梦更加合适。显而易见，这个梦并没有让曾枫知道的必要。

我重新闭上眼睛，浑身无力地瘫卧在床上，恋恋不舍地回味着梦中种种旖旎风光。在解剖台上，女人睁开眼睛的样子清晰地刻在了我的脑海里——很明显，那并不是小安的脸，可是我却想不起来她是谁。婀娜多姿的身段正如一缕轻烟逐渐消散，我想伸手去抱住她，却只扑了个空。

黑暗中，从前交往过的女朋友，以及那些我曾经心仪的女孩，她们靓丽的容貌在眼前逐一浮现。女孩子们燕瘦环肥，每一个都十分美艳动人，然而却不是梦中女郎的模样。

最后我忽而明白过来，她就是之前在"夜路"里遇见的那个女人。

"你身上有不干净的东西。"女人说完这句话便离开了。只剩下我像个白痴一样伫立在原地干笑，不自然的笑声在停车场里回荡。

因为这未免也太荒谬了。

所谓"不干净的东西"只是一种含蓄的表达，换成直接的说法，那就是"鬼"。尽管我向来对各类恐怖作品都是避之则吉，但对"鬼上身"这一概念还是了解的。无论在小说还是电影里，被鬼魂附身的人都会丧失本性，肉体按照附身灵魂的意志行动，而假如鬼魂由于某种原因离开了，被附身者又会恢复原本的意识，但通常对被附身期间的行为没有记忆。从这一点上来看，倒和多重性格的临床表现有异曲同工之处。

这么一来便很清楚了，现在支配我这个身体的，毫无疑问就是杨恪平的意志。因此说我被鬼上身什么的，纯属无稽之谈。

两腿之间的那玩意儿依旧巍然挺立，甚至比平常和女孩子在一起的时候更加雄壮威武。早知如此，我懊悔地想着，傍晚的时候答应让甘芸过来就好了。

我不打算通过自慰来解决问题，这并非出于什么生理健康的考虑，而是我觉得自己不能做好。以往几次手淫的经验，都是以包皮被磨得生痛，却没有获得多少快感而告终。作为对人体构造极度熟悉的法医，我实在无法对自己的右手产生性幻想。

然而下体也丝毫没有要偃旗息鼓的意思，那胀痛的感觉极度难受。我跳下床，跑进浴室，把淋浴间的冷水水龙头打开，一鼓作气站到了莲蓬头下方。冰凉彻骨的冷水从头顶浇注下来，熊熊欲火总算慢慢熄灭，神志也变得清明起来了。

耳畔传来呜咽的声音，像是远方婴儿的夜啼，又像是女人悲伤欲绝的低泣。

只是空气在水管中流动产生的响声罢了，我强作镇定地告诉自己。因为平时都是洗热水澡，而热水流经的是另一截水管，所以才会一直没有注意到。

但这听起来合情合理的解释却没有获得预期的效果。我的大脑迅速地想象出一个鬼的样子：它没有脸，也没有手和脚，半透明的头发和躯体悬浮在空中——不，与其说是想象，更应该说是感知，我无比确信，这个鬼就在我的头顶上方，正不怀好意地窥探着我的一举一动。

从莲蓬头中喷射而出的水滴打在睫毛上，额外的重量令眼睑感到不适。但我拼命坚持着不眨眼，因为眼睛一旦闭上了，再睁开的时候，便会发现那个鬼已经不知不觉来到了眼前。

我关上水龙头，低着头退出淋浴间，用毛巾把身上的水珠擦干。在擦头发的时候，必须注意不能让毛巾挡住自己的视线。当然了，也绝对不能去照镜子，否则的话，鬼就会在镜子里从背后出现。

我连滚带爬地逃离自己家的浴室，把满屋子的灯统统打开，房间里顿时明亮得如同白昼。我呆望着客厅的沙发出了好一会儿神，惊慌的心情才逐渐平复下来。

真该让她来好好看看这一幕，我心道。倘若我真被鬼魂附身了，即使不说可以出去吓唬别人，也不至于被自己的胡思乱想吓个半死。

一想起那个女人，胯下那好不容易才安分下来的玩意儿竟又有了蠢蠢欲动的迹象。我感到莫名其妙，之前与她近距离交谈的时候，虽然也并非完全没有被她吸引，但起码不至于立刻产生明显的生理反应。然而自从在梦里出现以后，她犹如散发着一种魔力，哪怕只是一刹那的闪念，也足以令人心荡神驰。

我忽然想到了一种可能性，这个可怕的想法让我仿佛坠入了一个无底的深渊。

这天的后半夜我睡得很不安稳，加上之前的疲劳以及酒精的影响，到了早上还是迷迷糊糊的。清晨时分下起了淅淅沥沥的小雨，气温也骤然回寒，我躲在厚厚的被子里，依旧浑身发抖，感觉像是重新回到了冬天。

我比平时足足晚了一个小时起床，头痛得有些晕眩，四肢像灌了铅一样沉重。在厨房里翻出了半袋面包和果酱，是甘芸在两天前买的，就着开水吃完以后，才感觉好了一些。

早高峰已过，但雨天令本来便不怎么顺畅的道路变得更加湿滑难行，中央大道上堵起了不见头尾的车龙，一些缺乏教养的白痴还在徒劳无功地按着喇叭。我心不在焉地开着车，像蜗牛般慢吞吞地腾挪前行，倒也并不觉得烦躁。

到局里已经接近上午十一点，我走进办公室，空气中似乎还残留着一丝焦糊的气味。解剖台不愧是美国进口的高档货，经过自动清洁以后就如新的一样，几可鉴人。我来到通往停尸房的铁门前，稍稍犹豫了一阵，在门边的密码盘上输入了几个数字，厚重的铁门随即向一旁打开。

　　停尸房共有两个存放尸体的冰柜，都是上中下三排，每排分别是两个装有独立柜门的冰格，因此最多可以同时存放十二具尸体。但由于最上面的一排位置过高，尸体存取时都必须两个人才能举得起来，不仅十分麻烦，而且容易对尸体造成损害，因此除非必要，否则基本上都不会被使用。

　　我打开中间那排的其中一扇柜门，按动开关，冰格底部的钢板便连同上面的内容一起滑动而出。目前居住在这里的是江美琳的遗体，可怜的少女被装在尼龙编织的尸体袋里，这种袋子质地颇为粗糙，实在委屈了她那娇嫩的肌肤。

　　昨天晚上，我在"夜路"里遇见了那个奇妙的女人，当时对她也并没有任何非分之想。因此我只能假设，后来她在梦里出现的时候，一定是有什么特别的地方，才对我产生了如此强烈的诱惑。

　　我不费吹灰之力便找到了答案——事实上，这个特别之处显而易见。

　　那就是，在梦的开头，她是作为一具尸体出现的。

　　世界上存在这样的人，他们对人类尸体往往表现出一种特殊的爱恋，处于尸体的周围能令他们感到满足。在极端的情况下，某些人会与尸体性交，从而获得在正常性行为中无法得到的快感，甚至因此通过谋杀的手段来制造尸体。这种现象目前已经为医学界所认知，学名是"恋尸癖"，是一种严重的心理疾病。主流观点认为，这与患者潜意识中的支配欲望和死亡本能相关。

对于法医来说，恋尸癖是彻头彻尾的绝症。

不幸的是，由于长期与尸体接触，法医偏偏属于最容易患上恋尸癖的人群。我在医学院念研究生的时候，年逾花甲的老教授就曾经语重心长地告诫过我们这些菜鸟。但是告诫归告诫，潜意识是主观意志不能左右的，就像我可以告诉自己鬼怪都是子虚乌有的东西，但也无法抑制恐惧的情绪。

无论如何，对于这样的情况我绝对不能坐视不理。不过，因为单纯地怀疑便跑去找曾机商量的话，也未免过于冒失了。在那之前，我必须做进一步的测试以作确认。

这应该不是什么难事，恰巧，现在停尸房里便有现成的测试对象。

之所以选择江美琳来进行这个实验，是因为相对来说，她的尸体遭受的毁坏较少，这样得出来的测试结果也会准确一些。

我深深吸了一口气，将尸体袋上的拉链拉开四分之一，少女的头部随即展现在日光灯下。她的脸上蒙上了一片薄薄的冰霜，宛如一层细筛的白糖。由于体内水分的流失，脸颊和眼窝显得有些凹陷，但仍然无法掩盖她生前的美丽。

我强迫自己盯着尸体的脸看了两分钟，发现没有任何特别的感觉，当即便安心了不少。但为了谨慎起见，我再次把拉链拉下，使江美琳的胸部也一览无遗。毕竟，梦中的女尸是裸体的，因此有必要进行测试，那种莫名的兴奋是否与尸体的性器官有关。

脖子上绞索造成的勒痕，以及胸前解剖后缝合的伤口，一齐诉说着少女悲惨的命运。只要这案子一天还没侦破，她的遗体就不能火化，按照目前调查的进度来看，恐怕她还得在这冰冷狭窄的格子里住上一段时间。

江美琳的一双乳房早已冻得坚硬如铁，皮肤也已经失去了原有的光泽。除了一丝怜悯以外，我可以肯定自己对她不带有任何情感。

也就是说，到目前为止的结果都是正面的。接下来，最后的一项测试是直接触摸尸体的性器官。只要能够做到这一点，应该就没有什么值得担心的了。

我瞄准那硬邦邦的左乳，不情愿地伸出右手。

在魔爪即将触及少女的身体之际，一只纤纤玉手却悄无声息地，突然从背后搭上了我的肩膀。

我像一个兔子那样蹦了起来，手臂不听使唤地在空中划着滑稽的圆圈。

"哎呀，吓到你了吗？不好意思……"一个女性的声音说道。定睛一看，原来是安绮明，不知道从什么时候起站在了我的身后。

我兀自惊魂未定，凭着本能的反应拉起尼龙袋的拉链，将少女的尸身遮盖，又随手按下开关，目送着她回到那个冰冷漆黑的不锈钢洞穴中去。

"怎么啦？"小安看我没有答应，"不会吓傻了吧？"

"这里可是停尸房啊！冷不丁有人在背后拍你一下，你试试看？"我故作愤怒地抗议，显出振振有词的样子，以掩饰自己的心虚。

"对不起，我看外面没有人，这边的门又开着，就自己进来了。"她眨了眨眼，"我还以为法医是什么都不怕的呢。"

法医怕的东西多了去了，我心道，但脱口而出的却是："找我有事吗？"

"没事来看看你不可以啊？我有那么不受欢迎吗？"

"那当然求之不得。"我半推半搡地带小安离开停尸房，然后把铁门关上。"不过，你现在不是应该很忙的吗？案子破了没？"

"这倒还没有，但已经取得了突破性进展。"

"真的？"

"你看这个。"小安说着把身体凑近，一阵野菊花般的体香钻进了我的鼻孔。

灯光下，我注意到她的脖子上有一个东西闪闪发亮。仔细一看，是一个小小的铜质十字架。

"这个，难道是……"

"是的，跟昨天你在被害人身上发现的那个是一模一样的东西。"

"啊，你是怎么找到的？"

"昨天我不是按你说的，把十字架拿到鉴定科那边去了吗？结果进行还原以后，在十字架的背面发现刻有'圣月教堂'的字样。于是今天一早我们就去找了教堂的神父，确认他们曾经订做了这样一批十字架，用于分发给教区的信徒们。"小安得意地说，"你看，后来神父还送了我一个呢！"

"这么说，死者是前往圣月教堂做礼拜的基督徒了？"如果是这样的话，尸体确认工作也许会比我预料的容易一些。

"那当然也是一种可能性。不过郑队的看法则是，凶手的下一个目标，才是跟圣月教堂有关的人。"

原来如此。那样的话，就是跟"可馨"老板娘一案的手法一样，郑宗南会这么推测也不无道理。

"嗯。"我表示同意。"不过，你到这儿来，不光是为了让我看这个十字架的吧？"

"哦，对了，我们晚上一起吃饭，我是专门来邀请你的。"

71

"吃饭？有什么值得庆祝的事情吗？"

"不是庆祝，昨天小何那冒失鬼不是闯了曾大夫的办公室吗？郑队说，要给人家赔个不是。"

"啊，没想到现在老郑也学会搞这一套了啊。"

"你毕竟也算是当事人之一，所以也一起去吧？"

"这个……"我犹疑不决。由于与一科的关系密切，他们的活动我本来就经常参加。只不过，昨天我便跟甘芸约定好了，今天晚上要和她去吃特价寿司的。

"怎么了？"小安仿佛看穿了我的想法，"跟女朋友有约会吗？那样的话就算啦。"

然而我在考虑的却是另外一个问题。

"老郑有没有说，打算去什么地方吃？"我问。

"还能是哪里？吴瞎子那儿呗！"

对于刑侦一科来说，"夜路"几乎就相当于他们的另一个办公室。

"好吧，"我点点头，"我也去。"

小安回去后，我给甘芸打了个电话，尽管她的声音听起来难免有些失望，但还是显得十分懂事。老实说，对于像她这个年纪的女孩而言，这着实难能可贵。

"那也没办法了，"她说，"还是工作要紧吧。"

"对不起，我们以后再去吧，顶多就是贵一点儿罢了。"

"嗯，没关系的，那你先忙吧。我爱你。"

"……我也是。"我尽量表现得没有半点迟疑。

在食堂解决了午饭，这天下午几乎没有任何工作，一一〇失踪人口信息中心给一科发去与焦尸年龄身高吻合的失踪者名单，同时也抄送给了我一份。之后，中心的工作人员又致电，询问是否需要安排认尸，我当即拒绝了，因为那完全没有意义，只是纯粹为失踪者家属增加不必要的痛苦而已。

就这么浑浑噩噩地等到了下班时间，又耽搁了一会儿，我沿着昨天的路线，驾车前往右关百货大楼。中央大道和花园大道都堵成了停车场，因此在路上的时间比昨天多花了数倍。

正值晚饭时刻，加上这天又是周五，"夜路"的顾客比之前多了不少。吧台旁有两组顾客正在喝酒，一边是两个穿西服的中年男人，无疑是刚下班的白领；另一边则是一男一女两个外国人，似乎还在等待同伴的到来。

店里没有昨天那个女人的踪影。或许，她晚些时候会来，我暗忖。

吴瞎子手持摇壶，正准确无误地往吧台上的杯子里倒出一种蓝色的液体。我礼貌地打了个招呼。

"啊，杨大夫，欢迎欢迎！"墨镜以下的半张脸上顿时绽放出热情的笑容，"昨天真是不好意思，快请进，郑队他们在里面等您呢！"

正当我受宠若惊之际，坐在角落里的郑宗南也看见了我。

"大夫！"他从椅子上站起来挥手，"在这边！"

郑宗南四十来岁，脑袋和四肢仿佛都要比常人大上一圈，浓密的头发梳理得十分整齐，但两鬓已经斑白。乍看上去，没有人会想到他竟是与最危险的犯罪分子打交道的刑警队长，倒像一位和蔼的中学教师。按他自己的话来说，那种满脸凶神恶煞的警察，顶多只能吓唬吓唬无辜的老百姓，在真正穷凶极恶的罪犯面前是完全派不上用场的。

我和郑宗南合作已经有不少年头，也曾破过一些值得骄傲的案子。他属于那种典型的老派刑警，经验和执行力是最主要的武器，其办案手法难免会被认为缺乏灵光一闪的智慧，但却行之有效。毫无疑问，他不可能是什么仕途亨通的人物，但却是领导身边从来不可或缺的实干派。

从其他人的眼中看来，这一桌子顾客实在是太古怪了：光是那个细皮白脸，戴副金丝眼镜的家伙，跟这群一个个满脸严肃，仿佛痔疮发作的男人们混在一起也就罢了，更匪夷所思的是他们中间还坐了一个如花似玉的姑娘。

我惊讶地发现安绮明竟然换了一套衣服，是一件碎花图案的吊带连衣裙，登时使她显得像个恬静文雅的邻家女孩。不仅如此，她还穿了一双细跟的高跟鞋，甚至前所未有地涂上了淡淡的口红。

你是准备去相亲吗？我忍住没把这句话说出口，但小安又一次洞察了我的想法。

"这衣服可是工作。"她悻悻道，显得少有的忸怩。

"老郑，"我笑着坐下来，"你们一科的福利看来不错嘛！"于是在座的男人们都笑了起来。

"真的是工作，"郑宗南正色道，"现在，咱们的最大希望就寄托在小安身上了。"

"怎么回事？"

"简单来说，就是引蛇出洞。"

我立即明白了，这是打算以小安的美貌作为诱饵，把连环杀人案的凶手给引出来。方案不难想象，无非是让小安到凶手可能出没的地点徘徊，其他人则隐蔽在附近监视，假如发现可疑对象的话便一举拿下。这也是她换装及化妆的原因——跟平常男性化的模样比较起来，这一身打扮无疑更具吸引力。

"今晚就要行动？"我问。

"不错，所以抱歉，今天就不陪老弟你喝酒了。"

"会不会太急了？凶手每次作案以后都要隔差不多一个月才再次犯案，他前天才作了案，恐怕暂时不会再出来了。"

"是啊，不过一来局长那边受到的压力很大，所以我们必须要有所行动才行；二来最近这两起案件只隔了十天，这也许表示凶手的犯罪频率在加快。"

"确实有这样的可能。"曾枫也表示赞同，"以往成功的经验会令凶手觉得逃脱追捕很容易，因此会放松警惕；同时对犯罪带来满足感的依赖也会与日俱增，就像毒品一样，迫使他不得不接二连三地作案。"

"总之，"郑宗南道，"我们也做好了打持久战的准备，那家伙总是会露出狐狸尾巴的。"

"话说回来，"我说，"小安是要在哪儿行动呢？凶手的行踪掌握了吗？"

"初步的计划是围绕中央公园和花园大道的市中心一带。目前为止的四名死者，有两人的尸体被弃置在离这不远处，大学生遇害之前则是在市里唱卡拉OK，此外据燕花街的商户反映，被害的老板娘晚上也会不时到附近的酒吧来喝酒。所以我们怀疑，凶手的活动范围是在市中心一带。"

店里的伙计端来食物，郑宗南这才收住了话头。阿森一双蒲扇般的大手上举着一个巨型托盘，强子则身手敏捷地从上面搬下一个接一个的盘子，将猪扒、烤大虾、鸡肉串烧等摆了满满一桌，异常丰盛。只可惜没有好酒为伴，再美味的佳肴也要大打折扣。

"不过，"我继续刚才的话题，"在人流量那么大的地方，要让凶手注意到小安也不容易吧？"

"这就得感谢那些多嘴的记者们了，"郑宗南恨恨道，"全靠他们不负责任地乱写一通，现在已经没有多少女性敢在晚上独自行动的了。"

是这样吗，我忍不住向吧台那边瞟了一眼，先前那两个穿西服的男人已经走了，又来了好几个外国人，一边喝酒一边谈笑风生。

"有份报纸还给凶手起了个名字：女鬼杀手，"小安补充道，"拿超大的字印在头版上，还特地做成了血淋淋的效果。"

我记得很清楚，那报纸出版于清明节当天，据说销量十分可观。

"那帮混账东西，说得好像我们警察压根儿没干活似的。"何丰摆出一副义愤填膺的样子，"应该像去年北京那起案子一样，彻底禁止媒体报道就好了。"

"别说那没用的了。"郑宗南道，"那是因为发生在首都，公安部直接介入了。咱们还是想着赶紧把人抓到，至于他们，爱怎么写就怎么写好了。"

去年，在北京也发生了一系列的连环杀人案。由于公开案情对维持社会稳定有百害而无一利，公安部把相关的消息全都封锁在了最小的范围内，因此案件并不为大众所瞩目。但在公安系统内部，几乎人人都有所耳闻。

"这么说来，"小安插嘴道，"我记得听人提到过，曾大夫您跟那位方程博士好像很熟吧？"

"呃，"曾枫道，"很熟倒说不上，我们是大学同学。"

"谁是方程博士？"我问。

"咦？你不知道吗？"小安惊奇道，"他和曾大夫一样是心理学家，北京的那个案子到后来就是他破的。"

"我怎么没有听说过？"

"从官方渠道流出来的消息当然不会有。但方程博士的一个朋友，叫夏亚什么的，他后来把这个案子写成了小说发表，才最终真相大白。"

"不是说封锁了消息吗？怎么又有小说冒出来呢？"

"正因为是小说的形式，读者都会认为，那些只是编造出来的情节罢了，所以即使发表也没关系嘛！"

"对了！曾大夫，"小何兴奋地喊道，"要不您也从心理学的角度，给咱分析分析这回的案子呗？您说，这家伙杀人也就罢了，干嘛还装神弄鬼的？"他似乎已经完全忘掉这顿饭是为什么吃的了。

"你小子哪儿来那么多废话！"郑宗南斥道，"惹急了曾大夫明儿先替你做个分析，报告指出'此人缺心眼儿，不适合从事刑侦工作'。这样吧，看在你小子跟过我的分儿上，给你找个优差，调往基层派出所去抓卖淫嫖娼怎么样？"

"哎！头儿，我就是随口说说嘛……"

在座的人都一齐大笑起来。

"其实小何说的这个问题，我自己也有考虑过。"曾枫推了推眼镜，"一般来说，凶手毁坏被害人的尸体，大致可以分为两种情况：一种是出于对被害人的憎恨而泄愤，这是最常见的；另一种则恰恰相反，是为了把尸体的某一部分，作为犯罪的纪念品予以收藏，凶手对被害人更多是体现出喜爱的情感，以及疯狂的占有欲。"

"那么，"小安道，"这个凶手应该是属于第二种了。"

"不。首先，并非所有被害人的尸体都遭到了毁坏；其次，凶手切下尸体头部的重点，似乎并不在于得到头部，而是在于剩下一具没有头的尸体。"

"这是什么意思呢？"

"我觉得，在这个案子里，凶手对被害人所持有的感情，既不是'恨'，也不是'爱'，而是像被装扮成女鬼的尸体所表达出来的那样，是一种'恐惧'。对于凶手而言，女性就如同鬼魂一样令他感到惧怕，可能还带有些许厌恶，因此他认为，必须要把她们消灭掉。当然，我不是专门研究犯罪心理学的，所以也说不上是什么专业意见了。"

郑宗南连忙客套了几句，此后饭桌上的气氛逐渐沉默，大家都把注意力转移到了散发着诱人香气的食物上。

一科因为还有任务，这顿饭吃得也是匆匆忙忙的。不久，郑宗南向我和曾枫说了声抱歉，示意准备开始行动。

"杨大夫，"小何突然问道，"您还约了人吗？"

"嗯？没有啊！"

"哦，我看您老是往吧台那边看，以为您在等人呢！"

这小子不管什么时候都是那么讨厌，我心道。

"我是在看吴瞎子，"我随口编了个谎，"今天好像心情很好的样子，我前几天来的时候看他都蔫了。"

"那是当然的，"郑宗南接道，"因为老吴今天早上醒来了。"

"哪个老吴？"

"就是在中央公园管游船的老吴，黎小娟尸体的第一发现者，因为当场心脏病发，之前一直在昏迷状态，今天终于醒了。想不到吧，老吴原来就是吴瞎子的哥哥。"

刑警们离开后不久，曾枫也一并告辞了。我看了看店内的挂钟，还不到九点。

为什么要在意时间呢？我说不上来。于是又点了一杯威士忌，独自靠在沙发上发呆。也许是因为酒精的作用，下身逐渐变得挺立起来了。

我是在等昨天那个女人。自己对这一点心知肚明，只是心里不愿意承认罢了。

时间一分一秒过去，杯中的琥珀色液体很快便见了底，之后，冰块也融化成了液体。

十点三十分，我断定她今天是不会来的了。事实上，以我光顾"夜路"的频率，总共也只见过她一次而已，这足以证明她并非这里的常客。我觉得自己是个十足的傻瓜。

我摇摇头，拖着腿走出店门，迎面而来一群二十出头的年轻人，男孩和女孩互相搂抱着，像缠在了一起的毛线。他们高声说笑着，仿佛在嘲弄眼前这个孑然一身的大叔。

我并没有直接回家，开了二十分钟的车前往甘芸的住处，停好车以后，我拨通了她的手机号码。她与大学时代的同学合租了一处公寓，因此我没有直接上楼去找她。

"恪平，和同事吃完饭了？"甘芸对我的来电似乎很惊喜，"你到家了吗？"

"吃完了，可是没怎么吃饱。"

"啊……怎么那么可怜？"

"是啊，陪我去吃夜宵吧！"

"现在？太晚了吧，明天会起不来的。"

"没关系，反正明天是周末嘛。"说完我才想起，她工作的旅行社在周六也要求上班。

"都这么晚了，你在哪里？"

"我已经到你家楼下了，你换件衣服下来就行。"

十五分钟后，甘芸出现在公寓楼下。这时雨已经停了，但室外的空气仍然清冷，她披了一件皮革外套，下半身却只穿了一条粉红色的迷你裙，又套上长筒黑色丝袜稍作保暖。真是个善解人意的好孩子啊，我在心里由衷地赞叹。

甘芸拉开车门，坐上副驾驶的位置，车内即时洋溢着一股青苹果的芳香。

"你想去吃什么？"她微笑着问道。

我没有回答，一把将她拉近身边，几近疯狂地吻着她的樱唇。左手肆无忌惮地伸向她的大腿，然后又顺势滑入到了裙子底下。

"啊……"甘芸明显被我的举动吓了一跳，但并没有反抗，任由我的手伸进了她的内裤里面。

前方突然亮起一束刺眼的光芒，我登时不知所措，下意识地把手从甘芸的裙子里抽了回来。然而那光却蓦地拐了个弯，径直往别处去了，原来是一辆过路的汽车，那开车的混蛋竟在市区里也打开了远光灯。我正要破口大骂，忽然左颊感到一阵温热，是甘芸那柔软的小手。

"不要在这里……好不好？"她低声哀求，脸上早已是一片绯红。

我以那个滑稽的姿势僵硬了两三秒钟，这才默默放开她的身体。然后我发动了汽车，以远远超过市区上限的时速驾车回家，一路上两人都是一言不发。一进家门，我便扯下了甘芸的外套，不由分说地把她推倒在沙发上。

狂风暴雨般的性爱由客厅持续到卧室，其间我破天荒地三度射精。一番酣战过后，疲劳感完全支配了身体，我倒卧在床上，呼吸着空气中两人的体味，转眼间便已昏昏睡去。

也不知道过去了多长时间，我毫无征兆地醒了过来。四周一片漆黑，万籁俱寂，显然仍是午夜时分。上次没有做梦地在半夜醒来，好像已经是很久以前的事了。

我扭头看看身边的甘芸，她背向着我，似乎还在熟睡之中。一件宽松的银灰色睡袍挡住了她身体的曲线，在幽暗的房间里格外显眼。我不记得甘芸有这么一件衣服存放在我家，大概是刚才一起带来的，她是个聪明的女孩，无疑早就洞悉了我去找她的主要目的。

一开始交往的时候，甘芸喜欢两人相拥着入眠，但由于我说那样根本就睡不好觉，她才躺到旁边，只是把手臂轻搭在我身上。她说，这能让她觉得很有安全感。

银灰色的背影微微抽动，原来她并没有睡着。我听见一声若有若无的呜咽——她似乎是在哭。

此时迷乱的情欲早已退去，我不由得有些心虚。的确，就今天发生的这些事情而言，她有足够的理由感到生气或难过。

我转过身去，从背后搂住甘芸的身子。

"亲爱的，"我尽量温柔地说，"你怎么了？"

她没有答话，依然低声抽泣着，冰凉的身体在我怀里不住颤抖，仿佛一只刚从水里爬上来的小猫。

"有什么事可以好好说吗，先别哭了，好不好？"

她依然保持沉默，但我确信她是醒着的，我加强了手上的力量，想把她翻转过来面向我。然而就在这个时候，客厅那边响起了窸窸窣窣的脚步声。

"恪平？"房门外传来甘芸的声音，"你刚才说什么？"

第六章　出现

我再度醒来的时候，天已经亮了。外面传来滴答滴答的声音，像是又下起了雨，毫无生气的阳光透过窗户照进来，在房间里洒下一片阴郁。

眼前晃过一团灰蒙蒙的影子，似乎有什么人在走动。我揉了揉眼睛，随着目光慢慢聚焦，那影子逐渐化成了一个女孩的形状。甘芸已经穿戴得整整齐齐的，齐肩的头发扎成了一根短辫，显出与年龄不相称的干练。

"醒啦？"她笑着在床边坐下来。

"嗯……"我迷迷糊糊地答应道，"你要走了？"

"我得上班啊！对了，外面下雨，我没有带伞，把你的伞拿走了。"

"是吗，那我开车送你去吧？"我挣扎着要从床上爬起来。

"不用啦，等你起来起码还得十分钟，路上再堵一会儿我就该迟到了，我自己坐地铁还快一些。"

"哦，那好吧……"

甘芸的目光中流露出一丝不易察觉的失望，或许，她是期待我至少再坚持一下的吧。

"冰箱里已经没有吃的了，我煎了最后的几个鸡蛋，你的那份放在微波炉里，待会儿起来记得吃掉，别放凉了。"

"这样啊……那我等会儿去趟超市好了。"

"太累的话就不要勉强自己了，还是我下班去买回来吧。你知道吗，昨天晚上你居然说梦话了，把我吓了一跳。"

"说梦话……吗？"

"是呀，我半夜起来那会儿听见你在说话，但又听不清楚内容。一开始我以为你醒了，就问你在说什么，可是你又不作声了，后来才发现你只是翻了个身，还睡着呢。"

"你半夜起来过？"我隐约觉得有什么地方不太对劲。

"嗯，"甘芸的脸上又泛起了红晕，"因为昨天……那个……太激烈了，我那儿有点不舒服，所以起来去洗了一下……"

我眉头紧皱，似乎有件十分严重的事情，却偏偏想不起来了。

"对了，你昨晚穿的什么衣服？"

甘芸瞪大了眼睛，她对于这个问题显然感到十分惊讶。

"就是现在穿的这身呀，"她拉住迷你裙的一角，"你不记得了吗？"

"不不，我是说晚上睡觉的时候。你是不是穿了一件银色……还是灰色的睡袍？"

"不是啊，是那套粉红色、印着 Hello Kitty 图案的，因为我只有这套睡衣是放在你这里的嘛！再说，我从来就没有过什么银灰色的睡袍啊！"

我想，我这时的样子一定跟鬼没什么两样，因为甘芸的表情就像见了鬼似的。

"亲爱的，你没事吧？"她紧张地伸手摸向我的前额，"也没有发烧啊，怎么脸色会这么差？"

我把脑袋侧向一旁，挣脱了她的手。

"没事，你不是说要上班吗？还不快走？"

甘芸站起来，走到门边又回过了头，一脸担心的样子。

"我真的没事，"我有些不耐烦地说，"快去吧。"

"那你好好休息，我下班再来看你。"

我默默点头。甘芸这才不情愿地转身离开，不一会儿，玄关处响起关门的声音。

我清楚地记得昨天晚上的一幕。我正在与床上的"甘芸"说话，同时又听见了甘芸在门外的声音，但之后的事，我便毫无印象了。甘芸刚才的话也印证了我的记忆，也就是说，这并不是一个梦。

那么，当时我看见的——不对，应该说我抱着的——那个银灰色的东西是什么？！

睡意和疲倦早已飞到了九霄云外，我从床上一跃而起，身上仍是一丝不挂。我审视着这个已经居住了好几年的房间，却突然有了一种说不出的陌生感。

床和床垫是我刚搬进来的时候便买下的，就是那种最普通的实木双人床，反正到现在也还没出什么大毛病。床上用品则是后来趁着右关百货大楼打折的时候，一次性买了两套交替使用，都是深色系的，是为了可以不必频繁换洗。

床单是宛如夜空般的深蓝色，被罩和枕套的颜色要稍浅一些，有点儿像在爱琴海诸岛上随处可见的那种蓝色。显而易见，这些东西都不可能在月光的蛊惑下变成银灰色，何况在这阴雨天气里，昨晚根本就看不到月光。

我试着回忆夜里的细节。除了银灰色的身躯以外，我并没有看见那个东西的脸——如果它真的长着一张脸的话。另外，它似乎会动，而且感觉冰冷。

对了，那个东西还曾经发出了一种类似呜咽的声音。当时我以为是甘芸在哭，但现在回想起来，由昨天见面开始，直到今天早上她出门上班，甘芸的心情一直都还不错。昨晚在床榻之上，她那纵情享受的样子也不像是装出来的。这么说来，她显然不会在半夜偷偷哭泣，只是我由于心中有愧，才导致了误解而已。

如果不是哭声的话，那个东西所发出来的，会不会其实是——这个想法顿时令我毛骨悚然——笑声？

顺理成章地，我立刻联想到了另一件事——这是否就是所谓的"不干净的东西"？

尽管从小到大都怕鬼怕得要死，但我毕竟是个以科学作为职业的医生，在我的信念里，鬼魂是不存在于这个世界上的。假如有人说了奇怪的话，或者是夜里看见了奇怪的东西，我大概只会当作是无稽之谈。然而，这些平时鲜会碰上的事情，却在两天之内接连发生，从概率上来说，二者之间不可能没有关联。

此外，不知道为什么，那个女人说话的方式给人一种很有分量的感觉，也令我无法等闲视之。

前天晚上，她是这么说的：你身上有不干净的东西——是"身上"，而不是"身体里面"，因此也可以解释为，那东西是附着在我体外的某个地方。之前把这句话理解成鬼魂附体的意思，说不定是我误会了。

中国的民间传说中，遭人杀害的死者阴魂不散，会留在阳间纠缠着凶手不放。平时看上去虽然没什么异状，但倘若遇到天生阴阳眼的人或者修炼有方的术士，便能看到伏于凶手的背上伺机报仇的鬼魂。因此古代有些刽子手在行刑前以黑布蒙面，目的便是让受刑者无法认出自己的面貌。

难道说，那个女人竟是个能看见鬼魂的人物？

但问题是，我可没有杀过人，不仅如此，我还是专门替无辜死者伸冤的法医。要是没有我，郑宗南这些刑警们便不知道该去寻找什么凶器，也无从得知准确的死亡时间以排查嫌犯的不在场证明；同样，法院也可能会因为缺乏关键证据无法定罪，从而让凶手逍遥法外。多年来，这座城市的杀人凶手们之所以能被绳之以法，完全是因为有我这个法医存在。假如那些鬼魂们现在反而缠上了我，那岂不是恩将仇报了吗？

我感到莫名的委屈，头脑中一片混乱，怎么想也想不出头绪来。不过，接下来该做什么，却是清楚得很。我翻出前天穿的那条裤子，从后兜里掏出来一张卡片，卡片上只印有一个网址。

如果需要帮助的话，就到这个网站上留言——当时，那个女人确实说过这样的话。

我打开书桌上的笔记本电脑。在等待系统启动的过程中，我第一次仔细地端详起那个网址来：域名的后缀是".org"，意味着这应该是一个属于非营利组织的网站，当然互联网的域名注册并没有硬性规定，也就是说无论什么人，只要支付每年几十块钱的管理费用，都能获得这样的一个网址；至于域名的主体部分，则是一串在我看来毫无意义的英文字母，一开始我猜是汉语拼音的首字母缩写，但字母"V"的存在彻底否决了这一可能性。

短短几十秒的等待时间，感觉却像过了半天。系统启动完成后，我迫不及待地打开浏览器，在地址栏输入那个网址，然后按下了回车键。

浏览器的视窗变成黑色，正如那个女人所说的那样，这是互联网上的一个BBS留言板。网页设计得极为简陋，准确地说，根本就没有任何设计可言。黑色背景搭配白色的宋体字，简直就像是回到了二十年前单色显示器流行的年代，整个网页上没有一张图片，甚至连标题都是空白，即使是作为中学生的电脑课作业，恐怕也难以及格。

网页的上半部分显示着之前的发言，我没有心情细看，直接拉到底部发表新留言的地方，一个窄长的文字框要求输入留言者的名字，下面一个较宽的文字框则用于输入留言的内容。这个网页似乎并不要求访问者先注册后才能发言。

我想了想，在名字一栏输入了"右百停车场的陌生人"。看到"右百"，这个城市每个人都明白是指右关百货大楼。因为我还不能确定，这里面是否有某种恶作剧的因素存在，所以不想轻易地留下真实姓名。

在正文一栏，我写道"急需帮助，请尽快联系"，然后留下了自己的手机号码。

按下发送键，屏幕显示留言添加成功。不知道为什么，我竟有一种如释重负的感觉，仿佛只要找到了那个女人，这些诡异的事情便能得到圆满的解决。

"那么，什么都不要管了，先好好睡一觉吧。"心里响起一个声音。

一阵潮水般的睡意汹涌袭来，我摇晃着往后一倒，跌在床上，随即便失去了知觉。迷糊间我似乎醒来过两三次，窗外的天色依旧昏暗，于是又重新陷入了一片混沌之中。

电话铃声响起的时候，我的第一反应是来自凶案现场的召唤，一定是那个家伙又杀人了。连忙摸索着抓起手机，屏幕上却显示着一个陌生的号码。

"喂……"我含混不清地说。

"你好。"话筒里传来对方一句普通的问候，却仿佛是一柄铁锤，一下子重重地击打在我的脑子里。

"啊！你是……"

不会有错，这威士忌般柔和醇厚的声音，正是前天夜里的那个女人。

"请问，"她似乎没有注意到我的失态，"是你在网站上给我留言的吗？"

"是，是的！"我连忙道，"事实上，我这边好像发生了一些怪事……"

于是我把昨天晚上的所见所闻详细地描述了一遍。女人安静地听着，我可以想象她在电话那头认真思考的样子。

"你确定不是在做梦吗？"她问。

"确定。因为当时我还跟那个东西说话，其他人也听到了。"

话一出口我就后悔了，这等于向她承认了我昨晚和其他人同床共枕。但至于这样有什么不好，我却没有细想。

"是吗……"女人沉吟道，"没想到那么快就出现了啊……"

"出现？！什么东西出现？"

"你先不要太紧张，也不用害怕，现在的情况还不算很糟糕，我是可以帮助你的。不过，我们必须尽快见一次面了。"

"那太好了，你现在有空吗？"

"如果你能马上过来的话那当然最好不过——你知道竹语山庄在哪里吗？"

我记得曾在报纸刊登的广告上看到过这个名字，是位于雨竹区的一个商品房小区，从广告的设计和篇幅来看，档次大概不低。虽然不知道具体位置，但我的车里装有 GPS，这应该不成问题。

"我立刻就出发。"我说，"那么，我就在小区附近找一个咖啡馆，然后打电话请你出来。"郑宗南平常就是这样打电话与证人约定会面的地点，我觉得这种说话方式非常酷。

"不行，我今天不能离开这儿，所以你要直接进来找我。"她接着说了一个具体的门牌和房间号。

"这样啊……"

"有问题吗？"

"哦……没有。"没想到竟然要进入她的闺房，我不由得心跳加速起来。

"好，那我就在这儿等你了——哦，还有，记得不要在开车之前喝酒。"

"那个，我可以问一个问题吗？"

"哎？当然可以。"

"你……到底是什么人？"

不知道是不是我的错觉，好像听见她在电话那头低声窃笑。

"我吗？嗯……你就把我当成是辟邪法师好了！"

挂掉电话，手机屏幕上令人难以置信地显示着下午三点零五分，我这才惊觉这个回笼觉竟然睡了那么长时间。匆匆准备一番后赶快出门，通过GPS找到了竹语山庄，原来是在外环路的边上，离这儿有一段不短的路程。

幸好一路上还算顺利。依照GPS的指示，我从某个出口驶离外环路，又在新铺的柏油路面上走了大约七八公里，便看到了竹语山庄气派的大门。前面被一扇汽车道闸拦住了去路，闸门旁有感应式的读卡机，但我显然没有相应的卡片，于是只得乖乖地停了下来。

一名身穿黑色制服的保安走上前来，我放下了驾驶室的车窗玻璃。

"先生您好，"保安礼貌地询问，"请问是来找人的吗？"

"对，"我报出女人告诉我的门牌号，"湘竹阁B座，一六〇五室……"

不料还没等我说完，原本态度亲切的保安却已经陡然变色，仿佛听到了什么噩耗一般，一张脸扭曲成了诡异可怕的形状。

"湘竹阁B座？！"他狠狠地瞪着我，"你说要找湘竹阁B座？业主的名字叫什么？！"

我顿时傻眼了——我并不知道女人的姓名。

保安咄咄逼人地按住挡风玻璃，看那架势，似乎只要我回答不上来，他便要马上报警把我抓走。然而他的眼神中却分明流露出恐惧，好像我不仅仅是普通的可疑分子，而且是个极度危险的家伙。

报警？这个念头倒提醒了我。

"那个，事实上，我是市公安局的……"我从钱包里掏出警官证，亮出印有照片、姓名、单位和警察编号的一面。我的职务"副主任法医师"则印在另一面，紧贴着我的手心。

这一及时的行动果然巧妙地扭转了局势。

"哦哦！原来是这样！"保安如释重负，连连点着头，一脸恍然大悟的样子。"真对不起，杨警官，您怎么不早说呢？"

我自然不会去纠正他在称谓上所犯的错误，同时又隐约感到有些蹊跷——似乎，他认为警察的到来是理所应当的事情。

但我实在不希望再节外生枝，因此也就没有怎么在意。于是保安殷勤地打开道闸，我把车子驶进小区，沿着他指点的方向前进。竹语山庄名副其实，乃是建筑在一片天然的小山坡之上，各种不规则的弯道和上下坡比比皆是，如果是自己进来寻找的话，恐怕难免要绕些冤枉路了。

一眼望去，山庄内都是些二十多层的高层洋房，间距甚宽，低密度住宅的定位注定了其不菲的价格。事实上，这里的环境也的确十分宜人。除了山坡上大片大片茂密的竹林以外，各种色彩艳丽的鲜花和造型别致的盆栽亦随处可见，即使是在机动车道，两侧也分别栽种着整齐的柏树，苍翠挺拔。

有点儿像是古代陵园里，墓道上的那些柏树。

丰田PRADO先后驶过了凤竹阁、青竹阁、金竹阁和桂竹阁——这里的洋房组团似乎都是以竹字命名，每个组团各由三至五幢单元楼组成——便看到了指向湘竹阁的路标。我依照路标上的指示拐弯，把车停在了路旁供访客使用的临时停车场上，前方矗立着四幢风格现代的单元楼，洁白的外墙与阴霾的天空形成了强烈的对比。

单元楼的形状是少见的八角形，乍看之下，容易误以为是圆形，不过倒是符合了小区竹子的主题。由于是依山而建，这四幢大楼虽然外形相同，但高矮不一。从大门外的标识来看，紧挨着停车场的是A座。停车场旁边有一条楼梯，通往较低处的山谷部分。我走下来后，发现谷底是一大片草地，中间有一个人工开凿的长方形水池，池底铺了琉璃色的马赛克，清澈的水面上则漂着几朵淡紫色的睡莲。一道格调雅致的平板小桥横跨水池，之后便是B座的入口，防盗门安装了先进的视频通话系统，此刻却形同虚设地敞开着。

我信步走进大楼，心道这小区的安保措施原来也不过如此。大堂的装修简洁漂亮，角落里点缀着竹子的装饰。呼唤电梯的按钮下方放着一个顶部是烟灰缸的垃圾桶，但空气中并没有令人讨厌的烟味，我按下按钮，左边的电梯门随即应声打开。

心跳随着电梯的上升开始加速，大概是因为即将与她见面，所以变得兴奋的缘故吧——我这样想着，但情绪却不怎么愉快。

某种莫名的压抑感让我觉得胸口憋闷，气管仿佛被堵住了，有点儿像在学生时代，高考开始前三十分钟时考场里的气氛。

直至看见她的身姿出现在一六〇五室那扇豪华漂亮的实木大门之后，不适的感觉才略略有所缓解。

"来得可真快。"响起了威士忌般的声音。她今天穿着蓝白条纹的上衣和米色裙子，大概是由于我的来访，而特地换上了外出的服装。

"因为外环路今天很顺啊！"

"是吗？"她说着把我让进门里。

我环视室内，玄关后是连为一体的客厅和饭厅，足足有我家客厅的两倍大。与玄关相对的是一个大阳台，可以眺望坐落于对面山坡之上的 C 座和 D 座。饭厅旁的一扇推拉门紧闭着，门后应该是厨房。一条狭长的走廊通往后面的房间，从客厅的面积来看，这套房子起码有三间卧室。

也就是说，不像是一个单身女人所住的地方。不过，客厅里并没有她和某个男人或小孩子的合照，这令我稍感宽慰。

"那东西……"我开门见山，"你知道那是什么，对吧？"

她点点头。

"具体的种类暂时我还不能辨别。不过，对于这一类的东西，人们通常统称为'鬼'。"

尽管我早已有心理准备，但当她把那个字说出来的时候，还是有种浑身上下被电流击中的感觉。

"那，"我尽量冷静地说，"你有办法对付它吗？"

"你先坐下来吧。"她指着客厅的沙发。

我依言坐下，这沙发质地坚硬，而且似乎长期缺乏保养，坐上去的感受与曾枫办公室里的沙发不可相提并论。其他的家具电器也是较为廉价的产品，电视机甚至还是使用显像管的庞然大物。地板瓷砖和墙纸用的是能满足大多数人品位的图案，但施工质量马虎，大概是开发商在交楼时附送的标准装修。

她不知道从哪儿拿出一支小手电筒，凑到我脸前说了声"别动"，便把光线径直朝我的眼里射来。

与这相同的动作，我已经记不清自己曾做过多少遍了。只是我面向的对象，瞳孔不会因为强光而收缩，自然更不会因为难以忍受而转过头去。

"好了，"她关掉手电筒，"很不舒服吗？"

"没什么，"我咕哝道，"算是报应好了。"

她似乎没听见我的话，手里又变出来一个我没见过的东西。那是一个金属外壳的小盒子，差不多是两张信用卡的大小，上面装了个像计算器那样的液晶荧幕，以及两个发光二极管灯。

"把衣服掀起来。"

"什么？"

"把衣服掀起来，露出肚脐。"她重复了一遍，语气不容分辩。

我自然只能遵命，却不由得暗暗懊恼最近没有更多利用局里的健身房。她大概是打开了金属盒子上的某个开关，一个黄色的灯亮起，同时发出了规律的蜂鸣音。她把盒子放到我的肚皮上，液晶荧幕上随即显示出几个我无法理解的数字。

"现在驱鬼的工具都这么现代化的吗？"我忍不住问道。

"不放心吗？"她一边紧盯着荧幕上数字的变化，一边反问，"是不是觉得我应该点三炷香，拿个桃木剑舞着，然后往你脑门上贴几道符？"

我勉强地笑了笑，没有回答。

大约过了五分钟，金属盒子上另一个红色的灯也亮了起来，蜂鸣音变成了不间断的长鸣。她再次确认荧幕上的读数后关上电源，示意我可以把衣服放下来了。

"还好，看来跟我猜想的一样。"她站起来，走到饭厅的餐桌旁，回来时手里端着一个小塑胶碗。"把这个吃掉，过几个小时后会拉肚子，然后就没事了。"

我朝碗中看去，里面装了半碗乳白色的糊状物。凑近一闻，我不禁皱起了眉，从碗里散发出一股辛辣腥臊的气味，看样子不像是单纯的泻药。

"不要问是什么，吃下去就是了。"她似乎看穿了我的心思。

"这玩意儿没有毒吧？"

"我不是说了吗？吃完会拉肚子的啊！不过除此以外，不会有别的副作用，我也没有理由要害你吧。"

"就没有别的办法了吗？"

"倒也不是说没有。要么吃这个，要么喝两大碗新鲜黑狗血，你自己决定好了。"

我无可奈何，心里反复默念着"这是杏仁露、这是杏仁露"，闭上眼睛屏住呼吸，一口把那坨黏糊糊的东西咽了下去，丝毫不敢让它在口腔内停留。然而还是有少量沾在了舌头上，那滋味简直难以形容，就像是吞了一管脚气膏——而且是用过以后的那种。

"有水吗？"我感觉自己的五官都挤到了一块儿。

"水……哎呀，没有。"

"就算凉水也无所谓，我自己到厨房水龙头接点儿可以吗？"我说着便要站起来。

"不行！！"

她突然猛地飞扑过来，一下子把我按回到了沙发上，我丝毫没有准备，手里的碗顿时被撞飞了出去。她双手紧紧抓住我的肩膀，也不知道她是从哪儿来的力气，双肩竟被她捏得隐隐生痛。我被这突如其来的变故弄得不知所措，犹如石化了一般坐在那儿，不敢再动一下。她则以一个不太淑女的姿势半趴在沙发上，脸色由于剧烈的动作而微微泛红，胸膛有节奏地起伏着。

只听见掉在地上的碗骨碌骨碌旋转的声音，然后一切归于寂静。

我轻轻转过头，她正好抬起了眼睛。一刹那，我与她的视线在空中相遇。身体里好像有个瓶子被打翻了，像潮水一般涌向身上的每个角落，仿佛整个人都泡进了温泉，有种想要引吭高歌的冲动。

就这样四目对视着，谁也没有说话，不知道过了多久。从肩膀上传来的力量已经消失，但她的手仍然没有离开。

"那里……"最终她打破了沉默，声音低如蚊蚋，"不可以进去……"

"哦。"我凝视着她清澈深邃的眼眸，在里面看到了自己一分为二的影子。

这个影子在不知不觉间靠近，随着形状逐渐变得高大，轮廓却慢慢模糊了起来。

就在这时，手机突然响起了刺耳的铃声。她如同遭到电击一般，一下子从沙发上弹了起来，有些神经质地退开几步，转身背向着我，伸手把刚才弄皱了的裙子拉直。

我呆呆地看着她的背影，随手接起电话，只是为了让那讨厌的铃声赶快闭嘴。

"恪平？"话筒里传来甘芸焦急的声音，"你没在家里吗？"

"啊……我在外面。"

"你不会是去超市了吧？要买的东西我都已经买好了，你可不要再买了啊！"

　　她们旅行社的规定，除了店面的服务人员，其他员工在周六只须工作到下午三点。这孩子一定是记着早上的约定，在下班后替我采购去了。

　　"没有……"我支吾道，"只是待在家里太闷了，我出来兜兜风而已。"

　　"是吗？那就好，不过你什么时候回来啊？有些东西等着放进冰箱呢。"

　　"那，我马上就回来。"

　　"嗯！我等你。"

　　我挂掉电话，从沙发上站了起来。她正弯腰捡起刚才掉在地上的碗。

　　"那个……"我艰难地开口道，"如果没有其他事情的话，那我就先回去了。我应该付你多少钱？"

　　她转过身来，脸上已经恢复了平时的神情。

　　"我的名字叫叶诗琴，诗歌的诗，小提琴的琴，所以别老是你你我我的了。"

　　诗琴……我回味着这个名字，脑子里响起了清脆悦耳的叮咚声。

　　"杨恪平。恪守的恪，平安的平。"

　　"女朋友吗？"她指了指我握着的手机。

　　"呃，算是吧。"

　　"为什么要说谎？关于来这里的事情。"

　　"也没有什么特别的理由。但即使跟她说实话，说被鬼魂缠身了所以去找高人求救什么的，也是纯粹让她瞎担心罢了。我只是觉得没有那个必要。"

"呵，没想到你还挺会体贴人的。"她略带嘲讽地说，"但是，不可能瞒得过去吧，昨天晚上她也在场，不是吗？"

"嗯？"

"你在电话里说过，有人能证明你在半夜说话，那应该就是她吧？"

"是的，不过她好像以为我在说梦话。"

"什么？你当时是醒着的吧？"

"可是，在那以后我立刻就睡着了，所以她会这么想也不奇怪。"

叶诗琴瞟了我一眼，脸上露出惊讶的神情。

"你是说，在那样的情况下，你居然睡着了？！不会觉得害怕的吗？"

"怎么可能？"我苦笑道，"恰恰相反，我从小就特别害怕鬼怪一类的东西，而且比普通人害怕的程度要厉害得多。我想，那根本算不上是'睡着了'，而是被吓晕过去了才对。"

这是人类机体与生俱来的一种自我保护机制，就像保险丝的工作原理一样。当恐惧情绪到达了顶点，肾上腺素在瞬间极大量地分泌，令人立即陷入昏迷状态——很多时候，死亡亦将随之降临。但假如后来意识恢复的话，大脑也会将记忆中的情感部分自动抹除，因此虽然能记起发生过的事情，却不会有身历其境的恐惧体验。我相信，昨晚发生的大概就是这么一种情况。

"原来如此。"她嘟囔着，打开了通往外面的大门。

"那个，"我在玄关处站住了脚步，"你还没说我该付多少钱啊。"

"不灵不收钱，等你真的没事了再说吧。"

"这……不太好吧？"

我们再度四目相对，这次她很快便移开了视线。

"快回去吧，让女朋友干等着才不好呢！"

她的样子看起来毫无商量的余地。

"那，今天给你添麻烦了。"我只好恭恭敬敬地鞠了一躬，"谢谢你，叶小姐。"

"叶小姐……"她柳眉轻凝，"听起来真别扭，你以后还是直接叫我诗琴好了。"

这么说来，还会有"以后"是吗？我在回程的路上不断地想着这个问题，于是心里变得阳光明媚了。

回到家的时候，甘芸正坐在房间门外的台阶上，百无聊赖地玩着苹果手机——那是情人节时我送给她的礼物。身边放了两个大号的沃尔玛购物袋，塞得胀鼓鼓的，看起来大部分都是食物。

看到我从电梯里走出来，她的脸上露出了幼儿园小朋友见到妈妈时的表情。

晚饭是无锡排骨和红烧黄花鱼，但其实只是直接从超市买回来的成品，食用前再用微波炉重新加热罢了。这么一来，甘芸便发现了早上我没吃的两个煎蛋，因此我又被她板着脸教训了一通，说什么不吃早饭的危害云云。我本来打算放在晚饭一起吃，可甘芸坚持说放的时间太久会变坏，逼着我去倒掉了。

但即使这样，也没能够改变我拉肚子的命运。诗琴预言的腹泻在晚饭后不久出现，下腹部忽然绞痛难当，仿佛所有肠子都拧在一起打了死结，万幸的是持续时间并不长。从洗手间出来后，或许只是心理作用，觉得身体轻快了许多。

这天晚上，我和甘芸没有做爱——就她在我家过夜的日子而言，这样的事还是第一次发生。或许是因为前一天的疯狂至今依然余劲未消，她并没有表现出任何异样，只是早早地上床休息。

经过一周六天的工作，会感到疲劳也是理所当然的。

我则出奇地清醒，估计是因为上午睡多了的关系。打开电脑，在Skype上和几个久未谋面的朋友有一搭没一搭地聊着天，时间倒也过得飞快。十点半的时候，看到老妈账号上线的信息，我赶忙退出了登录，不然又是一通毫无新意的唠叨。

仍然毫无睡意。我打开互联网浏览器，打算随便上网看点儿新闻，视窗却一下子变成了黑色，由于上一次浏览器没有正常关闭，因此便自动载入了当时打开着的网页。

黑色背景和白色字体，正是诗琴给我的那个BBS留言板。早上我只是瞄了一眼便匆匆跳过，此刻却不禁有些好奇，其他留言者究竟写了什么内容。

查看发言同样不需要任何权限，于是我便一条条阅读起来。大多数发言都是和我一样，因为身边发生了灵异事件而前来求助，但比我的故事要精彩得多了。譬如说，有人写道："我哥哥从外地回来以后就完全变了一个人，肯定是被什么东西上身了"；另一人则言之凿凿地坚称"浴室的天花板漏水，但楼上可是没人住的空房子，那水渍看上去就像是一张人脸的形状啊"，等等。

其中，几天前发表的一条留言引起了我的注意，是因为里面提到的一个名字：

"昨天是美琳尾七的日子。班里的同学一起到晴雾山为她守灵，晚上睡在露营区的帐篷里。我半夜起来的时候，在一棵树后看见了一个白色的人影，仔细一看，那就是穿着白色连衣裙的美琳！！她好像发现了我，很快地飘走了，我想追过去，但她已经消失在树林里面了。我想，一定是她想来和同学们作最后的告别吧。后来跟大家说了这件事，可是谁也不相信我……"

99

从文中提及的地点来判断，发言者多数是来自本地，不过也偶尔会出现一两条关于邻近小城市的信息。比如说，那条差点儿让我从椅子上摔下来的留言。

　　留言发表于大约两个月以前。内容很普通，大意是说房子里好像有些奇怪的现象，怀疑是因为闹鬼，因此恳请高人前往收服。在正文的末尾还附上了房屋的地址：新风大街十九号。

　　我认得这个地方，那是一幢五层高的居民楼。

　　因为二十多年以前，我家就住在隔壁——十七号的顶层。

第七章　在夜半的凶宅中

　　离十一点还差五分钟，尽管还算不上太晚，但早睡的人多半已经进入梦乡。在这时候给关系不算特别亲密的人打电话，无疑是欠缺考虑的举动。

　　思前想后了一会儿，我决定还是要冒失一回。因为现在不把这件事情搞清楚的话，恐怕晚上我也别指望能睡得着了。

　　手机里存着诗琴的来电记录，我走到阳台上，按下了回拨键。

　　新凤大街十九号——仔细想想的话，小时候我每天在楼梯间里疲于奔命，确实是为了逃离它所投下的阴影——是幢闹鬼的房子？那么，那里究竟出现了什么诡异的现象，又是从什么时候开始的？我被这怕黑的窝囊性格拖累了小半辈子，它会不会就是造成这一切的罪魁祸首？

　　当然，这很有可能纯粹是留言那家伙的一派胡言。就算是真的，面对着几十个类似的求助信息，诗琴也未必一定清楚其详细情况。但她毕竟是这方面的"专业人士"，应该有着独到的见解。退一步说，即使只是听到她那如威士忌般温暖的声音，也是令人安心的事情。

　　等待对方应答的提示音响了三遍，我开始感到动摇，诗琴说不定已经睡了。但假如铃声会把她吵醒的话，即使现在挂断也已经来不及，来电显示也将证明是我干的好事。

当提示音响到第八遍的时候，电话突然接通了。我稍等了一会儿，却没有听到诗琴说话，从话筒里传来一些噬噬沙沙的杂音，她那边的信号似乎不是很好。

"喂？"我试探着道。

没有人答话，但通话质量似乎改善了一点儿，可以清楚地听见背景的声音了。哒哒哒，好像是脚步声，频率很快，也许是有人在急匆匆地行走。

砰！！突然传来一声巨响，仿佛某扇门被使劲甩上了的声音。

"喂？听得见吗？"我不自觉地提高了音量，但仍然没有收到回答。

脚步的频率越来越快，夹杂着隐约的喘息声，那边似乎是跑起来了。

"……混蛋！不要过来！！"

啪！嗞——啦——耳膜被突如其来的几下噪声刺得难受，然而我还没得及做出痛苦的表情，电话那头就传来了代表通话结束的信号音。

"喂，喂？！你没事吧？！"我气急败坏地冲着手机大吼，唯一的回应却只有那冷冰冰的嘟嘟声。

"恪平，怎么了？"

穿着 Hello Kitty 睡衣的甘芸从卧室里探出头来。她显然是被吵醒的，但我无暇理会，心急火燎地在手机上按下了重拨。漫长的沉默过后，一个令人绝望的女声说道："您所拨打的电话暂时无法接通，请稍后再拨。"

抱着侥幸的心理又试了一遍，依然是同样的结果。

"恪平？"甘芸紧张地看着我，"到底发生什么事了？"

我垂下握着手机的手，一言不发地站在原地，玻璃窗上忠实地映出了一张铁青的脸。稍稍冷静下来后，我径直走回室内，略一侧身，避开了站在门边的甘芸，从洗衣篓里捡起不久前换下来的衣服。

　　"我有事要出去一下，你先睡吧，不要等我了。"

　　"啊……"

　　我一边穿衣服，一边回想着刚才那通电话。被切断前听到的那句话，毫无疑问，是来自诗琴的声音。出于某种原因，她的声音明显比平时尖锐，而且可以分辨出来，她说话时离话筒还有一段距离。因此，她那句话的对象并不是在电话另一头的我，而是另外的什么人。

　　也就是说，那个她叫着"不要过来"的家伙，当时就在离她不远的地方。

　　"都这么晚了，"甘芸幽幽地说，"有案子吗？"

　　"嗯。"我正好顺水推舟。

　　"还是那个连环杀人案吗？"

　　"呃，这个么……"

　　"知道了，"她叹了口气，"又是不能说，对吧？"

　　"没办法啊。"我挠挠头，觉得这个职业真是选对了。

　　"不会有什么危险吧？怎么看你好像很紧张的样子啊？"

　　"别傻了，怎么会呢……"

　　我强颜欢笑，心里却一点儿底气也没有。直觉告诉我，从现在开始到天亮之前，在这个乌云密布的晚上要想不碰上什么危险，恐怕是不可能的了。

　　更叫人恼火的是，我甚至还不知道那危险到底是什么。

　　深夜的外环路几乎没有什么车，我直接把油门踩到底，

PRADO 四升排气量的发动机发出震耳欲聋的轰鸣，驾驶舱的座椅仿佛化作了巨人的手臂，紧挟着我在城市的边缘穿梭飞行，沿途的路灯则宛如一颗颗燃烧着的子弹，在窗外呼啸掠过。旁边的测速照相机张牙舞爪地打着闪光灯，我不禁露出了嘲弄的笑容——当交警大队负责复核的小姑娘发现，照片上的车牌号码是属于系统内部的时候，便会毫不犹豫地将其删除。

时速表的读数一旦超过了一百八十公里，距离的概念似乎也就随之消失了，这或许便是相对论的一种表现吧。在我反应过来以前，竹语山庄的大门便已再次出现在眼前，理所当然地，我也再次被道闸拒之门外。

下午的时候，诗琴在电话里确实说过"今天都不能离开这儿"。更重要的一点是，除此以外，我根本不知道她有可能会去哪里。

保安带着狐疑的眼神走上前来，大概是中途换过一次班，和下午的时候不是同一个人。

我这次学乖了，干脆也不说是来找人的，而是直接向其出示了警官证。或许是因为夜深了的缘故，保安也变得谨慎了许多，目光不断地在我的脸与证件上的照片之间来回扫过，似乎一时间拿不定主意该怎么办。我拍打着方向盘，故意露出不耐烦的表情，于是这哥们儿也就诚惶诚恐地放行了。

这回轻车熟路，我不费吹灰之力便来到了湘竹阁前的停车场。沿途的柏树在车灯的照射下拖曳出长长的影子，就像是一排排整齐跃动着的妖魔。

我走出车外，狠狠地吸进一口带着竹子清香的新鲜空气，微凉的晚风饱含了雨后的湿气，将残存的睡意彻底驱散。我关上车门，顺势抬头望了望我的目的地，不料这一望之下，却差点儿让我直接从山坡上滚了下去。

"怎、怎么会这样……"

我喃喃自语着，依旧不敢相信眼前的事实。

现在差不多是晚上十一点半，尽管已经算得上深夜，但对于许多都市人来说，还远远不到睡觉时间，尤其是在这周末的日子里。不远处，桂竹阁那灯火通明的几座大楼，便是最好的证据。

然而，眼前矗立着的湘竹阁 B 座，却是完完全全的漆黑一片！

要不是我事先便知道在那儿有一座楼，要在茫茫夜空中发现它那黑黝黝的影子，还真不是件容易的事情。仔细观察一下的话，湘竹阁的另外三幢大楼虽然都有房间亮灯，但灯光明显要比其他组团的单元楼稀落得多。

原来如此，难怪白天当我说要找湘竹阁 B 座的时候，保安会突然变成那样的反应了。

因为，这根本就是一幢没人居住的鬼楼啊！

诗琴自称是法师——事实上，我也不知道她们这类职业准确的名字叫什么，反正就是负责辟邪驱魔的人吧。假如说，她出现在这鬼楼里，是为了对付正在里面作祟的东西，我认为这种猜测完全合理。我虽然在灵异玄学方面一窍不通，但要是说诗琴在楼里设下了某种阵法导致她无法离开，这也并非难以理解的事情。

在网络留言板上，我并没有看到与竹语山庄相关的求助信息。不过，也很可能还有其他接受委托的渠道存在。

这么一来，刚才的那通电话便更有问题了——诗琴口中的那个"混蛋"，指的莫非并不是人类？

此外，这也证明了我的想法没错，诗琴应该仍然身处在这湘竹阁 B 座之内，只是很可能已经陷入了严重的危机之中。而且，清楚她现在所处困境的，或许就只有我一个人而已。

面对着前方那片不祥的黑暗，我不由自主地停住了脚步。毫无疑问，这里闹鬼的消息已经传开，即使是同一组团的其他几座单元楼，也有不少住户因为忌讳而搬到了别处，所以亮灯的房间相对便少了许多。

"没用的家伙，你到底是为什么来的？！"心里有一个声音在破口大骂。

我咬咬牙，几乎是跳着走下了停车场旁边的楼梯。无论如何，把女人丢在危险之中独自逃走，是我坚决不能接受的行为。

下来以后我才发现，原来 B 座也并非彻底的黑暗。一束微黄的灯光，自莲花池后的入口处透出，不过之前在位置较高的山坡之上，由于角度问题而无法看见罢了。只是在我看来，这灯光就好比深海鮟鱇头顶上摇摆不定的发光器，正试图把我吸引到后面隐藏着的那张布满獠牙的大嘴里去。

即便如此，现在也已经别无退路了。我鼓起勇气，脚步踏得噔噔作响，硬着头皮闯进了这座凶宅。电梯间的灯同样亮着，但是由于四周没有窗户，所以无法从外面看见。

一台以正常速度运行的电梯，由地下上升至十六楼，时间一般不应该超过三十秒——然而，当我想象着一张张狰狞扭曲的脸孔，从金属的墙壁和地板上慢慢浮现出来的时候，感觉像是过了好几个小时。不可思议的是，电梯最终竟安然无恙地停了下来，门打开后，外面也没有一个在那儿等候多时的幽灵。

我一个箭步冲到一六〇五室的门前，也顾不得礼节上是否合适了，只管一个劲儿地按着门铃。门内清晰地传来清脆悦耳的音乐声，然而正像我所担心的那样，里面没有任何应答。

我顿时傻眼了。从挂掉电话的那一刻起，我唯一的念头只是诗琴有危险，因此必须尽快赶到她身边。但却丝毫没有想过，如果在这里找不到她的话，应该怎么办。

正当我一筹莫展的时候，忽然注意到了一件事情，不禁浑身又打了个寒战。

是那扇被漆成了朱褐色的豪华实木大门——本应紧密重合在一起的房门和门框之间，此刻却有一个小小的夹角。

也就是说，一六〇五室的房门，现在只是虚掩着的。

我不假思索地轻轻一推，门无声无息地打开了，房间内一片漆黑。我摸索着在门边的墙上找到一个开关，按下去后，天花板上的日光灯立即照亮了整个客厅。

空空如也的阳台、通往卧室的狭窄走廊、廉价的沙发和显像管电视机，室内的一切都与白天的时候一模一样。甚至那个盛过恶心药膏的小塑胶碗，现在也还好端端地摆在餐桌上，唯独不见了诗琴的身影。

我眯缝着眼睛四下环视，希望在这间屋子里找到值得注意的地方——在案件现场的时候，一科的刑警们经常就是这样一副表情。从人体科学的角度来看，这样做能使眼睛的视角变窄，印在视网膜上的景物便会减少，大脑在同一时间需要处理的信息量也将相应减少，因此有助于在视觉信息中分离出重要的部分。

最终我的目光停在了角落处一扇日式风格的推拉门上，如果我没猜错的话，门后应该就是厨房。

"那里不能进。"我记得诗琴曾说过这样的话。但如今我不得不违反她的指示了，因为在那里说不定存在什么能帮助我找到她的线索。

推拉门旁边的墙上有个开关，按下去后，光线便从门缝中透了出来。我伸手就去拉门，然而门却只是稍稍晃动了一下，似乎有什么地方被卡住了。我没那闲工夫慢慢查看到底是哪儿的问题，于是手上加足了劲又拉了一次，随着有什么东西被撕裂的感觉，门像脱缰的野马般滑到了一边。

我瞬间便明白了那时诗琴不让我进来的原因，也深深后悔没有听她的话了。

厨房的天花板、柜子、水池、地板……全部都结满了一层厚厚的霉，墙上的抽油烟机就像是裹在了一团恶心的黑雾中，叫人几乎无法辨认其本来面目。一大片墨绿色的霉甚至长到了推拉门的内侧，像紫菜一样从中间被撕成了两半，估计就是刚才妨碍开门的东西。

这真是一间不折不扣的鬼屋所应有的样子。我跌跌撞撞地后退了几步，不由得双腿一软，一屁股就坐到了地上。手机从牛仔裤的兜里骨碌碌地滚了出来，被我下意识地一把攥到了手里。

我忽然意识到，或许这才是这座大楼的本来面目。或许，那大堂与电梯、那因过分简陋而显得格格不入的客厅，还有那奇妙的女人……全都是用来迷惑我的假象而已。一旦从这幻觉中清醒过来，展现在眼前的便是这宛如地狱般的真实景象。

又或许，这道推拉门就是一条界线，邪恶被封印在门的背后，一直等待着某个好奇心过盛的笨蛋把它们释放出来。

我喘着粗气，惶恐地抬头张望，只是周围并未产生任何变化，依然是那间平凡得不能再平凡的客厅。我颤巍巍地站起来，想去厨房看看，两脚却不听使唤，一个劲儿地挪动后退，似乎是要离那仍旧半开着的厨房门越远越好。无论如何，我也不认为我还有勇气再到里面去仔细调查些什么，就刚才那匆匆一瞥而言，至少有一点是可以肯定的，那就是厨房里并没有人。

不知不觉之间，我已经退到了玄关附近，心跳和呼吸都慢慢平复了一些，于是感官又重新变得灵敏了起来。

好像，在附近的什么地方有人低声地说着话。

说话的人当然不可能在屋内。我走出大门，在狭窄的楼道上来回张望，可是哪儿又有半个人影？

"……哎！干嘛不吭声！！"说话的人大概提高了音量，在一片死寂中，竟已经能够分辨出内容来了。

这是一个低沉的女性声音，听上去十分耳熟，但相比之下，那种独特的说话语气更能表明她的身份。

我猛然醒悟过来，连忙低头去看握在手中的手机。不出所料，电话是接通了的，屏幕上正显示着安绮明的名字。

大概是刚才手机掉出来了以后，我捏在手里，却不小心拨打了电话簿里储存着的号码。事实上，这种配备了触控式屏幕的手机经常会发生类似的错误操作。

"喂，喂。"我把手机放到耳边。

"你怎么回事啊？！"小安没好气地说，"打电话过来自己又不说话！"

"啊呀……不好意思，我应该是不小心按到了。"

"什么嘛？还以为你是想要关心一下我们的诱捕行动呢！"

"噢，对了，有什么进展吗？"

"要是有点儿什么倒也罢了，可恨的就是没有啊……这该死的高跟鞋，我快要被它折磨疯了！"

"这个，习惯以——"

我原本想说的是"习惯以后就好了"，然而声音却戛然而止，仿佛嗓子眼突然遭人敲了一记闷棍。

我呆若木鸡，死死地盯着狭长的楼道尽头，由于眼眶的过分张大，周围的肌肉传来酸痛的感觉。那儿有一扇门，并不是每个套间入口的那种实木大门，而是一扇其貌不扬的灰色防烟门。门框边上带有自动关闭的装置，应当是通往大楼的消防楼梯。

防烟门的上半部镶嵌了一块兴许是装饰用途的毛玻璃，就在这块玻璃之上，此刻正赫然映着一个黑色的人影！

"你说什么？"小安问。

"对不起，我有点儿急事，回头再跟你说吧。"

我不顾小安在电话那头的抗议，一边粗暴地切断了通话，一边快步朝防烟门走去，到最后则演变成了一溜小跑。

"诗琴？"我喊道，"是你吗？"

我不知道自己为什么会问这样的问题——答案应当是显而易见的：除了我和她以外，在这座没有住户的大楼里，根本就不可能还有第三者存在。

仿佛是对我的回应，就当我马上要抵达楼道尽头的时候，门上的黑影竟倏地消失不见了。

"诗……诗琴？"我愣在了门前。

没有回答。静谧的楼道里响起极其微弱的回音，仿佛在讥笑我又产生了幻觉。

事实上，就我现在的精神状态而言，这绝非不可能的事情。在经历了今天一系列的惊吓以后，我早已无法对自己的眼睛抱有信心。

我试着去拉动防烟门，门没有上锁，正如预料的那样，门后是如同长蛇一般盘旋缠绕的消防楼梯。水泥浇注而成的台阶直接裸露在外，并没有铺设地板砖，大概是由于平时很少用到，因此开发商便省下了这个成本。十六楼正好位于大楼的中部，从楼梯的缝隙间望去，既好像高山仰止，又似是临渊万丈，哪边都看不到头。但无论是楼上或是楼下，都察觉不到刚刚有人经过的痕迹。

我不知所措地呆立在门边，须臾，四周突然陷入了一片黑暗之中。

是声控电灯——我立刻便反应了过来，轻轻一跺脚，安装在墙上的感应器接收到声音信号，于是灯随即亮了起来。

与电梯间和楼道里需要一直保持明亮的灯光不同，这消防楼梯由于并不经常被使用，因此出于节省电力的考虑而安装声控电灯，这是很合理的设计。

如此说来，刚才在我打开防烟门走进来的时候，消防楼梯的灯就应该是暗着的才对——除非，之前就有什么人在这里，把声控电灯的开关给启动了。

那人影……并不是幻觉。

诗琴没有理由不回答我的问话，更不可能像那样突然逃走。也许，这里的确还存在第三个人，出于某种目的而进入了这座无人居住的大楼。假如是这样的话，这个家伙一定和诗琴的失踪有着莫大的关系，那我就有非找到他不可的理由。

据说鬼是没有影子的，而这家伙不但在玻璃上留下了影子，甚至还能弄出足以启动声控电灯开关的声响来。我虽然只是法医，但毕竟在刑警堆里混了这么些年，自忖也不是什么好捏的软柿子。只要对方不是鬼，那不管是多么穷凶极恶的角色，总还有与之决一死战的机会。

于是我又一下子来了精神，决定沿着消防楼梯搜索，希望找到哪怕一丁点儿蛛丝马迹。在方向的选择问题上，我看着那仿佛无穷无尽的楼梯，决定还是先从楼下找起，心想要是找不到的话，大不了再坐电梯到顶层重来一遍罢了。

然而很快我便发现，并没有那个必要。

仅仅往下走了一层半，我便注意到，在台阶上躺着一个闪闪发光的玩意儿。定睛一看，那竟是一个手机，大约是摔下来的，后盖和里面的电池都被弹到了外面。

　　一部正常处于待机状态的手机，假如把它的电池取出来——当然，摔出来也一样——之后拨打这个号码，便会听到"电话暂时无法接通"的提示。

　　就像之前，我试图给诗琴打电话时听到的那样。

　　我捡起手机散落的各个部分，装上电池，按下开机键两三秒后，随着机身的一下抖动，屏幕便亮了起来。看样子，手机并没有因为摔到地上而受到严重损坏。

　　我下意识地掏出自己的手机，最近的一次通话记录是安绮明，我按下倒数第二个号码，手机随即自动转入了拨号界面。

　　短暂的沉默后，另一台手机在我手里不住地抖动起来，但却没有发出铃声，似乎是被调成了振动模式。屏幕上显示着一长串数字，不是我的电话号码又是什么？

　　这么一耽搁，已经超过了声控电灯的延时设定，灯又灭了，只剩下两块手机屏幕发出的微光，幽幽地照在我的脸上。我也懒得再去把它跺亮了，周围的黑暗正好有助于我想象，不久前在这儿究竟发生了什么事情。

　　当时诗琴的脚步声十分急促，而且她还喊了"不要过来"。毫无疑问，她是在试图逃离某人或某个东西，因此才会跑到这消防楼梯里来。那么，之前那砰的一声巨响，恐怕就是她从楼道跑进消防楼梯后，为了阻止那人追来，而用力甩上防烟门的声音。然后，就在我现在站着的地方，大概是由于她在奔跑着下楼梯的关系，一不小心将手机掉到了地上，电池也同时弹了出来。

　　这便是通话切断前，我听到的那声"嗞啦"。也因此，虽然我立即重拨她的电话，却再也打不通了。

我认为，这个推测应该已经八九不离十了。问题是，之后她去了哪里，或者——我不得不设想这种可能性——被带去了哪里呢？

我深深地吸了一口气，前方又是一成不变的楼梯拐角，同样的灰色防烟门在一侧紧闭着，简直让人分不清现在是哪一层。正面的墙壁只是马虎地刷了一层白色油漆，还留着好些腻子上的毛刺儿，但除此以外，并没有其他异常之处。我不由得感到一阵焦躁，假如诗琴是被人强行带走的话，她似乎连稍作挣扎的机会都没有。

等等……墙？！

我站在楼梯的中段，距离前方的墙壁还有四五米。单凭手机屏幕的这点儿光线，我根本不应该能看得清楚这面墙，更不用说墙上的毛刺儿了。

不知道是什么时候，天花板上的声控电灯又被点亮了。只是，我却没有发出过任何一点儿声音。

这时我才惊觉，四周已经不再是彻底的寂静，某个沙啦沙啦的声音，正似有还无地飘荡在这楼梯间里。不光如此，所有感官仿佛都在同一时间变得敏锐了起来。我又闻到了一股异乎寻常的清香，那气味实在难以形容，明显夹带着一股腐败的气息，却出奇地并不令人觉得恶心，反而有点儿莫名其妙的好感。

有什么落到了我的头顶上，很轻，也许是半拉蜘蛛网。我不假思索地一抬手，用手机把那东西从头发上拨拉了下来，顺势放到眼前看看到底是什么。这一看，登时让我不禁倒抽了一口凉气。

缠绕在手机上的，竟是一绺泛着银光的白色长发！！

我心里清楚得很，在这种时候，是无论如何不应该抬头看的。

但脖子却仿佛着了魔一般，使不上半分力气，于是脑袋不由自主地便朝后倒去。楼梯间内的灯光算不上多么明亮，却将这幅足以改变我有生以来世界观的画面，无比清晰地映入了我的眼帘。

一颗硕大无朋的头颅，正从天花板上倒吊下来，满头乱七八糟的苍苍白发，犹如狮子鬃毛的形状，乍看上去竟与照片里的爱因斯坦有几分相像。一张尽是皱纹的脸，由那茂密的头发丛中探下，几乎已经碰上了我的鼻尖，枯槁的棕色皮肤之上，布满了大片颜色深浅不一的斑瘀。本来应该是眼睛的位置，现在只剩了两个黑洞洞的深坑，却还在直勾勾地盯着我那早已煞白的脸，仿佛是看到了某种美味的东西。

那股腐败的气息现在变得极为浓烈，毫无疑问正是从这颗头上散发出来的，然而却偏偏又不可思议地夹杂着某种沁人心脾的香气。由于被那极为霸道的头发遮住了视线，我无法看见它的脑袋后面是否还连着一个身体。

这张脸上没有嘴唇，只有一道巨大的漆黑裂缝，斜斜地延伸到脸的两侧，看上去竟然是在笑。

我的头皮还没来得及发麻，只见那脑袋蓦地一缩，便消失在了一片白花花的头发里面。不，不是脑袋缩了进去，而是千丝万缕的白发一起朝我席卷而来，瞬间便把我的头裹成了一个茧。

呼吸立即就变得困难了起来。在人类求生本能的作用下，我拼尽全力挣扎。奇怪的是，这些头发并没有我想象的那样坚韧。我使劲儿甩了几下脑袋，竟然便扯断了不少，我的脸也得以从茧里挣破了出来。我顺势抬起两臂乱挥一通，把依然附在身上的头发拍掉，扭头便没命地朝楼下逃去。

那东西大概没料到我还能反抗，不由得愣了一下，但马上便追了上来。我从眼角的余光瞥见，它似乎是在墙上爬行，速度奇

114

快无比。耳畔传来连续不断的沙啦声，原来那竟是它移动时发出的声音，这声音虽不算大，但假如直接从墙上的声音感应器上经过的话，估计还是能令声控电灯反应的。

连蹦带跳地拐了几个弯，大概也就跑了两三层楼而已，我已经有喘不过气来的感觉，不由得暗叫糟糕。按理说，虽然是全速奔跑，但就下楼梯的运动强度而言，绝不至于让我这么轻易到达体能极限。

然而，身体的状况是绝对无法勉强的。随着呼吸变得急促，无法提供足够的氧气，肌肉的活动便自然而然地慢了下来。那颗头颅从我的视野里消失了，那只有一个可能性，它就在我的背后。

左手忽然一凉，一只冷冰冰的手，像钳子一样紧紧扣住了我的手腕。

啊，终于结束了。我心道。

这时，我产生了一种强烈的既视感。那时候的梦里，当我掉进最后那个地狱般的深渊之前，就是这一模一样的感觉。

说不定这也只是个噩梦吧？说不定，过一会儿，又会在家里的床上满头大汗地醒来。那样的话，大概便要去向曾机汇报了，那可真够麻烦的。

总之，我已经失去了继续逃跑的意志。闭上眼睛，是一片宁静而舒适的黑暗，一直紧绷着的神经终于松弛了下来，连那头颅发出的催命般的沙啦声也听不到了。所有恐惧的情绪，正一点一点地从体内消失。

"看在上帝分儿上，快把这该死的手机扔掉！！！"一个声音叫喊着，打破了我这难得的片刻安宁。我只觉被扣住的手腕上传来一股巨大的拉力，手上原本握着诗琴的手机，一下子便被夺了过去，然后又听见"嗖"的一声。

我不由得睁开眼睛，恰好看见那手机划出最后的一小段抛物线，紧接着啪的一声，重重地摔在上方的水泥台阶上。刚刚才装回去的电池，一下子又蹦了出来。

　　那颗头还悬吊在天花板上，受到响声的吸引，竟放弃了对我的追赶，向那手机掉落的地方滑过去了。然而还没等我松一口气，它却突然在墙上停了下来，复又移向这边，速度比之前更快了。

　　"扔啊！！！"方才的那个声音又在耳边响起。我这才意识到，这声音竟相当熟悉，宛如一壶沸腾的威士忌。

　　当下也不容再作细想，我摆了个推铅球的姿势，将右手上我自己的手机用力朝楼上扔了过去。这半侧身之下，却看清了在旁边拉着我的左手，急得直跺脚的这人，竟正是我千辛万苦要寻找的诗琴。

　　手机飞起来后，那颗头果然又一次停住不动了。然而我的手机却没有那么好的运气，楼梯上方传来一阵玻璃破裂的声音，恐怕屏幕已经摔得粉碎了。

　　我还没来得及心痛，诗琴已经一把将我拉进了旁边的防烟门。两人在楼道里东倒西歪地跑了几步，然后一起跌坐到了地上。

　　这时候的我，无论身心，都已经到了极限。再看看身边的诗琴，脸色也是一片苍白。她仍然穿着下午见面时的那身衣服，但鬓角的秀发凌乱，显得前所未有的狼狈。

　　她靠在墙上，稍稍歇息了一会儿，指了指我，又指了指楼道另一头的电梯间，然后做了一个向下的手势。

　　这意思十分明白，就是让我独自坐电梯到楼下，然后逃出这座见鬼的大楼。我自然不可能同意这样的安排，头摇得像拨浪鼓一样。诗琴看出我没有要离开的意思，但也无可奈何，只轻轻地叹了口气。

"你为什么回来了？"过了一会儿，她低声道。

"呃……因为你没有接电话啊。"我一开口，便发现喉咙竟痛得像火烧一般。

"那又怎么样？"

我是在担心你啊！我在心里大声呐喊，却无法发出半点声音。

诗琴盯着我，忽然道："你这次来怎么比下午快了那么多？"

"呃，刚才比较着急，所以……"

"在路上超速了吗？"

"只超了一点儿，没什么大不了，不会被罚的。"

"你以为，"诗琴却恨恨地说，"这样我就会感激你了吗？"

就算我的脾气再好，听到这话也不由得火冒三丈。我腾地站了起来，只觉得急怒攻心，顿时感到天旋地转，我眼前一黑，然后就什么也不知道了。

也不知道过了多久，一阵凉爽的微风刮在我的脸上，我不由得打了个寒噤，睁开眼睛，看见的却是一望无际的夜空。

四周是一圈环形的低矮山坡，几座高楼的阴影如同利刃直插天穹。一阵醉人的清新花香飘来，我很快便意识到，自己竟是躺在那小山谷里，莲花池畔的草地之上。天上厚重的云层已经散去，银盘似的月亮闪动着耀眼的光芒，昭示着明天该是个晴朗的好天气。

之前的晕眩已经彻底消失了。脑袋下面好像垫着一个柔软温暖的枕头，感觉十分舒适。

"你醒了啊。"

是诗琴的声音。眼前的夜空随即消失了，取而代之的是她那充满关切的面容。我突然醒悟过来，自己的头，原来是搁在了她的大腿之上。

"嗯……"我艰难地答应道。想要挣扎着坐起来，但全身乏力，竟似完全动弹不得。

"不要说话，好好躺一会儿。"

"我……晕过去了吗？"

诗琴静静地看着我，没有回答，她的目光如水一般的温柔。

"唉，真丢人。"我喃喃道。

"以后不要再这么冲动了。"

我勉强挤出一个苦笑，没有说话，气氛陷入了沉默。又是一阵清凉的微风拂来，带着点点莲花的清香。我忽然生出一个幻想，只希望这星球可以就此停止转动，永远停留在这一刻。

然而时间毕竟一分一秒地过去，我的身体开始逐渐恢复活力，能够用双手撑地，自己慢慢地坐起来了。于是诗琴站起来，整理了一遍身上的衣服，让裙摆遮住了膝盖。

"能自己回去吗？"她问。

"没问题……"我顽强地说，但立即察觉了她话里包含的另一层意思。"难道，你还要……"

"这可是我的工作啊。"她望向不远处的 B 座入口。

此刻我的头脑已经冷静了许多，明白即使和她争辩也是没有意义的。事实上，被她救了好几次的我，在这方面的确没有提出意见的资格。

"消防楼梯里的那个东西，"我问道，"到底是什么？"

诗琴不置可否地努努嘴，并没有直接回答我的问题。

"我已经知道该怎么对付它了。"

"是吗……"

"嗯，多亏了你的关系。"

不管这句话是真的，还是纯粹为了安慰我，总之在我听起来十分受用。

"那么，你自己保重了。"诗琴对我微微点头，转身走向那泛着微黄灯光的大门。

我目送她的背影在门内消失。顿时觉得浑身一阵轻松，就势往后一倒，四肢张开成一个大字，躺在了那柔软的草地上。漫天星斗对我俏皮地眨着眼，我甚至能感到自己脸上的笑意。

你平安无事……真的是太好了……

第八章　白色蜡烛被点燃以后

"其实一开始的时候，B座也没有什么奇怪的地方，陆陆续续就搬进来了许多住户。"

老洪拿着开水瓶，一边往一个破破烂烂的搪瓷漱口杯里倒水，一边说道。

这人自称姓洪，所以周围的人都管他叫老洪，其实只是个二十八九岁的小伙子，不过长得有点儿老成而已。但对于保安这个职业来说，大概他的确可以算得上是老资格。从竹语山庄落成之日起，老洪就一直在这里工作，对所有的传言可以说是了若指掌。

今天轮到老洪值夜班，他似乎很欢迎有人来和他一起打发这无聊的漫漫长夜。当然，这跟我之前进来时出示过的警官证，恐怕也不无关系。我刚提起湘竹阁B座的事情，老洪的话匣子一下子就打开了，而且热情地张罗着给我泡茶喝。

"杨警官，来来来，先喝口水。"他恭敬地把杯子递给我。

我瞥了一眼那所谓的茶，半温不烫的水中漂浮着几片实在无法让人称之为茶叶的东西。但经过不久前的一番惊险，我早已是口干舌燥，喉咙干得快要冒出烟来，确实也没有挑剔的资本。当下便接了过来，咕咚咕咚地喝了个底朝天。

"您……刚才进去过了吧？"老洪皮笑肉不笑地看着我，意味深长地说。

我瞪了他一眼："这跟你有关系吗？"

"没没，"老洪连忙赔笑，"俺这人就这毛病，好打听个事儿，老改不掉……"

这么说来，我暗忖，要想问清楚那鬼楼的事情，这家伙倒还真是非常适合的人选。

"您这是在调查什么案件？"或许是见我的脸色稍稍缓和了点儿，老洪又开始叽歪起来。

"这是机密。"我冷冷道。

"啊！"这家伙突然一副恍然大悟的样子，神秘兮兮地说，"该不会是那个'女鬼杀手'的案子吧！"

"哦？"我扬了扬眉毛，"你也知道这事？"

"知道，知道。"老洪嘿嘿一笑，大概是自以为找到了我在这里的原因。

"少废话，湘竹阁B座的事儿，赶紧说。"

"是是。就说当时住户都搬进来了，头半年也还平安无事。所有怪事的开端，还得从住在七楼的一户人家说起。"

"是七楼？"我确认道。

"对对。当时那儿住的是一家三口，夫妻俩应该都有四十多岁了，但娃估计是要得晚，才刚上小学不久，是个挺文静的女孩儿。和他们住在一起的还有一位老太太，也不知道是孩子的奶奶还是姥姥。这老太太俺见过几面，岁数估计也蛮大了，那头发全都是白的，但逢人老是黑着一张脸，就像别人欠她们家多少钱似的。反正每次瞧见她，俺就觉得阴阴的特不自在。"

听到这里，我的心不禁咯噔跳了一下。

"这一家子搬进来还不到两个月，这事儿就出来了。头天傍晚的时候，还有人瞧见老太太在外头溜达，没想到夜里她一口气没上来，哐当就倒了下去。那两口子赶紧叫来了救护车，可送到医院以后，大夫只瞅了一眼，就说已经不行了。后来有人说，是因为新装修房子的毒还没散干净，也有人说是本来就差不多该到岁数了，反正是谁也说不出个准儿来，老太太就这么不明不白地过去了。"

我不记得有给这么一位老太太验过尸。也就是说，她的死亡，至少在当时的医生看来，是没有可疑之处的。

"老太太走了以后，家里人也没辙，只是一味忙着办丧事。守灵那天，在他们那层楼道里，还有 B 座大门口都点上了白蜡烛。别的住户虽然觉着在新房子里弄这个不太吉利，但人家家里人没了，总不好再刁难什么，俺们保安也就睁一只眼闭一只眼算了。"

老洪给我的茶续上水，接着说道："可是怪事从此就多起来了。首先是那家里的女孩儿，莫名其妙地就害起了病，一开始以为是普通的感冒发烧，但看了大夫吃了药却老不见好，过了些日子反而连地都下不来了。两口子自然是着急啊，到处托人求各种偏方，但就是没有一条管用的。后来还是孩子她舅认识的一个朋友，懂点儿这方面的道道，说该不会是老太太因为想念孙女，阴魂不散，要把娃也一并带走了吧？"

要是在以前，我兴许会听得心里发毛，不过嘴上还是会骂一句荒唐。但如今，我却实在没有把握把这当成纯粹的胡说八道了。

"两口子当然立马就慌了，连忙又到老太太的坟前去烧了许多香，磕着头说了无数好话，求老太太不要把孙女给带走。回来以后，心里还是觉着不踏实，于是带着女孩儿搬回了原来的房子去住。说来也怪，据说从此之后，女孩儿的病就真的一天一天好了起来。"

"那事情不就过去了吗？"我说。

"当时俺们也是这么想的，但这事儿偏偏没有这么简单。那些搬进了B座的住户，好像一个个都中了咒似的，短短一个星期之内，就有三个毫不相干的人出了车祸；另外一位大姐到菜市场买菜，在地上滑了一跤，结果就摔成了粉碎性骨折。后来有个四五岁的小男孩儿，也害了跟之前那女孩儿一样的怪病。大伙儿一合计，莫不是那老太太找不着亲孙女，也不管是谁家的娃了，随便看中一个便要带走，吓得那家人连夜就住到了旅馆。于是过了个把月，凡是家里有小孩儿的，多半都搬走了。"

老洪呷了口茶，脸上显出得意的神色："不过，要说最邪门的，还得数十六楼的那个出租屋。"

我感到脸上的血液一下子凝固了，恐怕，我已经知道那个出租屋在哪里了。

"那原本是一套三居室的房子，房东把三个房间分别租了出去，客厅厨房公用。其中一个租客是个刚毕业的大学生，有天一觉醒来，另外两名租客发现他已经直接拿着行李跑了，连押金都没去要回来。但房东还是不干，辗转找到了这个学生，问他为什么突然就不住了。那孩子铁青着一张脸，只不断重复着一句话：那屋里有鬼。

"在房东再三追问之下，他才吞吞吐吐地把事儿说了。原来这孩子他女朋友在外地，两人经常半夜不睡觉，整宿地发短信说情话儿。结果那天晚上他迷迷糊糊的，听到个沙啦沙啦的响儿，好像外面在下雨。他爬起来一看，就在这十六楼的窗外，那满头

123

白发的老太太，正隔着玻璃盯着他哩！"

老洪把他认为最精彩的这段一口气讲完，看我毫不惊讶地点了点头，眼里不由得流露出失望之情。

"那房东不愧是个精明人，当下也不再计较，更主动把押金还给了那学生，只嘱咐他这事儿不要声张，以免传开去不好找新的租户。但渐渐地，其他的租客也感觉到不对劲儿，有听见怪声的，也有跟那学生一样亲眼瞧见了那老太太的，于是一个个都吓得跑掉了。后来租客换了一批又一批，租金是越来越低，还是不好租出去。加上那房子的厨房厕所里开始长霉，怎么去都去不掉，一瞅上去就是个凶宅的模样，当然就更没人敢住了。

"房东那个愁啊，不光他愁，楼里的其他业主也愁。您说一百来万的房子，这人还没住暖和呢，一不小心就成鬼屋了。这又不属于质量问题，钱也早就付给开发商了，当然是不退不换的了。再说，那会儿的房价，每平方米已经比发售的时候涨了好几千，要说按原价把房退掉，肯定是谁也不愿意的。可这闹鬼的消息已经传了出去，这房子以后不管是卖是租，肯定都不好处理；自己住呢，还真怕招惹了什么不干净的玩意儿，不死也得倒好几年霉。于是就有人提议说：要不大伙儿凑点儿钱，请位高人过来作作法，要是这楼里面真有什么邪门儿的，能超渡的咱就尽量超渡，万一碰上实在不通人性的，那就干脆给它打个魂飞魄散。"

我心想，莫非诗琴就是他们请来的高人？

"业主里有些有关系的，又托了几重朋友，结果还真找来了一位高人。这位高人名头可不小，现在的茅山七子中排行老幺，是唯一一个下了山的，降魔辟邪风水解煞无一不精。他来的那天俺也去凑热闹了，瞧那仙风道骨的模样，活脱脱就是一再世张三丰。"

哦，那就不是诗琴了。

"谁知道那高人到了地方，只瞧了一眼，二话不说掉头就走。大伙儿一下都蒙了，连忙团团围住说您这是干嘛。高人叹了口气，掏出定金还给带头的业主，说这事儿在下力不能及，你们还是另请高明吧。

"这下子业主们全傻眼了。还是先前那房东会来事儿，说您老来一趟不易，这定金也就权当一点儿茶水路费，我们是无论如何不能收回来的。您老要是真不乐意给开这个坛，我们自然也不敢勉强，您就给大伙儿说说为什么，至少也让我们弄个明白不是。

"只见那高人指着大楼，单单问了一句：'这楼里面，可曾有人点过白蜡？'

"业主们一听就惊了，心想高人果然就是高人，什么事儿都瞒不过人家的法眼，于是纷纷抢着点头。那高人便接着讲道：这楼建成这般模样，原来乃是风水上一个极厉害的布局，唤作祭烛楼。所谓祭烛，即是祭祀时点的香烛，这里名为湘竹阁，恐怕正是暗合了'香烛'的谐音。在这个布局中，充当蜡烛的就是这座大楼，周围这个山谷是安放蜡烛的烛碗，而谷底的水池子则是熔化掉的蜡油。另外，大楼刷成通体白色也是有讲究的，自古以来，红蜡烛是用于祭神，白蜡烛则用于祭鬼。如此巨型的一根白蜡立在这儿，方圆十里的孤魂野鬼都会被吸引而来，兼且盘桓不去，阴气极盛之后，确实便有可能反噬于人。

"当时在场的业主听到这儿，基本上脸是都已经绿了。唯有先前那房东强笑着问，难道就没有解决的办法？那么这座楼里到底还能不能住人？

"高人叹息答道：倘若不是已经点过了白蜡，兴许倒还有些

125

化解之道。可是这白蜡就是个引火之物，已经把这根大蜡烛也给点上了——简单地说，就好像平常点蜡的时候，用一根蜡烛去点燃另一根蜡烛一样。并且这火还不是一般的火，而是阴火，一旦燃起来，不把蜡烛烧完是绝对不会灭掉的。这烧过了的蜡烛，不管是谁，也是不可能再让它恢复原样的了。至于人要是住在这蜡烛内部，日夜受阴火煎熬，后果自然不必多说。

"高人说完，又是三声长叹，摇摇头，这一回是真的走掉了。业主们无计可施，这作法的事儿也就只好不了了之，也没人提要再另请高明了。过了一阵子，B座里的住户已经搬了个一干二净，毕竟房子是身外之物，犯不着去跟鬼神拼命。"

我却知道并不是这样，这里面肯定还有人没死心，所以诗琴才会受到委托前来。

"对了，"老洪突然说道，"还有一件怪事。当天那位高人说的话，很快便传遍了整个小区。后来，有好几个在别的单元的住户都说，在夜里无意中望见湘竹阁B座，竟有青白色的光从楼顶上冒出，果真便如同一根燃着阴火的白蜡烛。"

我在警卫室一直待到东方泛起了鱼肚白，这才告别了老洪，通过GPS在附近找到一家还不错的咖啡厅，就着新鲜咖啡的氤氲香气，美美地吃了一顿令人满足的早饭。顿时整个人感觉像重生了一般。

之后，我首先找了个中国移动营业厅，补办了手机的SIM卡，然后又到电子市场去买了一台新的手机。回到家里时已经过了中午，甘芸却不在家。把新手机充上电后才收到她的短信，大意是有朋友约她逛街，给我打电话却打不通，于是她便先回去了。

这天余下的时间，几乎都是在焦躁中度过的。

翌日回到局里，我正在茶水间里泡咖啡时，远远便望见小安一瘸一拐地走过来，似乎是被高跟鞋折磨得不轻。她今天穿了一件半透明的薄纱上衣，下身是一条皮质短裤，配以黑色丝袜和高筒皮靴。她正在尝试各种不同风格的打扮，指望其中某种能激起凶手的作案欲，总的来说，都和她平时的形象大相径庭。

不知道是因为穿不习惯这样的衣服，还是因为案件一直缺乏进展，小安看起来心情并不太好。之前我那通不小心拨出去的电话则恰好给了她迁怒的理由。

"今天晚上还有行动吗？"我逆来顺受地等她把牢骚发完，然后才问道。

"当然了。"小安张开嘴，肆无忌惮地打了个大大的哈欠，与身上性感的装束显得格格不入。

"真不容易啊。"

这么说来，一科大概是打算把诱捕的方针实施到底了。这当然是可以理解的，像这一类型的连续杀人案，因为不存在由利益关系而形成的动机，通常的调查手段并无用武之地，目击者的证言将是最重要的线索。一旦凶手突然停止作案，很可能就会成为永远无法侦破的悬案，一八八八年伦敦的开膛手杰克，就是其中最著名的例子。

因此，与其天天在局里祈祷会有靠谱的目击证人出现，还不如诱使凶手在自己眼皮子底下行动，让警察来充当这个目击者的角色。

"不过现在这副样子，"小安指着自己的黑眼圈，"估计凶手看见我也得被吓跑了。"

"要不，睡觉前涂点儿眼霜试试？"我小心翼翼地提议。

"没有！"她没好气地说，"你要送给我吗？"

"呃，这倒没什么大不了的……"

"那可说定了！"她忽而转怒为喜，"你不许反悔啊！！"

就这样，我又回到了熟悉的工作生活当中，过去一个周末里发生的许多事情，仿佛都只是一场古怪的梦。接下来的一个多星期，一方面是刑警们每天在外头忙得不可开交，另一方面则是我呆坐在办公室里百无聊赖。还好，多年来的法医生涯，早已让我磨炼得不会有丝毫罪恶感——对于这座城市的居民而言，我的清闲自然是求之不得的。

唯一明显的改变，是我几乎不再开车上下班了。具体有什么理由我也说不上来，但既然无论是九点还是十一点到局里都不会有任何区别，我发现乘坐高峰期以外的地铁原来也是一件很惬意的事情。从中央大道的地铁站出来，在路旁的便利商店买上一份早餐，甚至比驾驶 PRADO 还能节省一点儿时间。

我每隔几天与甘芸约会一次，大概就是一起吃饭，席间听她绘声绘色地讲述那些她认为有趣的话题，接着也许还会看场电影什么的，之后便到我家里过夜。我们终于光顾了她说的那家日本餐厅，寿司仍然是按菜单上的标价打五折，足见所谓的限时开业优惠只是噱头而已。平心而论，生鱼片的材料尚算新鲜，厨师的手艺也不赖，但我却始终觉得欠缺了某种味道。

在没有约会的日子里，我大多是在"夜路"解决晚饭，除了煎鸡肉三明治以外，更重要的原因当然是希望能在那里碰上诗琴。那天晚上，我想问的东西没能问成，反而又见证了许多更加不可思议的事情。我当然也想过再给她打电话，但把手机拿出来后才意识到，她的号码只保存在我原来的手机里，已经在消防楼梯上摔得粉碎了。

只是诗琴一直没有再出现。

我虽然难免有些沮丧，却并不怎么感到焦虑。不知道什么原因，我笃信诗琴早晚会主动与我联系，她当然有我的手机号码——即使手机被摔坏了，也能从留言板上找到。

事实证明，我的预感是正确的。四月三十日，五一节假期前的最后一个工作日，局里的食堂为此还特地加了菜。午饭后刚回到办公室，我便接到了那个盼望了许久的电话。那有如威士忌般的声音带着一股莫名的亲切感，就像长年在阿拉伯海航行的英国船员，终于回到伦敦酒馆后的感觉。

"你……最近感觉怎么样？"这是她的开场白。

"呃，还好吧……"

对话一下子便陷入了始料不及的僵局。近两个星期以来，尽管心里有着无数疑问，但经历了上次可谓死里逃生的教训以后，我一直告诫自己不要胡思乱想，无论如何，必须等到跟诗琴取得了联系再说。然而真的到了这个时候，却忽然感到千言万语，竟一个字也说不出来。

假如只有我是这样的话也还罢了，不可思议的是，诗琴那边似乎也是如此。透过空气中看不见的电波，我们清晰地听到彼此的呼吸声，却谁也没有说话。

必须做点儿什么来打破这该死的沉默吧，我想。

"今天晚上，有空一起吃饭吗？"

"啊……"诗琴听上去像倒吸了一口凉气。

她犹豫了一阵，只说了四个字，已足以令我心花怒放。

"去哪里呢？"

"这个由我安排好了，反正我们先在市中心碰面吧。"我这么说。但事实上，我已经决定好了地方。位于观月酒店顶层的 L'ÉCLIPSE 西餐厅，不仅可以饱览花园大道及中央公园的景致，也同时供应这座城市里最好的牛排、黑松露和红酒，甚至还聘请了一位相当出色的小提琴师。我之所以没有直接告诉她餐厅的名字，一来是担心她会以消费太高为由拒绝，二来也是希望可以制造一些惊喜。

"那么，七点钟，在教堂门前见？"我说。无人不晓的圣月教堂，一直以来便是人们约会见面时绝佳的等候地点。

"呃……"

"怎么，太晚了吗？"

我知道，有些男人会故意把约会的时间定得很晚，这样在吃完饭后已经是深夜，便有借口把女伴带去酒店开房。因此，最近女孩子们也都相应地提高了警惕。但 L'ÉCLIPSE 毕竟不是那种从五点起便排起长队的学校食堂，太早到达的话，反而会显得十分另类。更何况，我们都在夜里一两点的时候见过面了。

"不，不是……"诗琴有些吞吞吐吐，"中央公园的话，要不在雉湖那边等好吗？"

"可是，雉湖很大哎……"

"那，我们就约在租船码头那儿见吧。"

我答应了，但心里不禁犯起了嘀咕。在中央公园里，雉湖在靠近花园大道的一侧，而圣月教堂则是位于中央大道的边上。在租船码头见面的话，之后再前往同样位于花园大道上的观月酒店，无疑是要近许多的。而且，假如诗琴是经由花园大道前来的话，就不必来回穿过中央公园了。

——前提是，她知道我们要去的地方就是观月酒店。

难道说，诗琴只是透过电话，便能读出我内心的想法？即使是她，也不可能拥有这样的神通吧。

无论如何，现在的首要任务还是预订晚上的座位，因为从明天开始便是连续三天的假期，我有点儿担心餐厅的预约会很火爆。幸运的是，据接电话的服务员说，恰好还剩下最后一张靠窗户的双人桌。

"那么，已经为您预订好了今天晚上两位客人的座位，以及一瓶二〇〇七年产的 REVANA 红酒①。靠窗户的桌子将为您保留到七点三十分，您看这样可以吗？"

"很好，谢谢。"

"请问，是否要为同行的女士准备一些鲜花呢？"

"嗯，花吗……"我想，这或许是个不错的主意。"也好，那就麻烦你了。"

"好的，主体要用什么花呢？玫瑰、百合、康乃馨，还是大波斯菊？"

我感觉玫瑰似乎有点儿太直接了，但百合又未免过于严肃，康乃馨的话，还有半个月才是它上场的时候。至于菊花，那是扫墓祭拜用的好吧？

"郁金香，"我说，"白色和粉红色的郁金香。"

带着激动不安的心情，我浑浑噩噩地在局里混过了这一天。由于是假期前夕，除了必须值班的新人警察，以及有规定不能离开城里的专案组成员以外，不少人都提前下班，以便赶上开往各个旅游胜地的航班或列车。到了六点四十分，我出门的时候，市局大楼里几乎已经空无一人。

天色还没有彻底暗下来，但中央大道上已经亮起了路灯。我过了马路，通过圣月教堂前面的草坪步入中央公园。从这里到租船码头，要先跨过一个小山坡，然后绕雉湖走四分之一圈，但

---

①产于美国加利福尼亚州 Napa 峡谷，St. Helena 的赤霞珠红酒，在二〇一〇年被《Wine Spectator》杂志评为当年最佳葡萄酒的第四位。

十五分钟也应该足够了。

月亮已经出来了，在东方天际的云层里若隐若现。到了晚上九点多以后，月亮便会攀升到与教堂尖塔齐平的高度。在晴朗的满月之夜，从某个适当的角度——比如说，L'ÉCLIPSE 里面靠窗户的座位——看过来的话，一轮明月将恰好嵌于教堂的双塔之间，月光飞泻而下，令整座教堂都沐浴在一片银辉之中。更加妙不可言的是，雉湖里的倒影也遥相辉映，直教人觉得这是天父显圣，令两个月亮同时在大地上升起。

这便是这座城市最著名的景致——双月圣光。据说圣月教堂的名字，最初也是由此而来。

遗憾的是，此刻天上只有一弯残月。如果我没有算错的话，今天应该是阴历二十八。

我好像突然想起了什么，不由自主地停下了脚步。

正当我看着教堂的尖顶发呆之际，手机忽然响了起来。我想大概是诗琴已经到了，立即接听，却诧异地听到了郑宗南焦躁的声音。

"大夫，你还在局里吗？"

"出来了，刚走到教堂门前。"我有一种极为不祥的预感。

"那正好，你就在那儿别动了，我现在马上过来接你。"

"怎么回事？该不会是……"

"是的。"刑警队长气急败坏地说，"那家伙又杀人了。"

第九章　切勿回头看

面前的茶几上摆了一排华丽的首饰盒。

殷红色的皮革盒子上装饰有金线花纹，按下正面精巧的金属开关后，内部衬托着一层雍容华贵的黑色天鹅绒，令人不禁萌动了买椟还珠的想法。仿佛随便往里面扔一根生锈的铁钉，也会顿时变成价值不菲的宝物。

盒子里装的是造型独特的项链，在专业射灯的照耀下，闪烁出五彩斑斓的光芒。我来回看着，不一会儿便觉得眼花缭乱了。

"这两款都是属于卡地亚的经典设计。"气质端庄的女性店员，像小学老师般耐心地介绍道。"这一款是 TRINITY 三色金系列，吊坠由三种不同颜色的 18K 金圆环组成，链条则是 18K 玫瑰金；而这一款双环设计的吊坠则是著名的 LOVE 系列……"

我似懂非懂地点着头。坦白说，尽管对这些奢侈品牌也有一些了解，但这家开设在新唐广场的专卖店，我还是第一次光顾。偌大的店面内，店员的数量要比顾客的数量多得多，因此我走进来还不到五秒钟，这位女性店员便殷勤地跟上来。她的态度自然是如若春风和蔼可亲，只是不知道什么原因，我总有点儿不太舒服的感觉。

"……我推荐您选择不带镶嵌钻石的款式，这样的话即使是送给还不算十分熟悉的朋友，也不会显得过于贵重，对方也会比较容易接受。"

真是体面的说法，我心道。其实潜台词恐怕是：没有钻石的话比较便宜，这样你应该能勉强买得起吧。

无论如何，这么说也是极有道理的。大概是由于明码标价会破坏其艺术的品位，这家店无论在橱窗或展示柜都没有摆放价格标签，所以要想知道价格的话就必须主动询问，而且绝对没有讨价还价的余地。当然，每件商品都早已有了明确的定价，因此不用担心店员会突然狮子大开口——事实上，也没有那样做的必要。

在进门以前，我自以为已经作好了充分的思想准备，但当店员小姐说出那些数字的时候，我的第一反应还是觉得自己的耳朵出了问题。

"其实除了项链以外，我们的手镯和戒指都有非常经典的设计。您要不要考虑一下？"

她之所以这么说，我暗自揣测，大概是因为这两样东西的价格普遍要低一些。

"不用了，"我回答道，"我还是想要项链。"

目标已经缩小到了其中的两个款式——都是单纯的金属，没有镶嵌钻石或其他稀有宝石。但在从二者之间选择的过程中，我犹豫不决了。

店员小姐在一旁宽容地等待着，姿态温和娴静，丝毫没有要催促的意思。然而我却无端地感觉到一种压力，就像是个做错了事的孩子，忍不住又偷偷地瞥了她一眼。

"如果感觉难以决定的话，"她适时地建议道，"要不要我分别试戴一下，好让您看看佩戴起来的效果呢？"

毫无疑问，像我这样只身前来的男性顾客并不在少数。专卖

134

店提供的这项服务十分巧妙，只要顾客点头同意，大概便离成交不远了。

"啊……那么就麻烦你了。"

在西装外套之内，店员小姐穿着一件灰色低领上衣，裸露的脖子和锁骨散发出女性的韵味。在白皙肌肤的衬托下，项链果然展现出不一样的风采。我做出了最终决定，店员小姐专业而迅速地为我办妥了接下来的各项手续，郑重其事地把一个殷红色的小纸袋交到我手里，又交代了许多维修保养方面的注意事项。我们一起朝店门口走去，她带着迷人的微笑，亲切地和我告别。

虽然明知道此刻信用卡的对账单上已经多了一笔巨额的欠债，我却不由得长舒一口气，浑身上下感到一阵轻松，仿佛挣脱了某种桎梏。

这无影无形，却切切实实存在着的束缚，我暗忖，大概就是所谓的自卑感吧。

在这座城市里，新唐广场无疑是一个特别的地方，由于汇聚了众多奢侈品牌的店铺，久而久之便形成了一套独特的价值观。在这里，诸如正直、忠诚、善良之类的品质统统不值一提，衡量一个人价值的唯一标准，仅仅在于是否拥有一掷千金的能力。不论是无恶不作的罪犯还是贪赃枉法的官员，只要消费了足够的金额，便是地位尊崇的贵客，也俨然成为上流社会的一员了。

也就是说，在这里受到关注的，只有人们身上金钱的数量，而并非其来源。能够在极短的时间内，准确地判断出客人的富有程度，是任何一名奢侈品专卖店员工所必备的基本素质。

我大概不能算是穷人，但那是就通常的标准而言。在新唐广场，一位成功的店员给我的定位应该是"比那些只看不买的无聊家伙稍好，但不值得花太多力气的低级顾客"。因此，与其让店员小姐继续为难地把轻蔑隐藏在那微笑的面具之下，不如及早知趣地离开，也算得上是皆大欢喜。

事实上，这位高贵的店员小姐，假如脱下了统一发放的西装外套，穿在里面的灰色低领上衣，说不定只是从燕花街采购而来的。到了晚上十点，专卖店的营业结束以后，她便将回到位于老城区破旧的宿舍，与观月酒店的服务员或"夜路"的伙计们为邻。这座城市需要大量这样的人，以他们的青春，转化为照亮繁荣所必不可少的燃料。

对于他们来说，城市这个东西本身，或许就是一件巨大的奢侈品。

我信步走在花园大道上，手里拎着那个与我的体型极不相衬的小纸袋，几乎感觉不到半点重量。迎面而来情侣模样的一男一女，女人似乎注意到了我手里的东西，她的目光一下子变得焦灼；在搞清楚了情况以后，男人夸张地露出了不屑一顾的神情，不自然的肢体动作却分明表达着不安。

擦肩而过的瞬间，隐约传来了二人交谈的声音，虽然内容听得并不清楚，但女人语调中带着的羡慕清晰可闻。

我顿时又觉得自己神气起来了。

这时候，是在连续杀人案第五起案件——在市公安局，现在已经习惯了将其称之为"木乃伊案"——发生后的第十天。在保证随时待命的前提下，我获得了案发后首次的一天假期。

从法医的角度而言，本次的案件与先前的几起具有高度的一致性，完全可以认为是同一名凶手所为：首先，被害人为女性，生前曾经遭到性侵；其次，被害人先是遭到电击枪袭击，在失去意识后才被凶手勒死。

凶器被留在了死者的身上，是常见的八厘米医用纱布绷带。

除了紧紧缠绕在死者脖子上的一截以外，其余的大量绷带将赤裸的尸体浑身包裹得严严实实，只露出一双彻底翻白的眼睛。尸体的双手被交叉迭放于胸前，很显然，这是在模仿古埃及的木乃伊——说明是同一名凶手的最有力的证据。

当然，我可没有因此便降低尸检的细致程度。事实上，当天在尸体发现现场，我便曾向郑宗南指出，这些绷带的包扎方式非常业余，大概并非专业的医护人员所为。尤其在头顶和四肢末端的部分显得相当松散，这是任何一个学习过反回包扎法的人都不可能犯的错误。

另一方面，对于专案组来说，木乃伊案是一个重大的转折。

关键在于凶手作案的时间和地点。尸体被发现是在四月三十日的下午六点左右，经过解剖验尸，综合各方面的因素考虑，我判断死亡时间是在当天中午十一点至一点之间。也就是说，在这一系列案件中，这是凶手首次在白天行凶。

弃尸现场是在城南的高新工业园区，从市区出发即使走高速公路都要一个小时以上的车程，算得上是这个城市里最荒芜的部分。除了受税收优惠政策吸引而设立在此的一些工厂以外，尚有大片土地由于没能找到投资者，仍然由当地的村民耕种或经营养殖场，甚至是干脆处于半废弃的状态。

全身缠满了绷带的尸体，当天便是被放置在这样的一块空地之上。之后的那两天，陆续有失踪者的家属前来认尸，但结果全都是带着一种松了一口气的表情离开。郑宗南有点儿坐不住了，于是派了一队刑警回到工业园区，挨家工厂去询问有没有突然没来上班的女性职员。半天之后传来了好消息，死者被证实是一家照明灯具厂的女工，名字是林莉娜，今年二十三岁，但从外地来城里打工已经有六年多了。

灯具厂的记录显示，四月三十日是林莉娜轮休的日子——根据规定，工人们并没有享受劳动节假期的权利——上午十点左右，她在厂区宿舍的小卖部购买了一盒牛奶，这也是最后一次有人看见她。令人震惊的是，即使几天来她一直没有出现，工厂里的其他人也没有察觉到任何异常。

　　"我以为她是不想干了啊。"面对刑警的质问，车间主任一脸无辜地说，"不说一声直接走人，这也是常有的事情。"

　　"我想她是辞职回家结婚去了。"和林莉娜住在同一宿舍的女工们也说。

　　刑警们没有继续纠结于这些毫无意义的证词，因为已经出现了重要得多的情报。从林莉娜离开工厂到遇害，其间最多不会超过三个小时，假如她是在独自前往市区后才遭遇凶手的话，从时间上来说非常紧张。而凶手不仅在白天人潮汹涌的市区行凶，事后还特意把尸体运回到工业园区抛弃，则未免过于令人匪夷所思了。无论如何，认为林莉娜是在离开工厂后立即被凶手盯上，随后于附近被杀害，才是更合理的结论。

　　这样一来，先前关于凶手是晚上在市中心活动的假设，就被证明了是彻底错误的。同时也就意味着，已经进行了两个星期的诱捕行动，完全是在浪费精力。

　　不必多说，这对刑侦一科——尤其是小安——的士气是个巨大的打击，然而却没有多少时间去让他们感到沮丧。或许是小何之前的"祈祷"起了作用，或许是媒体的报道导致了过于广泛的关注，总而言之，这个案子已经引起了公安部的重视。五月一日，一个督导小组从北京空降而来。局长大人以及省公安厅的领导们顿时如临大敌，立即宣布取消全市公安系统的一切休假，所有人员不得离开本市。

之后便是没完没了的作战会议。我虽然不属于专案组成员，但由于督导们懒得去读那厚厚的一摞尸检报告，因此我也被老头子逼着参加。基本上，案情可谓陷入了彻头彻尾的僵局，不光关于凶手的线索半点没有，甚至连下一步的调查方向都无法明确。

　　比较现实的方案，是重新回到以被害人为主的思路上来。但是调查表明，林莉娜既不是基督徒，也从来没有去过圣月教堂，与其他几名死者更是没有丝毫交集。一位督导指出，可以从凶手制作木乃伊的绷带入手——林莉娜的身上总共缠上了八卷长度均为六米的绷带，考虑到她的尸体是在死亡后不久即被发现，这些绷带毫无疑问是凶手提前预备好的。督导进一步提出了设想，根据凶手在最初几起案件中的手法推断，迄今仍然身份不明的女巫，有可能是一位医院的护士，又或者是药店的职员。

　　遗憾的是，失踪者名单中并没有符合条件的人。而经过对全市的所有药店进行调查以后，也没有发现一次性购买大量绷带的可疑对象。当然，凶手在行凶前，很可能花了一段时间精心准备，假如是分数天在不同的药店购买的话，根本也不可能给人留下印象。从之前的案件中凶手表现出的反侦察能力来看，他这么做实在不足为奇。

　　在调查的过程中，我一直是作壁上观，除了被咨询到关于法医方面的问题外，基本上不做额外的发言。不过，这并不是说我就没有自己的观点。在我看来，凶手固然曾经有过一些游戏般的举动，但仅仅因为这样便认为，凶手必然会在各个被害人之间刻意制造关联，却未免过于武断了——毕竟，人家并没有帮助警方破案的义务。

　　当然，案件侦查是刑警们的责任。作为法医，我只要留在幕后，专注于自己的本职工作就可以了。这也是我一贯恪守的原则。

"我说，你对案子有什么看法吗？"昨天，安绮明悄悄地跟我说。

"嗯？"我故意打着哈哈，"所有的尸检报告都交给你们了，这你应该最清楚了啊。"

"少来了，"她柳眉一挑，"我看得出，你还有别的事情没说出来。"

"别的事情？那是什么？"

"所以我是在问你啊！"

"拜托，连你们专案组都搞不定的案子，我区区一个法医又能有什么看法？你还是饶了我吧……"

女刑警的脸色顿时阴沉了下去。

"啊，我不是那意思……" 我意识到自己的失言，连忙解释道。

小安抿起嘴唇，声音变得如蚊蚋般细小。

"你说的没错。我现在只希望，那混蛋以后还会继续犯案……下一次，下一次一定会抓住他的。"

"让他再杀一个人……是吗？"的确，凶手每次作案，换个角度都可以看成是一次破案的机会。尤其是，在目前已经无法继续实施诱捕行动的情况下。

"为了逮捕罪犯而牺牲无辜的人，这不是警察应该有的想法吧？"小安自嘲地说，"可是，对不起，我真的就是这么想的。"

我十分明白她此刻的心情。事实上，目前在一科怀有这种想法的，我相信绝对不止小安一个。不过，督导小组的态度则有了一些转变，一开始那种必须将凶手绳之以法的决心已经有所动摇。只要牺牲者不再增加，即使就此让凶手逍遥法外，似乎也并非完全不可接受。

140

在这一点上，我与他们的立场相同。一方面是因为，即使出现了新的案件，除了把希望寄托在这次凶手的运气会变得糟糕以外，我实在看不出来能有什么别的突破口。另一方面则是出于自私的想法——那家伙不去杀人的话，我的生活自然也会轻松得多。好不容易，局长大人才批下来一天假期，这种十几天连续工作到深夜的日子，我可不想更进一步体验了。

"比起这个来，还是多想一些愉快的事情吧。"我试图缓和气氛，"老头子也批了你明天放假，不是吗？"

刑警们也是人，既然北京那边逼得已经没那么紧了，局长大人同意让一科的成员开始轮休。郑宗南本着女士优先的原则，把第一天分配给了小安。

"嗯，"她点点头，"不过我应该还是会过来吧。"

"为什么？难得一天可以好好休息啊！"

"可是，大家都还在拼命调查……虽然过来了我也不知道可以做些什么，但总觉得不能就这么安心待在家里。"

"还是不要太勉强自己了吧。要是每个人都像你这样想，那你们就都别指望能休息了，这对破案也没什么好处吧？"

"倒也是……到时候再说吧。"小安似乎接受了我的建议。"那你呢？明天放假有什么安排？"

"大概就是窝在家里睡一天吧，最近实在太累了。"

"哦？没有约女朋友吗……"

我一边回忆着昨天说这话时小安的表情，一边穿过右关百货大楼的旋转门。不知道，她是否相信了我的谎言。

乘坐电梯到地下停车场，我的PRADO就停在不远的地方。我进入车内，将刚买来的项链小心翼翼地藏在变速箱后面的收纳格，生怕把纸袋给弄皱了。

忽然有种十分不舒服的感觉，好像背后有一双眼睛，正从某个黑暗的旮旯盯着我看。

从驾驶座上费劲地回头，透过车尾的窗户看出去，除了稀稀拉拉停着的几辆车外，并没有什么奇怪的地方。

是我的错觉吗？很有可能，反正，这种疑神疑鬼的事情也不是第一次发生了。

我重新换回舒服的姿势坐好。不一会儿，便看见诗琴从电梯中走出来，正四处张望的样子。我连忙轻轻按下喇叭，受到声音的吸引，她抬头望向这边。

由于种种意外，算起来，上次和诗琴见面还是在三个星期以前。今天她换上了一身运动装束：瑜伽背心外配一件修身的连帽运动外套，将她迷人的身段表现得恰到好处。此外还背了一个小双肩包，头发在脑后扎成一束马尾，露出了白皙的脖子。我不禁想象亲手为她戴上那串项链时的情形。或许，那并非完全不可能的事情。

"等很久了吗？"诗琴上车后问。

"不，我也刚到。"如果是由我从新唐广场回来后才开始算的话，那的确是这样的。

"真不好意思，还让你特地陪我出来。"

"别这么说，上次我约了你自己又去不成，这顶多只能算是一丁点的补偿罢了。"

当确认了放假的安排以后，我便忐忑不安地联络了诗琴。那天由于杀人案的关系，我们的约会被迫取消。当时她在电话里的声音虽是一如既往的平静，但经验表明，女人的心情往往是不可捉摸的——无论她是多么特别的女人。

要弥补当日的遗憾只有今天一个机会，错过了的话，又不知道局长大人什么时候才会再大发慈悲。幸运的是，诗琴同意了，但坚持这次的地点得由她来决定。而且，就像故意报复一般，她也不肯提前透露最终目的地，因此便约定在初次见面的停车场碰头。

"那么，"我说，"我们是要去哪里呢？"

"晴雾山。"

我想起来了，BBS上确实是有关于晴雾山的留言，有人在这里看到了江美琳的鬼魂。大概诗琴正准备调查此事，也就难怪她会是这么一副打扮。问题是，我却精心挑选了一套修身设计的休闲西装，配上款式漂亮却有些夹脚的一双新皮鞋——对于爬山的男人来说，大概可以算得上最自虐的装备了。

"你早点儿告诉我就好了，" 我忍不住抱怨，"我也可以穿爬山的衣服啊。"

"这样不是挺好的吗？"她掩嘴笑道，"看上去很帅气嘛！"

这么说来，这还是我第一次看见诗琴露出笑容。如果说，她的声音如同口腔中的威士忌一般柔和醇厚的话，那么她的微笑，就仿佛是进入食道以后的美酒，散发着融入四肢百骸的浓浓暖意。我一下子看得痴了。

"走吗？"她笑着提醒道。

我这才反应过来，连忙发动了汽车。

"咦？"

"怎么了？"

仪表盘上的电瓶指示灯亮了，今天早上从家里出来的时候，明明还是正常的。

"没什么。大概是电瓶的电压有点儿低，可能是因为太久没开了吧。"

因为发动机不运转的时候，便无法对车载电瓶进行充电。对于长时间放置不用的汽车，电瓶电量低是正常现象。

"你不是每天开车上下班的吗？"

"本来是的，不过，那天你那样说过以后……"

"因为我？"

"嗯，我觉得你好像对超速酒驾之类很反感的样子。"

"因为这样，你干脆连车都不开了？！"诗琴显出难以置信的神情。"难道就不能遵守一下交通规则吗？"

"习惯这东西有时候没那么容易改变的。我……我不想让你讨厌。"

诗琴瞪大眼睛看着我，接着把头撇向了车窗那边。我好像隐约听见她说了两个字：

"傻瓜。"

在我看来，那显然不是讨厌的意思。

在不少人的概念中，晴雾山位于这座城市的郊区，但那已经是许多年前的定义了。在如今发达的道路网络上，即使严格按照限速行驶，也用不了三十分钟便能到达。我将PRADO驶出右百，沿着宽阔的花园大道一路东行，收音机里播放着愉快的轻音乐，与初夏那生机勃勃地跳跃着的阳光相映成趣。

诗琴像个孩子一般聚精会神地看着车窗外的风景，阳光洒落在她漂亮的马尾辫上，为她的脖子周围勾勒出一圈寂寞的光环。我只偷偷地瞥向她一眼，竟不由得心神荡漾。

"对了，我有个东西送给你。"我故作轻松地说。诗琴闻言回过头来，我示意她打开装有项链的收纳格。

然而，在弄清楚纸袋里面装的是什么以后，诗琴坚决予以拒绝。

"这东西太贵重，"她斩钉截铁地说，"我不能收。"

"其实并不算太贵的……"

"哦？假的吗？"

"那，那倒不是。"

"我想也不可能……对了，你不会是刚刚从新唐广场买来的吧？"

我不吱声了。诗琴见状，又低声嘟哝了一句傻瓜。

"就当是你救了我两次的谢礼不行吗？"我有些恼羞成怒地说，"反正我是觉得自己的命还挺值钱的。"

"那是两码事。懂得珍惜生命的话，以后好好遵守交通规则就是了。"

"如果我保证遵守交通规则，你是不是就愿意收下了？"

"这个……你先坚持二十年再说……"

我们断断续续地争论了一路，总体来说是我处于下风。不久，晴雾山风景区的标志牌便出现在眼前。我问诗琴是否开车上山，她摇摇头，示意让我驶进景区大门旁边的停车场。

我把PRADO停在一个有树荫的位置，却没有立即打开车门。我望向诗琴，展示出一副不达目的誓不甘休的表情。

"这样吧，"她突然诡谲一笑，"如果你也接受我的'礼物'的话，那我就收下好了。"

在那一瞬间，我几乎不敢相信世上还会有这么优厚的条件。然而，当她从背包中拿出来一个保温饭盒的时候，我意识到，也许先前的想法是过于乐观了。

"你刚才只顾着买东西，还没来得及吃早饭吧？不吃饱的话，待会儿就没有力气爬山了。"

话是没错，只是考虑到她上次给我提供的"食物"，我不由得心生怯意。

"放心，这不是药啦！"她似乎看穿了我的想法。

我只好掀起饭盒的盖子，里面装的是一块块切得整整齐齐的肉。从外观看，白白的像是去了皮的鸡胸肉，但看上去没有放任何调味料，似乎就是整个儿用开水煮了一遍。

我求饶般地望向诗琴，她点点头，又给了我一个鼓励的微笑。

只好豁出去了。我用两个手指拈起一块肉，在鼻子下凑了凑，闻着倒是挺不错的，有一股熟悉的气味。于是我把整块肉都放到了嘴里，大嚼特嚼起来。

肉汁在口腔中瞬间迸发、流淌，一股无比鲜美的感觉在味蕾上跳动，那几近完美的口感足以让"夜路"的煎鸡肉三明治自惭形秽。

"太好吃了！！"我得意忘形地大喊。

幸亏我们是还坐在车里，否则的话，一定会引来行人围观的吧。

"真香！"我马上又丢了一块到嘴里。"这是鸡肉吗？"

诗琴看着我，脸上浮现出神秘莫测的笑容。

"已经忘记了呀……"她阴恻恻地说道。

"那天晚上在竹语山庄，你不是才见过它吗？"

第十章　跟随鬼魂的指引

一股热呼呼酸溜溜的压力蓦地从胃里升起，我条件反射地捂住了嘴巴。那块嚼到一半的"肉"在喉咙前打转，不知道该是吐出来还是该咽下去。

在这样的状态下，根本不可能说出话来，我只能向诗琴投以一个幽怨惊恐的眼神。

"哎呀，"她抿着嘴道，"你刚才不是还说好吃的吗？"

看上去，好像是在努力忍着笑的样子。

我拼命压下那种恶心的感觉，一咬牙，硬生生地把那坨东西囫囵吞下。由于没有充分的咀嚼，结果在气管口被呛到，立即引起了剧烈的咳嗽，眼泪鼻涕都一起冒了出来。

诗琴连忙伸手来拍我的后背，好不容易，咳嗽才慢慢减弱了下来。

"没事吧？"她递过来一张纸巾，"都是我不好。"

我狼狈不堪地擦掉了脸上的液体，使劲呼吸着救命的氧气，大概是用力过猛，又是一阵连续的咳嗽。

"对不起，我没想到你的反应会那么大的。"诗琴满带歉意地说。

"这，这是……"我指着那一盒子"肉"，艰难地说道。

"我知道，你肯定有很多问题想要问我。"诗琴把饭盒盖好，放回背包里。"现在感觉好些了吗？咱们边走边说吧。"

我点点头，于是两人一起从车上下来。我的呼吸也平复得差不多了，无论如何，身为男士的风度是不能丢的，于是便打算前往售票处的窗口去买门票。但诗琴却拦住了我，说她有晴雾山的年票，因此只买一张票就好了。

所谓年票就是一年内有效，但仅限本人使用，价格相当于十张普通的次票。购买的时候还必须要在票面贴上照片。

穿过晴雾山风景区的正门，之后是一段平缓的大路，地面上铺设有彩色的石砖，两旁则是整齐挺拔的大树和绿草如茵的草地。严格来说，这里还不属于真正的晴雾山，只是因为旅游开发而被纳入风景区的范围，景物明显带有人工修凿的痕迹。

今天天气很好，但游人却不多，我和诗琴并肩走在路上，倒也感到十分惬意。我忽然想起，林业局那位爱树如命的退休工程师，还有他的老伴儿。

"对不起，我不应该开那种玩笑的。"诗琴还在为刚才的事道歉。

"哦。"我心不在焉地答应道，自顾自地享受着与她一起散步的美好时光，不适的感觉早已飘到九霄云外去了。

"你生气啦？"

"当然了。"我故意说道。

"这个……有什么事我能做来弥补吗？"

"嗯，有一件事也许你可以做的。"

"你说说看。"

我从兜里掏出一样东西，送到了她的眼前。"戴起来试试合不合适好吗？"手里拿着的是装有项链的盒子，是我在下车的时候一并带下来的。

"啊……"

诗琴微微吃了一惊，显得有些不知所措，但最终还是顺从地把项链围到了脖子上。不管怎么说，这也算不上是什么过分的要求，尤其是考虑到我刚才所吃的苦头，她并没有别的选择。

"怎么样？"她说。

直到这时我才真正明白，为什么这些首饰会被标上如此高昂的价格。在诗琴的身上，项链宛若具有灵性一般，发出瑰丽奇妙的光彩，仿佛终于找到了它命中注定的主人。相比之下，店员小姐试戴的时候，给人的感觉却像是一个偷了公主首饰的侍女。我痴痴地凝望着诗琴的样子，竟一句话也说不出来了。

被我这么目不转睛地盯着，诗琴的脸上泛起了红晕。她把项链摘下，重新收回到盒子里。

"哎，你不喜欢吗？"我不由得急了，"很好看啊！"

"我又没说不喜欢。"

"那，就这么戴着不好吗？"

"你呀……"诗琴嫣然一笑，反问道，"对女人的首饰了解多少？"

我被问得哑口无言，只好傻乎乎地摇了摇头。

"首饰可不是护身符，不能一直戴在身上，而是只有在重要的场合才会戴出来的。不然的话，无论是多好的东西，都会很快就坏掉了。"

"这样吗……"

"嗯。不过如果你想要回去的话，现在倒还来得及。"

"不不，"我连忙摆手道，"随便你吧，你能收下我就很高兴了。"

"那我可就收下啦！"诗琴眨眨眼，把盒子收进了背包里。"作为感谢，你要不要再来一点儿这个？"

她竟又从包里拿出了那个叫人毛骨悚然的饭盒。好不容易才压住的恶心感觉，立刻又如涨潮般冒了起来，我下意识地把头扭到了一边，不去直视那些白花花的肉块。

"唉！"只听诗琴叹气道，"你不是想知道，那天晚上到底发生了什么事情吗？这样子让我怎么跟你说？"

我闻言回过头来，指着她手里的饭盒，皱眉道："这个……真的就是那天……在楼梯间里的那个东西？"

"是啊！"她却满不在乎地点点头。

于是我不禁又后退了半步。

"哎！拜托你至少过来认真看看嘛，还觉得这是个鬼吗？"

"难道不是吗？"我在心里反问，一下子忍不住便冲口而出。当天的情景，至今依旧历历在目，那颗满头白发没有眼珠在天花板上爬行的头颅，除了鬼，我实在无法想象它还能是什么别的东西。

"是，但也不是。说它就是鬼呢，是因为对于类似的现象，人们通常便一概称之为'鬼'；说不是呢，是因为它并不符合一般概念上，人们对'鬼'的定义。"

这段绕口令般的解释丝毫没能解答问题，只是把我弄得更加迷糊了。

"直接说吧，"我使劲地晃了晃已经一片混乱的脑袋，"那到底是个什么东西？"

"准确地说，这是子囊菌门、盘菌纲的一种真菌。尽管具体属于哪一目哪一科还有待研究，但很有可能将为它建立一个全新的目。"

明明在一秒钟前还在谈论着鬼魂的话题，蓦然却听到一大堆非常专业的科学名词，极度强烈的反差让大脑一瞬间无法反应过来。但在逐渐想明白了以后，我不禁一把抓住她的肩膀，气势汹汹地吼了起来："你是说，这个在半夜里追了我十几层楼的东西，只是一朵香菇?！"

"呃……"诗琴有点儿被我吓到，怯怯地说，"不对，香菇属于担子菌门，而这个是子囊菌门……"

"我不管这些！"我粗暴地打断了她，却不知道该如何反驳。

"难道你不觉得，"诗琴平静地揭开饭盒的盖子，"之前有闻到过这种香味吗?"

我不由得一下怔住了。的确，刚才吃那块"肉"的时候，确实曾有过一丝熟悉的感觉。现在回想起来，尽管没有那么浓烈，但似乎就是那天夜里，在消防楼梯上与那颗鬼头四目相对的时候，飘进鼻子里的那种气味。

那是一种夹杂着腐败气息的清香，就像……就像雨后树林里的松蘑。

诗琴注意到了我表情的变化，柔声道："你想起来了吗?"

"可、可是，那颗头……"

"那是它的子实体①，也就是说，跟平常所吃的香菇差不多是一样的东西。但不同的是，香菇是伞状的子实体，而这种真菌的子实体呈头状，天然的皱褶和颜色分布与人的五官十分相似。拥有头状子实体的真菌其实并不罕见，事实上，有种常见的食用菌名字就叫做'老人头'。不过这一种比较特别，它的子实体上面

---

① 高等真菌的产孢构造，由已组织化了的菌丝体组成。在担子菌中又叫担子果，在子囊菌中又叫子囊果。

还附着了大量游离的菌丝①，看起来就像是白色的头发一样。所以乍看上去，很容易就会产生那是一颗人头的错觉。"

"但如果这是一朵香菇，为什么你刚才又要说它是鬼呢？"

"事实上，所谓的'鬼'，以及其他许多灵异现象，与真菌——也就是你说的香菇——的确是有很大的关系。比如说在竹语山庄，正是因为有人目击了这种头状子实体的真菌，然后才有了闹鬼的传言，最终导致住户搬走，整幢房子也就变成了一座鬼楼。"

"那可不对！"我反驳道，"早在有人看见这玩意儿之前，闹鬼的传言就已经存在了。就算不说有一位老人在楼里的离奇死亡，但不止一个孩子得了怪病，搬家以后却好了，这要怎么解释？而且，连续有住户发生车祸之类的意外，难道也能跟这香菇扯上关系？"

诗琴露出惊奇的表情，但随即便释然了。

"噢……原来你已经知道那么多了啊。"

"我后来和小区的保安聊了一晚上，他总没有理由要骗我吧？"

"没错，你说的这些都是事实。"诗琴承认道。"那么你现在不妨回想一下，那天晚上，有没有感觉身体哪儿不太对劲？"

经她这么一说，我倒真是想起来了。当时被那大香菇追着下楼，就觉得气喘得厉害，绝对不是平常的体力水平。

"你还记得，"诗琴接着说道，"我不让你进那个屋子的厨房吗？"

"嗯，但我后来还是进去过了，里面长霉长得厉害。"

"啊！原来是这样！难怪……"

---

①单条管状细丝，为大多数真菌的结构单位。

"难怪什么？"

"难怪你会突然就晕过去了呀！霉菌的孢子会飘散到空气里，从而对人体的呼吸道产生影响。像你这样一下子暴露在高浓度的霉菌环境中，就有可能会产生暂时性的呼吸困难，甚至导致脑部缺氧。"

"所以……"我喃喃道，"你才把我带到了室外……"

"对，流动的新鲜空气是最有效的治疗。之前楼里住户所得的怪病，其实就是来源于霉菌孢子的慢性感染，而且在霉菌变得肉眼可见之前，孢子就已经存在于空气中了。这种初期感染，对免疫力弱的人影响比较明显，所以只在老人和孩子身上出现严重的症状。但即使是身体健康的成年人，也会因此而产生头痛或容易疲劳等问题，那些车祸意外，大概就是由于精神不够集中而引起的吧。"

这番话听得我目瞪口呆。本来，对于好歹算是大半个医生的我来说，这些应该都是再简单不过的道理。或许是由于一开始受到的惊吓造成了先入为主的理解，我没能想到它们之间的联系。

"这些霉菌，"只听诗琴继续道，"绝大多数属于半知菌亚门，和你说的这个'香菇'一样，在本质上都是真菌。"

"那么说来，"我无力地说，"所谓'祭烛楼'什么的，完全都是骗人的把戏了。"

诗琴莞尔一笑，说了一句让我差点儿晕厥过去的话："是，但也不是。"

我们顺着游道缓步而行，前方的路逐渐变得倾斜曲折起来了，这意味着我们已经处于上山途中。沿路的风景也愈发秀丽，芙蓉涧的潺潺水声已经隐约可闻，婉转清脆的鸟鸣不绝于耳。

"你应该听说了那个白蜡烛的故事，毫无疑问，这只是那个所谓茅山道士故弄玄虚的骗术罢了。他在到达竹语山庄之前，肯定已经知道了那里有位老人去世的消息，按照中国的传统习俗，几乎是一定会在丧事上点白蜡烛的。因此他故意去问其他人楼里是否点过白蜡烛，就是为了显示自己的高明，这也是他们常用的伎俩。"

我心道你和人家其实不就是同行吗，这种事谁也别说谁。当然，这话我并没有说出来。

"但另一方面，说湘竹阁 B 座的风水有问题，这可不是骗人的。这人能一眼就看出来，也可以说是相当不简单，光从这一点来说，他应当算得上一位优秀的风水先生。"

"你还懂风水？"我惊讶地看着诗琴。

"不懂，所以我也不知道，风水学上是不是真的有个叫作'祭烛楼'的布局。但是湘竹阁 B 座的设计有缺陷，这是显而易见的，也是造成接连发生怪事的罪魁祸首。甚至可以认为，凡是符合'祭烛楼'这个布局的建筑，闹鬼的可能性都不小。"

"为什么？"

"所谓'祭烛楼'，其实一共包含了三个要素：蜡烛、烛碗和蜡油。蜡油指的是建筑物旁边的水体，也就意味着水汽和潮湿；烛碗是把建筑物包围起来的闭合山谷，也就是说空气并不流通。而最关键的蜡烛，即大楼本身，那是一座八边形的建筑，可以近似看作一个圆形。中学生都知道，边长相同的图案中，圆形的面积最大，那反过来也可以这样说，面积相同的图案中，圆形的边长最短。也就是说，在面积不变的前提下，这样的建筑将拥有最少的外墙和窗户，这一来会令房子更温暖，二来会使房子缺乏日照，三来还会进一步影响通风的效果。那么，在这种阴暗、潮湿、温暖而且通风不畅的环境下，会发生什么样的情况呢？"

"啊！！"我忍不住惊呼了一声。

"没错，这正是最适宜真菌生长的环境。"诗琴说着拍了拍肩上的背包，"大概，也只有在这个非常特殊的环境中，才有可能长出这种极其罕见的头状子实体来。"

在接下来的一段路上，我们不约而同地沉默不语，诗琴大概也看了出来，我需要一点时间来消化这些信息。

诚然，自竹语山庄的那一夜以来，我也不是没有动脑筋思考过。十天前，一勾弯月不偏不倚地挂在了圣月教堂的尖顶，那天正好阴天，朦胧的月牙儿看起来就像是一小束散发着寒光的火苗。

我立刻便想起，老洪所说的，有人看见湘竹阁B座楼顶冒出的"阴火"，恐怕只是恰巧经过那个位置的月亮。那位茅山道士的话令人们有了先入为主的印象，因此会产生错觉也就不足为奇了。

在此基础上，如果再加上诗琴这不知道从哪儿冒出来的真菌理论，那竹语山庄的咄咄怪事，似乎都能从科学角度做出合理的解释。

除了一个非常重要的问题。

"不管这是多么罕见的香菇，"我说，"它总不可能在墙上跑吧？"

"感谢上帝，我还以为你不打算问了呢！"诗琴长舒了一口气，"不过，这个说起来就比较玄乎了。"

我不以为然，心想到目前为止，有什么东西说起来是不玄乎的？然而当她轻描淡写地说出下面一句话的时候，我才意识到自己是有多么的天真。

"你听说过湘西赶尸吗？"

传说中的湘西赶尸盛行于清朝，顾名思义，是发生在湖南西部一带的事情。在中国人的观念里，人在死后必须被安葬在自己的家乡，否则便得不到安宁。但人们总是不得不因为各种理由而背井离乡，客死异乡的情况时有发生，这时候除非家人实在无能为力，否则一般都会将遗体运回故乡安葬。然而在湘西一带，崇山峻岭，道路崎岖难行，一般马车之类的尸体运送工具根本无法通过。于是便有人发明了一种匪夷所思的运送方法——让尸体自身行走，赶尸匠在前后护送，犹如赶鸭子一般，因此才被称为"赶尸"。

我完全无法想象，这和我们所讨论的东西能有什么联系，但诗琴既然会提起，想必是有她的用意。于是便点点头道："嗯，去年曾经看过央视的一个纪录片。"

诗琴奇异地扫了我一眼，那意思十分明显，像我这样平时就十分怕鬼的人，按理说是不应该会收看这种节目的。

当然，对于一般的恐怖片，我至今还是敬而远之。不过所谓的赶尸，尽管看起来诡异，但从本质上来说，却也只是我日常工作中的一部分而已，因此也就没有什么可怕的了。

那部纪录片是在中央电视台的科教频道播出的，因此导演自然把拍摄重点集中在"如何让尸体直立行走"的问题上。片中最后给出的解释是：行走的尸体其实是由活人假扮的，以草帽黑布蒙面，真正的尸体则早已被肢解，只保留脖子以上的部分及四肢，藏在假扮者背上的竹篓里；到达死者家中以后，赶尸匠亲自负责入殓工作，以防止诈尸为由绝对不允许他人旁观，趁机在棺木里以稻草扎成尸体的躯干，配以头部四肢，让人以为尸体真的自己走了回来。

还有另一种理论，是两名赶尸匠一前一后，中间可以夹着数具尸体，呈直立姿态，以两根竹子穿过尸体的衣袖，然后一路抬着前行。从远处看不真切，便觉得尸体是在行走。

"不排除有些人就是这么做的，"诗琴点点头，"不过他们只是冒牌的赶尸匠，并不懂得真正的赶尸技术。我曾经在吉首住过差不多一年，据当地的老人说，在以前处刑的季节，赶尸匠有时候要一次赶十几具尸体，这样的花招显然是行不通的。"

确实如此。要找十几个活人来假装尸体，不仅容易走漏风声，而且入殓后无端多出来的一群人也不好解释。假如是用抬的，那前后的两人纵有天大的力气也不够。

"真正的赶尸匠，手艺是代代相传的，大多数赶尸匠一辈子只会收一个徒弟。这个徒弟必须学会赶尸的三十六功，才能算是出师。一般来说，能在五年内出师的，就已经算是资质相当不错的了……"

我感到这话题越扯越远了，不得不打断了她："你说的这些，跟香菇有什么关系呢？"

"哎，你别着急呀。"诗琴摇摇头，道："那就长话短说吧。赶尸真正的秘密，同样是利用了一种腐生真菌，尸体就是真菌的培养基，由于真菌摄取了尸体的营养，抑制了细菌的生长，因此还能起到延迟尸体腐烂的作用。菌丝会使尸体肌肉变得像木头一样僵硬，于是便可以直立不倒，所以赶尸的第一项'直立功'，其实就是在尸体里种下真菌的技术。"

诗琴看我想插嘴，摆摆手制止了我。

"这种真菌属于壶菌门，能制造非常强有力的游动孢子。赶尸匠首先会掏空尸体的内脏，以减轻重量，然后种下真菌。待菌丝从尸体的腿部长出来后，再往地上放置事先准备好的特殊肥料，诱使菌丝上的游动孢子朝某个方向移动，从而带动尸体一并滑动前行。但肥料放置的方位和数量都有很严格的讲究，要是掌握得不好，尸体不但无法前进，甚至会后退或摔倒，所以赶尸匠的经验很重要，这就是'行走功''转弯功''下坡功'等。赶尸只能在晚上行进，白天则在湘西特有的赶尸客店休息，这是因为这种真菌极度喜阴，一旦遇到太阳直射，便会迅速干涸死亡。而遇到大雨的天气也不能赶路，因为雨水会把游动孢子从菌丝上冲掉，尸体也就不能动了。"

听到这里，我恍然大悟。

"你的意思是，我们遇到的那朵香菇也会产生游动孢子？"

"不错，"诗琴赞许道，"可别小看了这些游动孢子，迄今人类已知生物所能达到的最高加速度，就是由接合菌门的球孢水玉霉创造的——它的孢子弹射时产生的加速度相当于数万倍重力加速度，而汽车的加速度充其量就是重力加速度的一半而已。跟人体相比，头状子实体当然要轻得多，所以它移动的速度也快，而且还能凭菌丝依附在墙上或天花板上。"

"可为什么它会追着我不放呢？"我不解地问，"并没有赶尸匠来给它指引方向的啊！"

"有。你自己就是赶尸匠，控制游动孢子移动方向的诱饵，当时就握在你的手上。"

我又一次回想起消防楼梯里的情形，顿时不禁大惊失色。

"难道是……手机？"

"准确地说，应该是通话中的手机。刚才说到的球孢水玉霉，它的孢子能感应光线，总是射往明亮的地方。而你的香菇则似乎对电磁波信号很敏感。"

所有的线索都连起来了。最初目击这个人头香菇的，是住在出租屋的那个大学生，他当时正是在不停地用手机收发短信。后来我在一六〇五室的门前与小安讲电话，事实上已经把它引到了防烟门的背后，但由于及时挂断了，它才没有进入楼道。而在消防楼梯里，因为我在测试诗琴的手机，两台手机都处于接通的状态，也就难怪它会加倍疯狂了。

"所以，"我沮丧地说，"那天晚上，就是因为我给你打电话，才会把它招来的。都是我的错。"

那天的上午，我也曾与诗琴通过电话，但白天的时候不是下雨就是出太阳，如果这朵香菇与赶尸用到的那种有着相似特性的话，大概便不会做出反应。

"也不能这么说。当时我为了寻找它的踪迹，已经在那楼里待了差不多两天两夜，但还是完全没有头绪。如果不是你的话，我还想不到这种游动孢子的特性，那就不可能发现这个新的物种了。"诗琴安慰我说。"虽然，那天它从阳台爬进来的时候，还真是把我吓了一跳。"

我陷入了沉思。往前走了不久，一道红白相间的限高门横跨在盘山公路上。三个月前，运送尸体的冷藏车由于高度超过限制，不得不停在了这里的路边。

"前面就要到了。"我说。

"到哪儿了？"诗琴奇怪道。

"就是那棵树啊。"

"哪棵树？"她露出疑惑的神情。

对话没来由地变得困难了起来。我无可奈何，只好把之前在留言板上读到的，在江美琳尾七那天，她那位同学的夜半奇遇给诗琴复述了一遍。

"所以你觉得，咱们来晴雾山就是为了调查这件事情。"诗琴似乎总算明白了我在说什么。"难道，你现在还把我当成是那茅山道士一路的人吗？"

"呃……不是吗？"我嗫嚅道，心想那分明是你自己说的啊。

"从某种意义上，也可以说是那样的。这也怪我，那天在停车场的时候，我担心你把我的话不当回事，即使出现了症状也不在乎，搞不好就会有一定的危险。所以，才故意小小地吓唬了你一把。"

"那，你究竟是……"

"咱们一路上说了那么多，你也应该能猜出来了吧？"诗琴反问道。"我是中国真菌科学研究院的研究员，目前的研究主题是，未知真菌与灵异现象之间的关联。"

"中国……科学……什么？"

"中国真菌科学研究院。原本是中国科学院植物研究所下面的一个部门，但在五界分类系统①得到广泛接受以后，便和真菌界一道成了一个独立的机构。"

"等等……按你这么说来，我遇到的怪事也跟真菌有关？！你可不要告诉我，那天晚上在我床上的东西是一颗大香菇！"

我家房子的通风好得很，从来没有过发霉之类的事情。再说，即使床上真有什么奇怪的东西，也一定会被甘芸发现的。

"哎呀，你怎么就跟香菇较上劲了呢。"诗琴差点儿被我逗乐了。"真菌可是生物中多样性最丰富的一个族群。记得我说的吗？问题的根源出在你的身上，跟房间没有关系。"

"你的意思是说，这也是一种错觉？"

---

①由美国生物学家魏泰克（R. H. Whittaker）在一九六九年提出的生物分类系统。将生物分为原核生物界、原生生物界、真菌界、植物界及动物界。在此之前，真菌通常被认为是植物中的一类。

"不是错觉，而是幻觉。你应该听说过吧？经常有人会因为误食了野生蘑菇而导致中毒，原因是某些种类的蘑菇中含有毒素。比如说，毒蝇蕈里所含的毒蝇碱，或古巴光盖伞里所含的光盖伞素，都是著名的神经毒素，服用后会使人产生幻觉和精神错乱。但这些毒素不仅存在于蘑菇中，同样存在于一些外形小得多的真菌里，假如人体感染了这些真菌，尽管由于毒素含量很小而不会致命，但也会引起幻觉。而且真菌还有可能在人体内进一步繁殖，那样的话就会导致更严重的后果。"

"所以你给我的药，目的是要消灭我体内的真菌？"说完这话，我好像突然意识到了什么。

"没错。不过因为那时候我正在监测这个头状子实体的动向，没有办法离开大楼，只能让你吃我事先准备的应急药。又怕你吃不下去，所以提前从管子里挤出来了。"

"这个应急药……该不会是……"

"嗯，就是普通的脚气膏。"诗琴若无其事地说，"不光可以杀灭引起脚气的真菌，对这种侵入神经系统的真菌也很有效，而且携带起来非常方便。唯一美中不足的是，吃完后少不了要拉一次肚子……"

这时候我们已经来到了发现江美琳的那棵古树之下，三个月前，我便是蹲在这里检查她的尸体。冬去春来，古树的枝叶已经繁盛了许多。我四下张望，试图寻找能印证那段留言的蛛丝马迹，然而却一无所获。

"这么说，"我喃喃道，"咱们今天就是单纯来爬山的吗？"

"如果是为了调查一条留言的话，"诗琴反问道，"我干嘛非要买年票呢？"

我不由得一怔，心道确实如此。

"不过，你说那孩子看到的是什么呢？"

"这我怎么知道？"诗琴少有地显得有些不耐烦，似乎并不太愿意讨论这个话题。

"我是在想，"我不依不饶，"那会不会也是幻觉呢？或许，他受到了和我一样的真菌感染也说不定？"

"如果真是那样的话，就只有两种情况：一是人体的免疫力战胜了真菌，顶多发个烧就没事了；二是真菌已经在体内大量繁殖，即使现在采取措施也来不及了。"诗琴略带敷衍地说。"而且，除去误食毒蘑菇的病例，神经性的真菌感染并不常见，要达到致幻的程度就更罕有了。"

"但我的情况不就是这样吗？要是那么罕见的话，那我是怎么被感染的呢？"

"这个可就得问问你自己了——在那段时间，你都干了什么？去过哪里？接触过什么东西？尤其是那些一般人很少会碰到的东西？"

我沉吟片刻，随即双掌用力一拍。

"就是那天！那天我在解剖尸体的时候，手被划伤了！"

"划伤了……解剖尸体？！"诗琴不禁退开了一步，露出无比惊愕的神情。

"啊！不好意思，还没自我介绍呢。事实上……"

然而当我说明了自己的身份以后，她的表情变得更加复杂，除了惊讶以外，似乎更多是滑稽的成分。

"法医？你？！"

仿佛这是她听过的最可笑的笑话，这让我感受到了真切的伤害。

"不相信的话，"我沉着脸道，"我可以给你看看证件。"

"不，不用……"诗琴连忙摇头。与此同时，一种迷惘的感觉却又爬上了她的俏脸。

"怎么了？"

"怕鬼的法医……"她使劲朝一边歪着脑袋，似乎是在竭力回想着什么，"你，难道是……"

紧接着，她说出了我就读的医学院的名字。

这句话犹如灵验的咒语，记忆深处一把长满铜锈的锁应声而落，从缓缓打开的抽屉中，一幅栩栩如生的画面逐渐浮现于眼前，仿佛只是发生在昨天的事情。

"不能收现金，都跟你们说过多少次了？"玻璃窗口后面的大妈没好气地嚷嚷，"卡里没钱就先去充好了再来吧。"说着便抬勺把已经盛到了餐盘上的饭菜又扒拉回锅里。

我回头看一眼身后那蜿蜒的队伍，已经排到了食堂的大门外，然后在那里华丽地拐了个弯，根本看不见尽头。

"您就通融一下吧，"我低声下气地赔着不是，"保证这是最后一次了。"

"不行不行，上面新下来了规定，现在要严格执行刷卡制度。"大妈像赶苍蝇一样连连摆手，还不忘幸灾乐祸地挤对一句，"谁让你们自己不长记性的。"

我不禁大为光火。这所号称全国顶尖的医学院拥有近万名学生，偌大的校园内共有四处食堂，但能给饭卡充值的只有一台机器。这台机器放在总务处的办公室里，距离任何一处食堂、宿舍、教学楼或实验室都有十五分钟以上的路程，更不用说负责充值的那位出纳员经常不知所踪。

那个年代的大学生多半会有这样的经验，食堂的实际经营时间，大约就只有从上午十一点和下午五点开始的各三十分钟，哪

163

怕稍晚一点儿，也只会剩下倒人胃口的残羹冷炙和杯盘狼藉的肮脏桌椅。当时我已经在念研究生一年级，对这些情况自然是了然于胸，而在食堂里付现金向来也不是什么稀罕事儿。但不知道是学校确实修改了规定，还是大妈今天吃错药了心情不好，总之就是死活不肯让步。

但愤怒归愤怒，和食堂大妈争论这制度的不合理性也是纯粹的对牛弹琴，更何况后面还有一大群同样饥肠辘辘的人，正在翘首盼望着队伍的前进。就在我开始琢磨用煎饼果子还是方便面对付过这一顿的时候，身后忽然响起了一个脆生生的声音："我替你刷好了。"

我急忙回头去感谢我的救命恩人，只见一位扎着马尾的女孩亭亭玉立，正恬静地向我微笑着。在那一瞬间，四周的一切仿佛都静止了，唯有时间的花瓣从我们的身上不断掠过，女孩的身影逐渐模糊又逐渐清晰，幻化成我眼前诗琴的模样。

当然，那时候我还不知道她的名字，只觉得假如这世上真有天使的话，大概就是这样子的吧。

也不知道我是打哪儿来的勇气，竟站在旁边等她打好饭，然后指着不远处一张桌子说那里有空座。

诗琴没有拒绝。从外表来看，她大概只是本科一二年级的学生。要是那样的话，我心存侥幸地想，在那件让我声名远播的裸奔事件发生之时，她应该还没有入学。

这是一张典型的四人座快餐桌，我们面对面坐了下来，然后又是傻傻地相视一笑。她好像有点儿脸红了，羞赧地移开了目光，低头默默看着面前的饭菜，但看起来并没有要动筷子的意思。

正当我为该说什么开场白而做思想斗争的时候，突然听见"啪"的一声，一个餐盘几乎是被扔到了桌上，桌子上顿时洒了不少菜汁。我吃惊地抬起头，发现一个长着雀斑的女生不知道从什么地方冒了出来，大大咧咧地坐到了诗琴旁边的座位上。诗琴和她小声打了个招呼，两人显然是认识的，大概是同班同学。

雀斑女满不在乎地瞟了我一眼，但一秒钟后，她的瞳孔里却放出了异样的光芒，仿佛是初次在马戏团帐篷里遇见小丑的孩子。

完蛋了，我的心登时沉了下去。

不出所料，雀斑女马上凑了过去，在诗琴的耳边嘀咕着些什么。我连忙假装吃饭，从眼角的余光里，发现她们也在偷偷地望向这边。两个女孩交头接耳了好一阵子，然后一起哧哧地笑了起来。

之后的回忆变得模糊不清，我已经无法想起，后来是怎么吃完那顿饭的了。大概，那是由于我曾经拼命想要忘掉它。

总算是找到了答案，在"夜路"遇上诗琴时，为什么会有那种似曾相识的感觉。医学生在本科毕业后转入生物研究领域的例子并不少见，当年与我同寝室的老五便是如此。

"你那时候可真出名啊。"她感慨道。

我淡然一笑，自忖现在终于可以对这件事泰然处之了。

"为什么想要当法医呢？"

每个真正了解我过去的人都问过这个问题——或者，只有曾枫除外。我则通常只是耸耸肩，敷衍说其实没有什么特别的理由。

"也许，"我望着远方天际的云彩，第一次说出了一个不一样的答案，"是为了证明我也可以做到的吧。"

诗琴向我微微一笑，一如少女时代的她。

"要从过去的阴影中走出来，"她说，"一定很不容易呢。"

这话一下子提醒了我，我还有一个问题要问诗琴，关于留言板上所写的，新凤大街十九号——隔壁那幢五层高的楼房——闹鬼的事情。

　　然而诗琴也并不了解具体情况，因为是在外地，而且有好几个小时的车程，她也没有实地调查过。

　　"会不会也跟真菌有关呢？"我试探着问道。

　　"可能性很高，但不经过具体调查是不能确定的……"诗琴沉吟道，目光却忽然一亮，"对了，我想到一个好主意！"

　　"什么？"

　　"你亲自去把这鬼消灭了，怎么样？"

第十一章　前往故事开始的地方

　　诗琴的建议，是让我和她一起前往调查新凤大街十九号闹鬼的事情——竹语山庄那边已经基本告一段落，她也正准备展开新的研究。这样的话，或许会找到我这鬼魂恐惧症的源头，说不定还能因此得到根治。

　　这一想法与之前曾枫提到过的不谋而合，我毫不犹豫，马上一口答应了下来。虽然，我并不怎么在乎是否能治好这怕鬼的体质，毕竟那么多年也都已经熬过来了。然而和诗琴一起行动的机会是绝对不容错过的。

　　尽管计划是制订好了，但要立即付诸行动却不太容易。首先，由局长大人直接下达的，禁止离开本市的命令仍然生效，我还没愚蠢到去公然挑战老头子的权威。其次，从这座城市到我的家乡，走高速公路的话单程大约需要三个小时，加上在当地逗留的时间，意味着基本不可能在一天之内来回，我也没有那么长的假期。

　　而且，根据诗琴的估计，这些与灵异事件扯上关系的真菌一般极为喜阴，在白天不一定能找到，所以必须做好午夜调查的准备。不过她也安慰我说，应该不会出现在竹语山庄那种得在里面待好几天的情况，因为关键是要找到真菌的踪迹，大不了就挨家挨户都翻一遍，毕竟只是五层楼的范围，和那二三十层的大楼有着根本区别。

在这段日子里，我和诗琴陆续见了几次面，对她的研究也有了更深入的了解。按照诗琴的设想，由于人们对真菌不熟悉，许多与真菌有关的自然现象被错误地解读成鬼魂作祟，那么，如果以灵异事件为线索进行调查，便很可能有机会发现新品种的真菌。

"生物学界一般认为，"诗琴道，"现存世界上的植物共有五十万种，已知的就接近四十万种，几乎已经发现得差不多了；动物方面，已知的超过一百五十万种，未知的估计还有二百万种，绝大多数是昆虫；但在预测的一百五十万种真菌里面，已知的只有十二万，连百分之十都不到。事实上，从林奈①开始进行生物分类的这几百年来，在其中相当长的一段时间里，我们都以为真菌是植物的一类。可以说，对于真菌，人类几乎还是一无所知。

"人类倾向于以神秘主义的观点来解释真菌现象，这并不是偶然的。一方面，真菌和植物不同，它没有叶绿素，也不会进行光合作用，因此大多数的真菌都喜阴，并且在晚上活动频繁，这就恰好符合了人类对黑暗的恐惧。另一方面，人类及其他动物的尸体，对许多腐生真菌来说都是理想的培养基，这又符合了人类对死亡的恐惧。正是由于这两种与生俱来的情感，导致了人类对真菌的误解。

"这从语言文字的演变就可见一斑。比方说在汉语里，出于对超自然力量的敬畏，人们一般并不会直接说'鬼'这个字，而

---

① 卡尔·冯·林奈（Carl von Linné），瑞典博物学家，现代生物学分类的奠基人。一七三五年发表了著作《自然系统》，将生物分为植物界和动物界，即二界分类系统。其中真菌属于植物。

是隐晦地说成'不干净的东西'。像是'这屋里有鬼'就会说成'这屋里有不干净的东西'。这并非单纯的巧合，因为从观察者的角度来看，生长着大量真菌，尤其是霉菌的房间自然是肮脏的。

"有一种普遍流传的民间说法，人被恶鬼上身的后果，是'不死也得交三年霉运'。这个'霉'字的原意是指发霉现象，后来则引申出来坏运气的意思，所以才有'霉运''倒霉'等词。对于'鬼上身'的现象，经验丰富的法师会通过嗅觉来判断，如果一个人经过彻底清洁后，身上仍然发出死老鼠一般的气味，那多半就是被鬼上身了。实际上，那个是霉菌的气味——顺便一提，我在酒吧里碰到你的那天晚上，你身上就有一股这样的气味。

"也有许多更加实际的例子，比如说僵尸。在以前流行土葬的年代，几乎全国各地都有过僵尸的传闻，但由于多数规模都不大，人们也担心不吉利，所以留有详细资料的不多。有关僵尸记载的第一手资料，主要是来源于过去盗墓活动猖獗的时候，由曾经亲眼见过僵尸的盗墓贼转述。在盗墓这一行的黑话里，僵尸被称为'粽子'，其中最常见的'绿毛粽子'不太可怕，可'黑毛粽子'就厉害得多了，至于'白毛粽子'则是凶险万分。

"但只要仔细想想就能明白，这些'绿毛''黑毛'和'白毛'，其实只是在尸体上生长的腐生真菌的菌丝，因为种类不同而呈现不同的颜色。真正令盗墓贼闻风丧胆的，是这些真菌同样具有强力的游动孢子，能让尸体移动甚至直立行走。不过除了模样恐怖以外，这些僵尸却是没有攻击性的，它们对人的危害，主要来自尸体上可能长有有毒的菌种，也就是盗墓贼口中所谓的'尸毒'。

"民间的另外一种说法，是鬼怕污秽之物，也就是说屎尿一类的东西。这其实是有一定道理的，因为尿液中的尿素有杀灭真

169

菌的作用，即使是'白毛僵尸'，如果把一桶尿倒在它的身上，大概也就不会动了……"

诗琴说着这些我闻所未闻的事情，让我听得目瞪口呆。之后她又给我展示了几个小巧的机器——包括那天她放在我肚脐上的小盒子，都是用来进行各种检测的，像是空气中的孢子浓度，或是菌丝是否带有毒性，等等。类似的机器在司法鉴定中常有应用，因此我有着丰富的操作经验，一下子就学会了。毫无疑问，它们将在新凤大街的冒险中派上大用途。

在中国真菌科学研究院里，诗琴的研究可以说是绝对的另类。研究院需要经费以维持运营，也不能单单依靠国家有限的拨款，因此大部分的资源都投入到了对农业害菌的防治，或是食用菌的培养这种具有经济价值的课题上。但一个无可争议的事实是，诗琴在过去几年间所发现的新种真菌数量，比其他研究员加起来还要多得多。

"研究院已经在吉林延边建立了松菌培育基地，"诗琴告诉我，"松菌的子实体就是松茸，在日本有'蘑菇之王'之称，现在已经由基地大量出口，一公斤的价格在五百元以上。而在欧洲，松露则被称为'餐桌上的钻石'，一株八百克的白松露曾经在澳门拍卖出了超过两百万的高价，目前正在云南香格里拉和丽江一带物色适宜的地点试验人工培育。

"但松茸和松露虽然珍贵，可就价值而言，仍然远远比不上中国最神奇的一种真菌。子囊菌门、粪壳菌纲、肉座菌目、麦角菌科，这种真菌叫作冬虫夏草。

"冬虫夏草是药材而非食物，历来就被认为有多方面的药用价值，到了现代，最受青睐的莫过于其抗癌的作用。临床上使用从冬虫夏草中提炼的虫草素辅助治疗恶性肿瘤，症状得到改善的比例相当高。但冬虫夏草必须寄生在一种叫蝙蝠蛾的昆虫的幼虫中，而且优质的品种只野生于青藏高原，因此目前并不具备人工培育的条件。

"然而巧合的是，松茸在日本，黑松露在欧洲也被认为具有抗肿瘤的作用。这三种真菌无论是从结构上还是形态上都大相径庭，却不可思议地有一个相同的特征，就像竹语山庄的担子菌和湘西的壶菌都带有游动孢子一样。这样的生物共性在真菌界中十分常见。那么，在迄今未知的一百多万种真菌中，是否还存在其他具有抗癌作用，而易于培育的品种？答案几乎是肯定的。甚至，不仅作为辅助治疗手段，而是可以根治癌症的特效药，这样的真菌也很有可能存在。剩下的问题就是，如何去发现它们罢了。"

我对冬虫夏草并不怎么感兴趣，但说起松露，却不禁想起 L'ÉCLIPSE 菜单上的奶油松露汤来了。上次，餐厅经理得知了我不得不取消预约的原因以后，坚决不肯收取红酒和郁金香的费用，这让我感到有些过意不去。本来我也一直有意再去光顾一次，然而诗琴却不同意，每次吃饭不是麦当劳就是肯德基，一人手里拿着一个圆筒冰淇淋的可笑模样，让我感觉仿佛回到了学生时代的约会一般。

对此我倒并不在乎，反而有种浪漫的想法，或许这是对我们当初没有好好把握的青春的一种补偿。然而真正令我在意的是，每次见面后，诗琴都婉拒了我开车送她回家的建议。即使是在前往晴雾山的那天，回到市区后，她也是坚持在地铁口便下了车。这让我不得不产生了一些不怎么愉快，但却合情合理的联想——也许，她并不是一个人住。

从年级的差距判断，诗琴比我小不了几岁，对于女性来说，其实早已达到甚至超过了谈婚论嫁的年龄。勉强能让我松一口气的是，她的无名指上并没有戴着结婚戒指，但相应的，她也从来不会戴上我送她的项链。平心而论，诗琴肯定不会缺乏追求者，即使有一个同居男友什么的，也实在是再正常不过了。

这种讨厌的想法让我备受煎熬。更加糟糕的是，我意识到自己并没有任何质问她的资格，我们目前这些所谓的约会，其实只不过是我一厢情愿的定义罢了。更不必说，她还明确了解甘芸的存在。

日子就在这种微妙的关系中一天天过去。随着时间的推移，尽管凶手还在逍遥法外，木乃伊案的影响仍是逐渐淡了下来。局长大人和督导小组似乎终于认清了一个事实，那就是即使继续剥削警员们的休息时间，对破案也不会有一分一毫的帮助。

于是一声令下，局里又恢复了正常的双休日制度。五月二十八日，星期六，我和诗琴踏上了可以说是回家的旅途。前方是那无比熟悉的城市，但却完全无法预知将要发生什么，这令我的心情极度亢奋，头天晚上几乎通宵未眠。

然而征途一开始就非常不顺利，进入高速公路后走了还不到五公里，前方便出现了一行行刺眼的刹车灯。不见首尾的车龙中以轿车居多，据我估计，大部分是周末自驾游的人们。之后很长的一段路程都只能龟速前进，我不断交替地踩着油门和刹车，右脚很快便麻木了。

不过因为有诗琴在身边，心情倒是非常不错。尤其是想着坐在四周这些车里的，多半不是热恋中的情侣便是温馨的一家三口，我更是不由得得意起来了。

"你的父母现在还住在老家那边吗？"诗琴问我。

"全跑去加拿大了！"我摇摇头，"现在我在国内算得上是举目无亲。"

我的姐姐多年前便嫁给了一位比她大十岁的加籍华人，老爸老妈当时虽然也有些反对，但之后不久便随之移民，并在温哥华定居。当他们发现大洋彼岸也有麻将馆和炸酱面以后，便彻底乐不思蜀了。

"那么，你会经常去加拿大了？"

"没有经常，每次出国还得向公安部申请备案，那些破手续太麻烦。"

"是吗……总比我去不了的好。"

"啊？为什么？"

"研究院属于国家高级科研机构，资料都是国家机密级别的，所以我们基本上都不允许出国，就是为了防止关键资料泄露到国外吧。"

"那你还告诉了我那么多，这不是存心坑我吗？"

"傻瓜，"诗琴哑然失笑，"这些东西告诉你多少都没关系，真正重要的资料都在档案室里锁着呢，没有大量的实验资料，难道你还能凭空把菌丝孢子变出来不成？"

我本来也只是在开玩笑，但此刻却突然灵机一动，想到了一个主意。

"你呢？"我继续之前的话题，试探着问道，"父母是留在老家，还是在市里和你一起住？"

我的目的当然不在于诗琴的父母，而是她现在和谁一起住的问题。但话一出口我便有些后悔，生怕她会说出"不，就我和老公两个"之类的回答。

但让我始料不及的是，诗琴的脸竟一下子阴沉了下来。

而且这种阴沉明显有别于普通的不快，车厢内的温度仿佛一瞬间降到了冰点。我立刻条件反射般地收敛了笑容，一句话也不敢再说了。

在这简直令人透不过气的沉默中，能听见的只有PRADO发动机断断续续的喘息。我忐忑不安地驾着车，以蜗牛般的速度艰难地腾挪前进，也不知道过了多久，才听见诗琴开口说道："差不多二十年前，在我老家那边，曾经发生过一次严重的车祸。"

她的语调平静得让人感觉不到一丝涟漪。我偷偷地瞥向副驾驶，但她正面向窗外一望无际的车流，无法看见她脸上的神情。

"一个货车司机在酒后超速驾驶，结果货车冲过了马路中央的护栏，与一辆轿车正面相撞。在轿车里的，是一对中年夫妇和他们的独生女，那个女孩当时只有十岁。"

我的心顿时一沉，稍一犹豫没有及时踩下油门，与前车的距离便拉大了些。原本行驶在右边车道的一辆本田CIVIC发觉有机可乘，立即以一个大幅度的摆头，堪堪插到我们的前面去了。跟在后面的车对此显然大为不满，于是狠狠地冲我按着喇叭。

"不难想象，那辆轿车几乎被碾成了一堆废铁。"诗琴继续道，"一家三口之中，也只有一个人活了下来。"

故事的结局，看起来并不难猜。

"就是……"我自作聪明地接道，"那个小女孩吗？"

"不，她死了。"

她的声音是如此冰冷，仿佛空气都要因此而凝结了。

"作为司机的父亲是当场死亡，重伤的女孩被送到医院后，因为器官衰竭，很快也宣布抢救无效。活下来的是她的母亲，不过她醒来以后就精神失常了，或许，死了的话还更干脆一些

174

吧……"

我不由得打了一个寒战，手心里已经冒出了汗珠。如果那个女孩已经死了，那么，你又是什么？

"肇事的货车司机被判处七年有期徒刑，可惜没能执行完就死了。监狱的说法是得了急病，但也有人说，是被其他犯人打了一顿，后来伤势恶化，又导致了其他并发症。不过不管真相是什么，反正都不会有人在乎，尸体直接就拉去火化了。"

诗琴顿了顿，然后清晰地说道："最后交到我手上的，就只剩下了一小袋骨灰。那，就是我的爸爸。"

我下意识地握紧了方向盘，死死地盯着前方的路面。

"妈妈承担了所有的赔偿责任。保险公司的赔款，加上我们家的积蓄和借来的钱，刚好够支付两个人的死亡赔偿金，但还有一个精神失常的女人，以及每个月没完没了的治疗费用。妈妈没有再结婚，因为没有人会愿意连着这些债务一起娶进门。我则一直背负着'杀人犯的女儿'的标签长大，几乎每年都要转一次学，但过不了多久还是会被人发现。在我二十岁那年，妈妈被确诊为淋巴癌晚期，三个月后便去世了。"

我只觉背上的冷汗涔涔而下，湿了的POLO衫贴着真皮的座椅，感觉就好像是靠在了一大块冰上。必须承认，自从在"夜路"遇见她以后，我便不自觉地被诗琴身上那种超然的气质所深深吸引。我一直以为，那是与她那些神秘诡异的研究有关，没想到她竟然还背负着这么一段过去。我想起许多年前与她的初次相遇，在那时候，她还是一个很正常的女孩，开朗、活泼、在学校食堂和闺蜜交头接耳着男生的八卦。毫无疑问，母亲的去世是令她性格巨变的根本原因。

所以她对超速和酒后驾驶等行为深恶痛绝，所以她采取极端的方法去寻找新品种的真菌，只因为其中可能蕴藏着治疗癌症的方法。

我没有试图去安慰她，在这样的情况下，任何语言都无济于事，更何况我本来便对这种事情很不擅长。但我默默下了决心，从现在开始，我将会保护她不再受到伤害。

剩余的路程在一片沉默中度过。接下来的几个出口都是通向一片温泉旅游区，陆续有许多车分流了出去，当我们接近目的地的时候，高速公路已经完全恢复了顺畅。

我出生的这座城市不大，从高速公路下来后，几乎马上便进入了主城区。这时候刚好是中午一点，也就是说路上走了足足四个小时。即使如此，这也算不上是多远的距离，然而仔细一想，我已经差不多有十年没有回过故乡了。事实上，我对自己说，也根本没有回来的理由。

时间几乎没在这座小城留下太多的印记，一切似乎都还是我离开时的那个样子。两横三纵的主干道看起来完全没有经过修整，柏油路面上的一些标线已经显得斑驳。在主干道的交汇处矗立着全市最高的建筑物，这是一幢二十多层的四星级酒店，从我还在上小学的时候便存在于此。虽然现在外墙已经旧得不像话了，但它依然是方圆五十公里内最好的酒店，如果今天晚上要找地方住宿的话，这里是唯一体面的选择。

如果一定要说有什么变化，那就是酒店的对面现在开了一家麦当劳——快餐店这种东西，在我小时候是没有的。我们在这里吃了点儿东西，又休息了一会儿，我这才感到右脚慢慢恢复了知觉。其间我没话找话地向诗琴介绍了家乡的一些特色菜，但看上去她并不怎么感兴趣。

午饭之后再度出发。我原本以为，单凭记忆找到新凤大街根本不在话下，毕竟市区就这么点儿大，而且那还是住了十几年的地方。然而开车绕了好几圈后才发现并非那么回事——我明明记得应该从某个街角右转的，但拐过来以后才发现完全不对。迫不得已，只好停车求助于 GPS，这系统倒是十分可靠，连不起眼的小街道都有详细的资料。但认真观察了一番屏幕上显示的地图以后，我意识到了不对劲的地方：此时此刻，我们已经置身于新凤大街。

只不过，在我记忆中本应是街道的地方，现在却被一堵两米多高的围墙包围着，隐约可见围墙里面冒起烟尘，显然有某项工程正在进行中。

我茫然地从车上下来，围墙上并没有注明是什么工程。我向两边张望，发现不远的地方便是一扇大铁门，门旁站着一个头戴黄色安全帽的男人，正在玩命地抽烟。从男人相对干净的上衣来看，估计是包工头一类的角色。

尽管我自己从不抽烟，但为了应付不时之需，在 PRADO 的门上一直存放有几包 329 号软中华。于是拆了一包拿在手上，慢悠悠地朝那人走去。

"师傅，"我看准了他把一只烟头扔到地上的瞬间果断上前，"请问一下，这里是在做什么施工？"

不出所料，这人立即挂上了一副警惕的神情，那样子分明是在说："跟你有什么关系？"但当看清楚我手里拿的东西以后，他的眼神瞬间改变了。

"换个口味试试？"我在脸上堆起世故的笑容，把烟递了过去。

包工头的嘴几乎是不受控制地咧开，立即便伸手取出一根，放到鼻子下面贪婪地闻了一通。在确认这是真货了以后，他把烟夹到耳朵上，掏出一根自己的杂牌烟叼在嘴里，却并不急着点燃，一双老鼠般的小眼睛贼溜溜地打量着我。

我控制住自己要把这厚脸皮的家伙狠揍一顿的想法，从烟盒里又甩出来一根给他。这厮嘿嘿一笑接过，换掉了嘴上的劣质烟，这才满意地拿出打火机点燃。

"市政道路改造。"包工头不情愿地从牙缝里漏出几个字来。那张丑陋的脸笼罩在一片白茫茫的烟雾中，显得十分享受的样子，大概是从来没有抽过这一等级的烟。

"那现在去新凤大街该怎么走？"我问。

这人只是嘴唇翘了翘，没有回答，却一个劲儿地瞄着我手里的烟。

我不怒反笑，干脆把一整包中华直接塞到了他上衣的口袋里。当然，把警官证亮出来应该是简单得多的方法，但一来这毕竟是在外地，万一出点儿什么岔子，无法一个电话便让郑宗南呼啸着警车前来帮忙；二来诗琴还在车上，天知道她对滥用职权是不是又有什么看法，我可不想破坏自己在她心中的形象。反正这白痴被人打死也是迟早的事，既然这里不属于我的管辖范围，那就让其他人给他验尸好了。

"还去干什么……"这厮懒洋洋地说，"那儿全拆啦！"

"拆了？！"我大吃一惊，"连十七号和十九号也拆了？"

"不管你是多少号，总之全拆了，以后就连这条新凤大街都没有了。"

我不禁转头望向围墙之内。的确，要是那幢九层的老房子还在的话，从这儿应该便能看见我家原来的阳台。

"是什么时候拆的？"

"这个……至少有一个多星期了吧。"

"拆那两幢楼的时候，有没有发现什么特别的东西？"

"没有。"对方狐疑地盯着我说，"你到底为什么要找这个地方？"

"因为，那儿有鬼。"我指了指围墙内的废墟，悠悠地扔下这句话后便扬长而去，让满脸惊愕的包工头愣在了那儿。

我不想继续在这是非之地逗留，于是先把车子发动了起来，一边在路上漫无目的地行驶着，一边把情况转述了一遍。

"现在怎么办？"我转向诗琴，"回去吗？还是……"

说到一半的话硬生生地卡在了喉咙里。只见诗琴在座椅里缩成了一团，紧闭的两眼透出痛苦的神情，身体宛如秋风中的黄叶般瑟瑟发抖，脸色也苍白得吓人。

"你怎么了？"我急忙问道，"哪里不舒服吗？"

诗琴微微摇头，大概是示意没事，但在我看起来显然并非如此。

"要不要去医院看下？"

诗琴又是摇头，幅度稍稍大了一些。

突然间恍然大悟。如果我没猜错的话，这恐怕是痛经的症状。

"那个，要不要去洗手间？"我隐晦地提示道，"前面有个小超市，需要什么的话我可以替你去买。"

诗琴第三次摇头，然后睁开眼睛，也斜着瞪了我一眼。

"我觉得有点冷……"她说，"能把温度调高一些吗？"

她穿着去晴雾山时穿的那件运动外套，这时候干脆把帽子戴了起来。我连忙把车里的空调往上调了好几度，从出风口立即冒出来温热的气流，大概可以算是暖气了。

"没关系，我休息一下就好了。"她说完便又闭上了眼睛。

我思考了一下目前的情况。既然两幢楼房都已经被拆掉了，继续留在这里就似乎失去了意义，当然，诗琴或许会有更高明的见解，但必须要等她感觉好一些了才能征求她的意见。另一方面，以她现在的身体状况，显然并不适宜长途跋涉，直接开车回去的话，万一路上再遇上一轮堵车什么的就很不妙。因此最稳妥的做法还是先找个地方让诗琴好好休息，等她的身体恢复以后再作打算。

此外，难得和诗琴在一起，我也不愿意让这次旅行就这么突兀地结束。

于是我将车重新开回麦当劳对面的酒店。我在车里长期放着一件夹克备用，便让诗琴披在身上，把她扶到大堂的沙发上坐着，然后去办理入住登记。登记的时候需要出示身份证件，诗琴的样子显得相当不舒服，我不想再去打扰她，便决定暂时先只开一个房间。

"对不起先生，"酒店前台的服务员客气地说，"现在所有双床房都住满了，请问给您安排大床房可以吗？"

我拒绝承认这话其实正中我的下怀，在心里严肃地跟自己说：没什么大不了的，等诗琴的情况有所好转以后，拿她的身份证再去开一个房间就是了。

从前台拿了钥匙卡，我一路搀扶着诗琴进入房间，让她乖乖躺到了床上。房间里有电热水壶，我烧了一壶开水，端了一杯到床头，发现她早已昏昏睡去。

我担心她可能有些发烧，伸手探了探她的前额，却是冷冰冰的。

一通折腾下来，已经是下午五点了。我确认她的被子已经盖好，把中央空调设置到最舒适的温度，拉上可以遮挡夕阳的窗帘，便任由她好好去睡上一觉。

这房间其实是一个小套间，床和外面的沙发之间由一道屏风隔开，两边各有一台电视机。我坐在沙发上，百无聊赖地看着静音的电视剧，每过一段时间去观察诗琴的情况，一直没有任何变化。

七点的时候我觉得饿了，但显然不能把病人扔在房间里自己去吃饭，送餐服务也很有可能会把她吵醒。幸运的是，房间里的小酒吧准备了收费的方便面，味道虽然糟糕，但我还是三下五除二便消灭了一碗，然后又意犹未尽地啃了一排巧克力。

九点刚过，我听见玻璃杯碰撞的声音，回头一看，发现诗琴已经坐了起来。我急忙把杯子里的水换成热的，鼓励她多喝一点儿，但她还是只喝了两口便喝不下去了。我打开床头灯，只见她的脸上依然没有一点儿血色，以我的医学知识而言，这绝对不是什么好现象。

"不行，"我皱眉道，"我得去给你买点儿药。"

我刚转身准备出门，背后响起了一个威士忌般的声音。

"……别去。"

衣摆的一角被扯住了，我不由自主地停下脚步。

"不要……离开我……"她轻声嘤咛。

我闭上眼睛，轻轻地吐出一口气。如果说，在我的心里还曾有过任何犹豫的话，现在都已经荡然无存。

我在床边坐下来，伸手环抱着诗琴的肩，不由分说地把她拥到了怀里。

"好冷。"她似乎还想再缩进来一些，我能感到她的身体在颤抖。

"嗯。"

我把她搂得更紧，一边安慰地抚弄着她的秀发，一边朝着她的额头吻了下去。

然而唇上却传来意料之外的质感。不知道是我瞄准的失误，还是她突然抬起了头，这一吻竟不偏不倚地印在了她的唇上。

　　在旖旎的灯光下，诗琴缓缓睁开了眼睛。我们注视着映照在对方瞳孔中的自己，而两人的唇也始终没有分开。

　　之后，我们一起倒在了那张宽大的双人床上。

第十二章　找到她

坦白地说，这些日子以来，我已经无数次幻想过，和诗琴一同跨越这条底线时的情景。楚梦云雨之间，我们曾在各种奇怪的时间和地点，以各种不可思议的方式合而为一。但有一点是永恒不变的，那一定会是一场昏天黑地，直教风云变色的疯狂。

就好像，我下意识地让甘芸充当她的替代品的那个晚上一样。

然而此刻，当我真正抱着如假包换的诗琴的时候，一切却进行得出奇地平静。宛如在平安夜悄悄降下的雪，纯白、洁净，在地上积聚到了齐膝盖的深度，表面上却不带一丝痕迹。

这当然并不是说，我们在这天晚上留下了任何遗憾，恰恰相反，这是一种我从来没有体验过的感受。仿佛是相爱了多年的情人久别重逢，每次迎送都是那么水到渠成，就连到达顶峰的时机也有着天然的默契。

即使在激情趋于沉寂以后，意乱情迷也并未随之流逝，我们紧紧地相拥在一起，那是一种水乳交融的奇妙感觉。诗琴在我怀里几乎是瞬间便睡着了，我虽然想尽量清醒着享受这一刻的美好时光，但一阵莫名的疲劳感袭来，还是马上便进入了甘甜的梦乡。

不知道过了多长时间，一束明晃晃的阳光映入了我的眼睛，窗帘不知道在什么时候已经被拉开了。我立即便彻底清醒了过来，头脑里一片清明，感觉睡了似乎不是很久，但却休息得非常充分。我的身上仍是一丝不挂，两臂横着张开，呈一个大字形霸道地躺在被窝里，诗琴显然已经不在床上了。

下一秒，她那美丽的脸庞便出现在枕头的上方，似乎是一直在床边坐着。看见我睡醒了，她露出了极高兴的笑容。我注意到她已经穿戴整齐，连我的那件夹克也一并披上了，这衣服在她身上大了不止一号，但反而更能显出一种妩媚。诗琴的精神状态看起来很不错，大概是已经恢复得差不多了。

我冲她微笑，但随即发觉嘴角的肌肉十分僵硬，结果变成了一个相当诡异的样子。

笑容顿时从诗琴的脸上消失，取而代之的是担忧的神色。她略微俯身，纤纤玉手轻抚着我的脸颊，为我把扭曲的表情拭去。

我心中一动，忍不住便想一把将她拥入怀中。然而我刚准备坐起来，却发觉浑身没有半点儿力气，尽管已经使出了最大劲儿，却没能动弹分毫。

诗琴无疑也注意到了这一幕。她把手臂伸到了我的肩后，半扶半抱地帮助我坐了起来，又在床头板前垫了个枕头，让我靠在上面。

"你醒了啊。"她笑道。

我试着动了动嘴唇和舌头，确认它们都运转正常，这才缓缓说道："你好点儿了吗？"

"嗯，没事了。谢谢你。"

"傻瓜。"

简单的两个字，在今天却有了截然不同的意味，冲口而出的时候，那感觉愉快极了。我再次试图去抱她，但还是没有成功，

184

诗琴见状，温柔地握住了我的手。

"你很累啊，要不要再睡一会儿？"

"不用了，"我又试着转动了一下脖子，"我要到楼下去好好吃顿早饭。"

昨天我特地和前台的服务员确认过，这个房价里是包含了双人自助早餐的。早餐从七点到十点在二楼的咖啡厅供应，不管怎么说这儿都是四星级的酒店，食物的品质应该有一定保证。想起泛着油星的牛油炒蛋和香气四溢的酥脆培根，口水便忍不住要流出来，昨晚的方便面实在是太寒碜了。

"呃……"

"怎么了？"

诗琴没有回答，而是转身把我的手表拿了过来。只见时针和分针几乎成了一条直线，赫然将表盘从中间划分为左右两半。

我的第一个反应就是这表坏了，但那根一直孜孜不倦运行着的秒针，则无疑是在反驳这种想法。事实上，这表仅仅戴了不到一年，而且还是我咬牙在新唐广场买下的，为此也没少忍受店员无声的嘲讽。尽管款式在那家店里只是属于最低端的一类，但仍然价格不菲，假如这么轻易就坏掉的话，那是无论如何也不能接受的。

"已经……十二点半了？"我难以置信地问。她默默点了点头。

我感到无法理解，一定是生物钟在哪儿出了问题。这样的话，就不仅是已经错过了自助早餐的问题，假如不马上去办理退房手续的话，便要支付额外半天的房费。此外，即使现在立刻出发并且没有任何耽搁，到家的时候恐怕也得是傍晚了。

"天哪，我得起来了。"我挣扎着下床。

"还是不要太勉强自己吧。"诗琴认真地说，一边为我披上酒店提供的浴袍。

我扶着屋里的家具，艰难地挪动到洗手间，身体好像根本不属于自己似的。这样的感觉大学时代曾经有过一次，在代表系里踢了一场足球比赛以后，立即又被我们班的女生邀去打羽毛球，结果第二天早上也是动弹不得，于是只好请了一整天的假。当时裸奔事件还没有发生，现在想起来，那也是我最后一次踢足球了。

唯一值得安慰的是，当时那种仿佛在身体里头不断被一把镊子掐的酸痛，至少现在还没有感觉到。

我拧开水龙头，胡乱泼了些水在脸上，然后拿一个玻璃杯在下面接着清水，一边把马桶的坐垫掀了起来。诗琴娴静地站在洗手间的门边，微笑着注视我的一举一动，并没有要避开的意思。

不到二十四小时以前，即使她只是在床上沉沉睡着，我上洗手间的时候还是会注意把门锁上，以免引起误会。这生命里的各种不可思议，令我不由得心生感慨，实在是妙不可言。

洗漱完毕，我迎向诗琴，轻轻地环抱起她的纤腰，然后低头吻向她的双唇。我惊讶于自己的动作如此流畅自然，仿佛是每天早晨的例行公事，已经执行了许多年。她的舌尖比世界上的任何糖果都更加甜美。

"那个……"她抬头望向我，似是欲言又止。

"亲爱的，怎么了？"

初次以这样的方式相称，我没有感到任何突兀之处。

"我在想……"诗琴吞吞吐吐地说，"我们能不能……明天再回去？"

"哎？为什么？"

"没什么……我只是想看看你小时候生活的地方。"

一股浓浓的暖意自心底里涌出，在我的体内四处奔流。这个提议的诱惑力是巨大的，毫无疑问，我渴望把生命中的一点一滴都尽可能与诗琴分享。当然，明天早上也必须前往局里报到，但我已经在认真考虑两全其美的可能性。

　　"我最晚要在十点左右回到局里，"我沉吟道，"如果明天早些出发的话应该来得及。"

　　"太好了！"

　　"不过明天必须一大早就出发，"我正色道，"你起得来吗？"

　　"不要为明天忧虑，因为明天自有明天的忧虑。"诗琴俏皮地眨眨眼，"今天到底是谁在睡懒觉呢？"

　　于是也就不必分秒必争地去追赶退房的截止时间了。我舒展了一下筋骨，依旧是全身乏力，但总算可以勉强行动了。饶是如此，穿衣服还是让我吃了不少苦头，尤其是几乎无法把裤子给拉起来。诗琴这次没有过来帮忙，我注意到她正在穿衣镜前欢快地转着圈。

　　我正准备走过去，她却倏地转过身来，在空中划出一道绚丽迷人的光彩。

　　"好看吗？"

　　我这才注意到她手上拿着一个殷红色的盒子，上面装饰有华丽的金线花纹。诗琴随手把盒子塞进兜里，缓缓撩起满头卷曲的长发，露出脖子上一串金光闪闪的东西，正是我送给她的那条项链。

　　"项链好看，可你比它更好看。"我诚恳地说。这串项链是幸运的，我想，能够被用来映衬出诗琴的美丽，才彻底体现了它的价值。

　　"哼……"

"你一直把它带在身边？"

"不告诉你。"诗琴冲我吐了吐舌头。

"你不是说，要留在重要的场合才戴出来的吗？"

"傻瓜，"她挽住我的手臂，轻声说道，"现在就是啊……"

白天剩余的时间已经不多，好在这也是一个很小的城市。诗琴说，我这个样子并不适合开车，于是我们便采取步行，累了的话就坐几站公车，车上的空座位很多，与大城市拥挤不堪的景象形成了鲜明对比。

首先要解决的是午饭问题。令人惊喜的是，我在酒店附近发现了一个烤豆腐的摊子，立刻便拉着诗琴过去。烤豆腐是这个地方特有的小吃，与别处不同的是，豆腐要首先经过一道发酵工序，然后弄成鸡蛋大小的一团，放在炭炉子上烤至表面金黄脆裂，再蘸着一种特制的辣酱食用。一般来说是作为一种零食吃着玩儿，但真正想要用来填饱肚子也不成问题。小时候，因为爸妈时常不在家，负责照顾我的老姐要是实在不想做饭的话，便溜到外面买上半斤烤豆腐回来，就我而言，这和过节并没有两样。

今天的烤豆腐吃起来只能说是差强人意。时过境迁，许多老一辈的手艺在现代化的进程中无法保留下来，这豆腐的味道似乎也随之改变了。当然，或许是我的口味已经被大城市给同化了。但诗琴一尝之下，仍然立即大呼好吃，之后也不忘向我指出这其中的奥妙所在——某种厌氧真菌把豆腐里的蛋白质分解成氨基酸，因而味道更为鲜美。

一条名为木河的河流从城市的中央穿过——尽管，与其称之为河，还不如说是发育不良的小溪更合适。我们一边吃着不够正宗的烤豆腐，一边牵着手在河堤上散步。现在是丰水期，水位涨到了河堤边上，但最宽处的河面也不过二三十米。在秋冬的旱季，我告诉诗琴，木河会变得只有几米宽，可以走到满是杂草和鹅卵石的河床上去。木河的两岸由数座桥梁连接，这些桥底的阴影处，则是我们小时候相约打群架的好地方。

诗琴诧异地看着我，我则骄傲地向她展示了肩膀上的一个伤疤。

"那孩子使的是一根铁管子，"我绘声绘色地说，"本来是直冲着我的脑袋来的，只躲开了一半。不过我马上就朝他的鼻子上还了一拳，血好像流得挺厉害的，那孩子居然哭了。"

"一开始是为什么打架的呢？"诗琴问。

我认真地想了想，然后无奈地耸耸肩，想不起来了。

大概也就是些鸡毛蒜皮的小事吧，我猜。事实上，那时候大部分的群架都是如此。我记得是被表弟给拉过来的，所以大部分人我都不认识。我们这边有十个人左右，对方人似乎多些，但好像还有女孩子混在里面。那家伙的鼻血流了一脸，于是两边的人都慌了，各自散去以后也就不了了之。

我们经过我的中学，除了教学楼显得又老旧了一些，这里也没有任何变化，连校门旁边的那个小卖部都还在那儿。我买了一瓶绿茶，缓解因为烤豆腐而引起的口渴。

这座城市共有三所中学，这里算得上是最好的一所，而假如要评选有史以来最优秀的学生，则非我的姐姐莫属。我刚上初中的时候，"祝贺我校杨恪静同学考入 XX 大学"的横幅仍然高悬在校门上方。许多年以来，这个奇迹一直没能再被复制。

"结果我的整个中学时代，就是在老姐的阴影下度过的。"

"那样也很不错啊，"诗琴道，"我小时候也一直盼望能有个兄弟姐妹呢。"

相比起来，在我的印象中，姐夫一直就是个其貌不扬的中年

189

大叔。在他们宣布订婚以后不久，我曾悄悄问过老姐，她是否真正感到幸福。

"嗯，我很幸福的呀。"她这样回答。

"你真的爱他吗？"

那时老姐温柔地笑了，说了一句我直到现在还无法完全理解的话。

"爱情既不是幸福的充分条件，也不是必要条件。"

如今老姐已经是三个孩子的母亲。十二岁的 Annie 一直对我的工作非常感兴趣，不止一次地立志说她长大以后也要当一名法医；九岁的 Jimmy 超级顽皮，在我的印象中，他身上无论何时都至少有两处挂彩的地方；至于前年才出生的 Mark 我只在照片上见过，据老妈说，和小时候的我长得很像。

诗琴静静地聆听着我讲述这几个外甥的故事，脸上流露出向往的神情。我不禁浮想联翩，倘若在十年前，食堂里的我们不仅仅是擦肩而过的话，说不定也已经有了一个比 Mark 更年长的孩子吧。

在这茫茫宇宙之中，竟然存在着继承了自己基因密码的生命，这真是一件不可思议的事情。当那一刻来临的时候，我的反应又将会是什么样的呢——大概，是兴奋到连两手都颤抖不已吧。我默默看着身边的女人，平生里第一次产生了这样的想法。

天上的太阳似乎和我们达成了某种默契，我领着诗琴在市内走马观花地转了一圈，刚刚回到酒店所在的大路上，它便匆匆地躲到了西边的群山背后。瑰蓝色的天空中飘着一团团火焰般的彩云，不久也燃烧殆尽。温暖的空气中夹杂着既熟悉又陌生的味道，微风轻轻吹拂，令夏天的傍晚变得舒爽。

木河北岸一带的小饭馆也在这时候开始点灯。一个个灯泡串在污渍斑斑的电线上，被高个儿的伙计拿晾衣竹撑上门外大树的枝桠，把人行道照得通明。相邻的店家之间早有默契，被电灯照亮的范围便是这家店的地盘，于是桌子板凳一股脑儿地也搬出来了。这些馆子面积都非常小，乱七八糟的店内除了厨房，顶多只能塞下一张桌子，而且挤着极不舒服，因此客人基本上都只愿意坐在外头。到了寒冷的冬天，许多店干脆就不开门营业了。

时下正好是吃黄鳝和小河虾的季节，料想到顾客会比平时多，所以点灯营业的时间也有所提前。我和诗琴走了一个来回，发现有一家的桌上居然铺了尚算干净的桌布，而且还整齐摆放着一次性消毒的餐具。于是便选了一个视野开阔的位子坐了下来。

我点了鳝丝蒸饭和韭菜炒河虾，以及本地一道小有名气的特色菜——红焖猪肝，并嘱咐伙计千万不要放辣椒。

"要不要来点儿啤酒？"伙计问。

我向诗琴投以一个询问的眼神，她点点头。

"那就来一瓶吧，要常温的。"

啤酒立刻便送了上来。我拆开两套一次性餐具，撕掉包裹在外面的塑胶膜，拿出杯子，满满地倒上两杯啤酒。虽然曾有不少说法指出，这些餐具使用后根本不会经过严格的消毒程式便重新包装，但跟别家还带着锈迹的玻璃杯相比已经要好得多了。

"干杯！"

作为对邀请的回应，诗琴微笑着举起酒杯，稍稍抿了一口。

"今天真的很开心，谢谢你能陪我。"

"只要你喜欢，咱们随时都可以再过来的。"

"嗯……要是有机会就好了。"

"专门来一趟也没啥大不了，就是这儿没什么可玩的，还是去别的地方更有意思吧。"

诗琴淡淡一笑，没有回答。这时伙计把炒河虾端了上来，我夹起一只尝了尝，盐放得重了些，但还是十分鲜嫩可口。

随着夜色降临，附近的饭馆也逐渐变得热闹起来，我们所在的这家店，已经有四五张桌子迎来了客人。这座城市不是游客会青睐的地方，所以来吃饭的以本地人为主。一个邋里邋遢的男人在我们隔壁的桌子旁坐下，粗鲁地吆喝着要了一个便宜的菜和两瓶啤酒，然后开始抽烟。

这个家伙引起了我的兴趣。仔细观察的话，他大约三十岁，但满脸的沧桑疲惫，乍看上去竟足足比我老了十岁。我注意到，他的鼻梁中央有一处明显的塌陷。

说不定，他就是那时候，在桥底下把水管敲在我肩膀上的那个孩子。假如我当初没有离开这座城市，我暗忖，现在多半也会是这副模样吧。

剩余的饭菜也一并端了上来。鳝丝蒸饭盛在一个很有乡土气息的粗陶锅里，甫一揭开盖子，香气顿时扑鼻而来。诗琴拿起碗来替我舀饭，然后仔细地撒上香菜和葱花。我凝望着她那贤淑的姿态，不由得感到一阵晕眩，幸福这东西来得如此突然，即使到了现在还让我难以置信。

中午的烤豆腐毕竟只是小食，今天的早饭和午饭都没吃成，而且后来还走了不算短的一段路，此刻的我早已是饥肠辘辘。当下便大快朵颐，迅速将满满两大碗饭扫得一粒不剩，这才从胃里传来一种愉悦的充实感。正准备劝诗琴多吃两块猪肝的时候，却蓦地发现她不知何时已停下了筷子。

她的脸上是一种无法形容的表情，简直就像一个没有灵魂的芭比娃娃，艳丽不可方物的眼睛里，透出的却是空洞的眼神，直勾勾地盯着木河的方向。我顺着她的目光看去，除了对岸稀稀落落的灯火以外，便是不远处的一座桥梁以及桥上偶尔往来的车辆，并没有任何值得留意的东西。

"诗琴，你怎么了？"

"啊……"

她仿佛一下子回过神来，显得不知所措的样子。

"对不起，我刚想起来要打一个电话。"

诗琴说着，从背包里拿出手机。让我非常郁闷的是，她竟站了起来，走到离桌子七八步远的地方，然后才把手机举到耳边。

一天的缱绻缠绵，原本已经令我将之前诗琴那些不自然的举动忘得一干二净，此刻它们却又变本加厉地刺痛着我的神经。显而易见，她之所以刻意避开，是因为不想让我听到她打电话的内容。那么最合理的推论无疑是，通话的对方是某个男人，而她不希望我知道此人的存在。

电话大约打了十分钟，从我所在的位置，完全无法听见诗琴在说些什么。但从她的表情来看，这应该并不是一次愉快的交谈。或许是我的错觉也不一定，她的身体似乎一直在微微颤抖。

诗琴回来时的样子印证了这一点。她的脸色苍白得厉害，随手把手机放回包里，含混不清地说了一声要去洗手间，便又匆匆朝另一个方向走去。

所谓的洗手间是指在附近巷子里的一个公共厕所，我刚刚坐下的时候便去过一趟，来回起码需要五分钟的时间。

毫无征兆地，一个邪恶的念头突然攫取了我的思绪。眼前，诗琴的包就躺在我触手可及的地方，那里面放着她刚才使用过的手机。也就是说，只要调出手机的拨号记录，便能知道和她打电话的这个男人到底是谁。

而且，我有足够的时间去做这件事，而完全不必担心被她发现。

尚未泯灭的那点儿道德观念，仅仅让我产生了一刹那的犹豫，随即便在这巨大的诱惑面前被击得粉碎。我压根儿没有想过，即使知道了对方的身份，对我和诗琴的关系又能有什么帮助。此刻我需要的只是一个名字，甚至只有电话号码也足够——通过局里的网络，我应当可以轻易地查出此人的背景。

目的是什么呢？为了证明这小子混得不如我，因此我比他更配得上诗琴？那么，万一对方是个非常优秀的家伙的话，又该怎么办呢？

还没来得及考虑那样的可能性，我意识到自己的手已经处于伸向背包的途中。一切都非常顺利，我拿出诗琴的手机，按下重拨键后，最近拨打的电话便显示在屏幕上——并不是联络人的名字，而是一长串的手机号码。

那是一串我非常熟悉的数字。当我意识到这串数字的意义的时候，不由得立刻打了个寒噤——这竟然是我自己的手机号码。

简直太荒谬了，手机一直在我的裤兜里，它当然没有响过。

但我随即反应了过来，再度细看之下，果然和我猜想的一样，在号码后面显示的日期是在四天前。我记得，那天下午诗琴确实曾经打来电话，跟我确认这两天的行程安排。

然而问题并未就此结束。根据通话记录，四天前的这一通电话，已经是这台手机最后一次进行语音通话。可是，仅仅不到十分钟前，就在我的眼皮底下，诗琴分明还用它拨打了一次电话。

只有一个可能：她在挂掉电话以后，立即便把通话记录删除了。

我不由得目瞪口呆，感觉浑身起了一层鸡皮疙瘩。为什么诗琴要这么做？难道说，她正是担心会被我看到那人的名字，保险

194

起见才删掉的吗？假如是这样的话，为什么不干脆把手机带在身上呢？

作贼本来就心虚，再加上这意料之外的变故，使我打消了进一步看手机内容的念头。我把背包一丝不苟地按原样整理好，诗琴回来的时候，我心里难免还是有点儿忐忑，幸好看上去她并没有起疑心。

晚饭最终不欢而散。重新坐下来没多久，诗琴便推搪说已经吃饱了，而我也丢失了之前的心情。唤来伙计匆匆结了账后，我们直接拦下了一辆出租车返回酒店。在车上，我执意牵着诗琴的手，但彼此各怀心事，于是一路无话。

由于第二天必须早起出发，洗过澡后，我便早早躺到了床上。电视里正播放着时下流行的歌唱选秀节目，但参赛者的表演极为拙劣，即使称为聒噪也并不过分。

诗琴上床的时候，不知道有意还是无意，与我之间隔开了一人多宽的距离。我伸手揽向她的纤腰，她这才顺从地贴近，将头枕在了我的肩膀上。

我轻轻地解开她身上的浴袍，她的身子明显僵硬了一下，但并没有抗拒，任由我的双手在那比瓷器更精致的肌肤上肆意游走。然而当我试图侵入更隐密的领域的时候，诗琴拉住了我的手腕。

"早点儿睡吧，"她说，"明天你要开很久的车呢。"

我苦笑着叹了口气，也不去争辩什么，拿起遥控器把电视关上，转身便钻进了被窝。

只是辗转反侧，无论如何也睡不着，身上燥热得极其难受。

蓦然背上传来一阵柔软冰凉的感觉，起伏的曼妙曲线紧紧地贴上了我的脊梁，脖子间同时拂过一丝宛若兰花的气息。诗琴从身后抱着我，两手如蛇一般绕过我的腰际，十指紧扣，缠住了那儿另外一条正昂首而立的蛇。

她一边温柔地亲吻着我的耳畔，一边有节奏地交替活动双手。须臾，我体内的那股不安分的能量，竟统统在她手里汹涌而出。

可惜的是，这并没能让我的情绪高涨起来。她的手法如此熟练，我恨恨地想，说明我并不是唯一一个得到过这项服务的男人。

这一夜我睡得无比糟糕，只是短短几个小时，却迷迷糊糊地醒来了许多次。在半睡半醒之间，则反复不断地做着一个非常可怕的梦。

凌晨五点半，我从床上爬起来，完全没有已经睡了一觉的感觉。窗外，如浓墨一般的黑暗正在慢慢退去。诗琴也坐了起来，她似乎同样没怎么睡过。

简单地收拾了一下以后准备出发。我推开厚重的房门，在空无一人的走廊上打了个面目狰狞的呵欠。诗琴原本应该就在我的后面，然而过了好一会儿，还是没看见她从房间里出来。我往回折了两步，发现她正倚在门边，默默望着这个两天以来的温馨小窝，眼中充满了依依不舍的神色。

"走吧。"我轻轻搭上她的肩膀。

诗琴突然转身，一下子扑在了我的身上，我措手不及，只能勉强将她抱住。她把脸深深埋进了我的胸口，两臂用尽所有力气箍着我的身体，竟把我的肋骨勒得隐隐生疼。

这与昨天浓情蜜意的拥抱截然不同，我明白，她是在单方面作分手前的告别。于是我抓住她的肩膀，缓慢却坚定地把她推开。

"我要和你在一起。"我大声地说，"我不知道你有什么瞒着我的，但我们是一定会在一起的。所以如果你以为这么容易就能把我甩掉的话，那就大错特错了。"

被我的气势所慑，诗琴垂下了头，手指神经质地转动着项链上的坠子。我关上房门，大踏步往前走去，回头一看，她正像一只小猫般乖乖地跟在我的身后。

在空无一人的大堂办理了退房手续，我们一言不发地回到车上。清晨的小城，路面上看不到半辆车的影子，我努力抑制着大力踩下油门的本能。PRADO 行驶在那可笑的最高限速之内，感觉就像是个老弱病残的蜗牛在爬行。

"我从十年前的第一眼就喜欢上你了。" 驶上高速公路的时候，我单刀直入地说。"你还记得吗？在学校的食堂，你曾经替我刷过一次饭卡。"

"记得。"诗琴低声道，"你吃的是鱼香肉丝，连米饭一共是四块六，后来你给了我五块，我没有可以找的零钱。"

我不由得暗暗吃惊，这个细节要不是她提起来，我已经忘得一干二净了。其实当时我兜里是有一毛零钱的，故意没拿出来，是为了以后还有和她见面的借口。

"要不是后来阿慧把你吓跑了的话，"诗琴无奈地一笑，"说不定我们就会有不一样的结局吧。"

我明白她指的是当年的雀斑女。然而此刻我扪心自问，这真的是阿慧的错吗？又或者，策划那场恶作剧的老三才是罪魁祸首？

尽管这样的想法让人心安理得，但我已经不希望再自欺欺人了。上天曾经给了我一场完美的邂逅，只是当时的我还缺乏足够的勇气，所以才会被那虚无缥缈的恐惧击倒，在通往幸福的考验中败下阵来。

每个人的生命中，都难免会经历错过的遗憾，但只有极少数的幸运儿才能得到重来一次的机会。我绝对不会让这第二次机会再次从手中溜走，无论未来的路上有着多么恐怖的障碍，我都不会再临阵脱逃。

　　"离结局还早着呢，"我坚定地说，"我们现在才开始。"

　　"恪平……"诗琴幽幽地说，"对不起，那是不可能的。"

　　"为什么？"

　　"你别问了，总之……一切都已经太晚了。"

　　"是因为有别的男人吗？"说这话的时候，我感到有种如胆汁般的苦涩自舌底升起。

　　"如果我说是的话，你是不是就会放弃了呢？"

　　"不会，"我斩钉截铁地说，"我不会放弃的。"

　　诗琴沉默了。PRADO在高速公路上飞驰，车厢内只有轮胎和沥青摩擦发出的声音。

　　"你……不是有女朋友吗？"良久，她才开口道。

　　"我会和她分手的，这点你不用担心。"

　　眼前浮现出甘芸的样子，我自信应该不会很难和她开口。毕竟我们只交往了不到一年，甚至还没有同居，她只有二十三岁，还不是一个会认真对待感情的年龄。

　　"请不要那样……为了我，那是不值得的……"

　　"是否值得，应该是我说了算的。"

　　"如果你那样做的话，我今后都不会再和你见面了。"

　　"你到底有什么难言之隐，告诉我好吗？"我不知不觉地提高了音量，"不管发生了什么事情，我都会一直在你身边。"

　　一瞬间，我觉得诗琴的心防就要被击破了。然而接下来她只是默默摇了摇头。

"她漂亮吗？"

"什么？"

"你的女朋友，她长得漂亮吗？"

我知道这个问题。"嗯，但我更喜欢你"是标准的错误答案，而正确的做法则应该是一脸鄙夷地回答"什么呀，比你差远了"。但我不觉得现在说这个有什么意义。

"一定很漂亮吧，"诗琴自言自语地说，"真想见一见呢……"

不堵车的时候，两地之间的距离显得短了许多。还不到九点，我已经把车驶入了市区，和平时一样，诗琴让我在中央大道地铁站把她放下来。我不可能带着她回局里上班，因此不得不同意了这个要求。

"下班以后我再找你。"我说，"无论有什么困难，我们都可以一起解决的，明白吗？"

"你先好好工作吧。"诗琴推开车门，不置可否地说。

我一把拉住了她的手，就像是个任性的孩子，拉住了即将出门上班的父母。

诗琴回过头来，嫣然一笑，金色的项链在她的脖子上熠熠生辉。

"亲爱的，再见。"

如春风般的融融暖意，仿佛把我整个人都化掉了。手不由得松了些，诗琴趁机挣脱了出去。

我想探身过去吻她，希望可以借此传递我心中的信念。然而安全带阻碍了这个动作，稍一迟疑，诗琴已经从外面关上了车门。

九点一刻，我走进位于地下二层的法医办公室。一切都和上周五下班的时候一样，看起来，今天也将会是一个平静的日子。

这无疑正是我所需要的。现在，我满脑子里装的都是诗琴的事情，根本容不下别的东西。只盼着快点儿熬到下班，然后立即飞奔去和她见面。

我拿起桌上的保温杯，准备去泡上一杯咖啡。不料刚刚把门打开，走廊里倏地闪过了一道黑影，我定睛一看，竟然是郑宗南。

我不由得一下紧张起来。最近这段时间，老郑找我总是没有什么好事。

然而刑警队长却只是没头没脑地问了一句："小安呢？"

"小安？"我奇道，"她没在我这儿啊。"

"我知道她不在这儿，问题是她今天就没到局里来。"

我心想她是你一科的人，来不来又跟我有什么关系。郑宗南却忽然压低了声音，神秘兮兮地说："老实说，你们俩是不是闹别扭了？"

"我能跟她闹什么别扭？"我更糊涂了。

"老弟，你这就不够意思了！"郑宗南冷不丁地朝我肩上来了一拳，把我推了个趔趄。"真以为你哥哥是蒙在鼓里的啊？"

"什么意思？"

只见郑宗南换上一副意味深长的表情，伸出一个手指，指向玻璃墙后面的解剖区，笑骂道："你们俩干的那档子事儿，是不是想让我都给抖搂出去？"

我顿时大惊失色，连话也说不利索了："你，你怎么……"

"我怎么知道的，对吗？"郑宗南嘿嘿一笑，"若要人不知，除非己莫为嘛！实话告诉你吧，你们这点儿破事不光我知道，连老头子都知道。"

"局长……"

"你可千万别小看了老头子。他现在虽然摆出一副和蔼可亲

200

的模样，但二十年前，那会儿你老哥我刚进刑侦队，当时老头子就是我们的队长，那手段厉害着呢！你们嘛，还嫩了点儿，这种小把戏哪儿能瞒得过我们这些老家伙啊，哈哈！"

我脸上青一阵白一阵的，拼命忍住不去质问，两位老资格的刑警怎么就没有发现，我还有一个交往了大半年的女朋友。

"不用担心，我知道老头子一直很看好你，这种事他睁一只眼闭一只眼也就过去了。说起来小安是咱局里难得的一朵花，要是被外面的野男人给拐跑了，我这当领导的也不怎么乐意。总之你们俩处在一块儿，要说还有比我更高兴的，那就是你嫂子了。不过，你们平时怎么疯我管不着，但是不能影响工作啊！"

"呃……"

"明白了的话就快去把她给叫回来，别的我也不追究了。就算有什么别扭，咱大老爷们儿也不能跟姑娘家较真，随便认个错就没事了。现在那些督导们还在，万一老头子面子上挂不住了，对谁都没有好处。"

我懒得再去解释，干脆便答应了下来，郑宗南满意地回去了。我给小安打了个电话，却得到对方已关机的提示，大概是没电了。随即又醒悟过来，老郑无疑就是因为电话打不通，所以才会想到直接跑来找我。

也就是说，必须要去小安家一趟把她接回来了。发动汽车的时候，我安慰自己说在忙碌的公安局，由相对清闲的我去干这跑腿的差事，也算不上太过分。

安绮明住的公寓离市局大楼不远，我也隔三岔五便开车送她回家，因此可以说是熟门熟路。不久PRADO便开到了她家楼下，正当我准备下车的时候，眼角的余光却在副驾驶座上发现了某样东西。

那是一根乌黑的长发，在米黄色的座椅上显得相当醒目，大概是从某位女性头上自然脱落的。在最近坐过这辆车的女孩中，甘芸和小安都是短发，因此其主人只可能是诗琴。

我随手把头发拨弄到地上。否则待会儿让小安看到的话，少不了又要被她挤对一番。

公寓楼下装有带对讲功能的防盗门，然而我并不知道小安的房间号码。恰好这时候有人从里面出来，我便趁机溜了进去。我记得，小安曾因为顶楼在夏天的过热问题而向我埋怨过。

我乘坐电梯到达顶层。门一打开，一股极为熟悉的气味便飘进了我的鼻孔。

这是血的气味！！

我登时心胆俱裂，拔腿便往侧面的一排房间冲过去。越往里走血腥味便越浓，仿佛来到了农贸市场的猪肉摊前。我在一个房间的门前停下脚步，有一种强烈的预感，这就是我要找的那个房间。

因为，这个房间的门开了一条缝。

我几乎是下意识地把门推开，房间里一片昏暗。待眼睛适应了里面的光线以后，我发现，这是由于唯一的窗户上拉起了厚重的遮光窗帘。

房间的主人以一种奇怪的姿势直立在那扇窗户前，双臂斜向上举，与躯干构成了一个"Y"字形。仔细观察以后才发现，这是因为她的手腕被绑在了窗帘导轨上。她穿着一件碎花图案的连衣裙，血迹斑斑，几乎已经被撕成了碎片。

小安的脑袋耷拉在一边，看不见她的脸。

一根巨型木钉深深插入她的左胸，大量的血液洒在周围的地板上，已经凝结成了黑色。

第十三章　秘密就将揭晓

小安一动不动地躺在解剖台上。

在无影灯的照射下，不锈钢的解剖台闪动出熟悉的寒芒，竟与她上一次躺在上面的时候一模一样。

一团团光怪陆离的幻影从我眼前飘过。小安似乎正要舒展玉臂，轻轻勾住我的脖子，将我的脸埋到她的胸前。我晃动着脑袋，朦胧中好像听见从远方传来了炽热的呻吟。于是小安顺势一下翻身，巧妙地骑到了我的腰上……

幻影突然如镜子般破碎，她终究是不能再坐起来了。

由于大量失血，小安的皮肤上没有出现尸斑，而是呈现一种近乎透明的青白色，看上去就像是一个哥特风格的洋娃娃。那根可怕的木钉已经被拔了出来，血肉模糊的左胸上只剩下一个触目惊心的伤口，直径足有啤酒瓶大小，甚至能隐约窥见被刺穿的心脏。原本挺拔高耸的乳房彻底坍塌了下去，从里面流出米白色的脂肪，和血液一起凝固在伤口周围。

我戴上口罩，感觉双手在微微颤抖。从事法医工作八年以来，这还是我第一次为自己熟悉的人验尸，我希望也是最后一次。

局长大人在不久前曾大驾光临，建议让另外一位法医来执行这项任务，然而我谢绝了这份好意。鉴于目前国内与我资格相当的法医都在外地，单是路上都会耗费不少宝贵的时间，他并未多作坚持，只是嘱咐郑宗南注意照顾我的情绪。短短数天没见，局长大人仿佛衰老了十岁，老头子现在是名副其实的了。

于是刑警队长便遵照指示，在验尸过程中陪我一起待在这里，只是看上去，他并不像能照顾人的样子。原本整齐的头发被挠得乱七八糟，两道眉毛仿佛相互打了死结，脸色也比躺着的小安好不了多少。他直挺挺地站在玻璃墙的外面，如同一尊生铁铸成的雕像，只是偶尔换掉嘴上叼着的烟头。在日常办公区域吸烟，这是严重违反局里的纪律的，不过现在谁也没有心思去计较这些。

早在小安的遗体被运送回来之前，她遇害的消息已经传遍了整个市公安局，为此而感受到强烈冲击的，远不止郑宗南和老头子两个人。走在市局大楼里，从接待大厅的警卫到一科的刑警，遇上的每一个人都是满脸肃穆。这并不是因为他们和小安的关系不错，也不是仅仅受到了其他人的感染，而是一夜之间，这座本应该是这个城市里最牢不可破的建筑物，似乎一下子就变得千疮百孔。

小安当然并非第一位殉职的警员。只是通常，他们应该倒在追捕匪徒的过程中，经过英勇搏斗后壮烈牺牲。被凶手轻易闯进家中，恣意蹂躏后再杀害，然后耀武扬威般地把尸体悬在房间里，似乎并不是刑警迎接死亡的恰当方式。

从某种意义上来说，凶手对小安的谋杀，不啻于向市公安局发动了一次恐怖袭击。很多习惯了以警察身份横行霸道的人突然意识到，在死神面前，警察也与普通人无异，不拥有丝毫特权。

按照警方的规矩，凡是遭人杀害的警员，追悼会必须等到将凶手捕获后再来举行，以示让牺牲的同僚沉冤昭雪。

手术刀划开小安身体的时候，我忽然有了种麻木的感觉。尸检并不困难，几乎一切都是预想之中的结果。她的身上有三处明显的伤痕，除了左胸被木钉刺穿以外，在右侧小腿以及锁骨上方都有电击枪造成的灼伤——大概，第一次的电击还不足以让训练有素的女刑警完全丧失活动能力，于是凶手又残酷地补上了一击。

不过，致死的原因仍然是刺穿心脏的这根木钉。木钉的前端被削得极为尖锐，恰好卡在了第三根和第四根肋骨之间。从创口周围的肌肉损伤，以及两根肋骨变形的情况来看，木钉恐怕是通过锤子或某种硬物，一下一下地敲进了小安的胸口。

就像在西方传说中，为了消灭吸血鬼所进行的仪式一样。

死亡时间是星期天的下午，大概就是我和诗琴在木河边上吃着烤豆腐的时候。

我以鸭嘴钳进行阴道扩张，不出所料，那里残留着凶手恶行的证据。仍然没有精斑，但不知道是否是心理作用，在小安的阴道内壁上遗留的刮痕，看起来似乎要比其他受害者更为明显——或许，这是由于凶手在她身上发泄得更加疯狂的缘故，这种想法让我感到胃里一阵抽搐。

解剖进行到一半的时候，小何冷不丁地跑了进来，大概是向老郑汇报一些东西。不幸的是，他不小心朝解剖台这边瞟了一眼，竟当场惊恐地抽泣了起来。郑宗南毫不客气地一个耳光扇了过去，然后一脚把他踹到了门外。

我想，老郑之所以勃然大怒，和小何带来的消息实在糟糕也不无关系。在我回到局里的这段时间，留在现场的刑警对小安的公寓进行了彻底的调查。本来，公寓的防盗门旁，以及电梯厢里都装设有防盗摄像头，刑警们认为有可能拍下了凶手的样子。但当他们把录像提取出来以后才发现，连接这两处摄像头的线路，均在一个星期以前便已遭到了破坏。鉴于其他摄像头依然运作正常，认为这是凶手为了实施犯罪而提前进行的准备，应该是最合理的假设。

公寓里的其他住户全部接受了询问，所有人均表示，并没有见过什么可疑人物出现。

毫无疑问，我们的对手是一个冷静睿智，同时又大胆疯狂的家伙。也就是说，几乎是最难对付的那一类罪犯。

尸检的结论到此为止，似乎并不能提供什么新的线索——至少从法医的角度看起来是这样。

"我只希望那混蛋能继续犯案，下一次，一定会抓住他的。"

将小安放进尸体袋的时候，耳边突然响起了她的声音。

"你如愿以偿了。"我在心里默念，拉上了尸体袋的拉链。

在其他人看来，我大概和平时没什么两样，郑宗南对此甚至有些困惑。当然他们都不知道的是，这张不带任何感情的法医面具，我已经戴了太久，早就习以为常。

但当我偶尔望向镜子的时候，却清楚地看到了一个疯子。只是，如果一个人确切知道自己疯了的话，那还能算是疯子吗？

小安遇害后的第三天，曾枫屈尊光临了埋在地底下的法医办公室。

"我有话要跟你说。"他看上去有点儿严肃。

我迅速切换了电脑屏幕上的画面，令人眼花缭乱的条纹图案瞬间消失，取而代之的是一份简洁的文档。

"什么时候？"

"现在，如果你有空的话。"

我看了看表，差不多是上午十一点。

"马上该吃午饭了，陪我出去吃吧，咱们边吃边说。"

"嗯，这样也许更好。你想去哪里？"

"夜路。"

"哦，那走吧。"

"我还有一些事情要处理，十二点直接在那儿碰面怎么样？"

"好。"

送走曾枫以后，我再次切换了画面。

十二点零三秒，我走进"夜路"，曾枫已经到了，在最里面的座位向我招手。店内空空如也，没有其他顾客。

我在经过吧台的时候停了下来，吴瞎子不在那儿——他通常要在下午两三点以后才会到店里。在此之前，一般来说并不会有什么生意，一两个伙计便能应付得过来。

我探身到吧台后面，在花花绿绿的酒瓶中找到了CHIVAS，几乎还是满满的一瓶。用来喝威士忌的杯子放在我够不到的地方，于是干脆从头顶的架子上拿了一个倒悬着的红酒杯。吴瞎子和"夜路"的熟客们早有默契，当他不在店里的时候，要喝酒的话也可以自行取用，过后再一并结算。当然，这仅限于无须调配的种类，动过的酒瓶子也必须放回原处。

"你要喝什么？"我朝曾枫喊道。

心理医生以摇头作为回答。我耸耸肩，自行倒了一杯，随手把CHIVAS的瓶子搁在了吧台上。旁边的冰桶里除了一把冰锥以外，半块冰也没有，我也懒得再找，便坐到了曾枫的对面。

强子走过来招呼，我在点餐单上嗖嗖几笔，把他打发走了。

"你吃得了那么多吗？"曾枫皱眉道。

"没关系，"我朝他举起杯子，"有这个就够了，干杯。"说罢

207

仰头一饮而尽。

曾枫大概试图阻止我，但没能来得及。一股暖流从食道进入胃袋，然后逐渐扩散，说不出的受用。我感觉体内有种力量正在迸发，于是重新站起来，打算再去倒上一杯。这次曾枫成功地把我拦住了。

"先别喝了，有重要的事要说。"

"哦，"我不情愿地坐下，"那就说吧。"

"在此之前，我要先声明一点：我现在是以心理医生的身份和你谈话，接下来的内容属于医生和患者之间的对话，所以在任何时候都是绝对保密的。明白了吗？"

我无所谓地点点头，心想这家伙还是那么喜欢装模作样。

"是关于安绮明的事。"

"哦。"

"我得到的消息是，这次作案是有预谋针对她的，是吗？"

"好像是这样的。"

"但是，之前的几个案子却是没有特定对象的。"

"对。"

"可不可以这样理解，凶手之所以专门袭击安绮明，是对前段时间那次诱捕行动的回应，目的是要给警方一个下马威。"

"一科那边确实有这样的推测。"

"那你又是怎么看的呢？"

"我同意这种看法。"我诚实地回答。

"可是，这样就有一个问题，凶手是怎么看出来安绮明是一名警察的呢？据我所知，诱捕行动安排得相当周密，不应该会被轻易看穿。除非凶手在公安局里有内应，或者——"曾枫忽然直直地盯着我的眼睛，"凶手就是我们局里的人。"

"百密一疏，"我不以为然地说，"总是有泄露的可能的。"

"我并不这么认为。"曾枫摇头道，"诱捕行动早就已经结束了，但凶手现在才来向安绮明下手，是因为有着更重要的，非杀她不可的理由。"

"有什么理由呢？"

"事实上，在诱捕行动期间，安绮明必须每周到我那儿接受心理辅导——对于执行特殊任务的人员，为了确保他们处于健康的精神状态，这是强制性的规定。在其中一次会面中，她跟我提到了一件让她很困扰的事情。"

"呃。"

"安绮明本来并不太情愿开口，我再三向她保证，对话内容绝对保密，她才勉强说了出来。"

"但你现在告诉我的话，不就违背保密协定了吗？即使小安不在了，你还是应该尊重她的意愿。"

"不要紧，因为我相信，这件事是你本来就知道的。"

"什么？"

"安绮明跟我说的是，有一次她去法医办公室找你，发现你在停尸房面对着一具女尸发呆。她拍了你一下，结果你反应很大地跳了起来。"

"如果是你，"我反问道，"在空无一人的停尸房里，突然有只手拍了你一下，你会有什么反应？"

"这并不重要。关键在于，安绮明看见，你当时正在摸那具女尸的胸部。"

果然还是被她看见了吗……真是天大的冤枉，不过现在已经没有辩解的必要了。

"安绮明对这件事很在意，于是为此咨询了我的意见。我告诉她，这可能是恋尸癖的表现，你们法医由于经常跟尸体接触有可能患上这种病，这并不是罕见的疾病。

"安绮明听了以后显得相当紧张，我想，她应该很关心你才对。我对这件事也很吃惊，当时就想要立即和你谈一谈，但安绮明不让我这么做，大概是害怕你会因此而责怪她。她说，她会先想办法确认事实，并叮嘱我一定不能把这件事说出去。

"因为她非常坚持，我只好答应了下来。我不知道她要怎么去确认事实，大概，她是打算在私下对你进行调查吧。但从那以后，安绮明就没有再提起过这件事。"

我不由得一怔，想起了那天在右百停车场的时候，忽然有种被人监视的感觉——莫非那竟是小安？的确，她和我同样是在那天休的假。可是，我坐在车里以后还能察觉到异常，作为受到过专业跟踪训练的刑警，她也未免过于大意了吧。

"那么，"曾枫用手指轻轻地敲着桌面，"她到底查到了什么呢？也许，在调查过程中，她发现了某些更加黑暗的东西——"

"我明白你的意思了。"我打断了他，"如果我是个恋尸癖的话，为了在停尸房里装满尸体，所以犯下了前面的那些案子。后来这个秘密被小安发现了，于是我又不得不杀了她。"

曾枫的手指停在了桌面上，并没有否认。

"我是你的心理医生。"他说，"如果你得了心理方面的疾病，我的责任就是把你治好。至于其他的事情，我并不关心。"

"哎……可是你忘了一件很重要的事。"

"什么？"

"不在场证明。小安的死亡时间是在周日下午，而我整个周末都在老家那边，有酒店的记录可以证明。也就是说，小安被杀的时候我根本不在市里。"

"死亡时间……我听说，局长曾经提议过让其他法医来为安绮明验尸，但你没有同意，有这么一回事吗？"

这话是如此讽刺，假如不是心中藏着太多秘密的话，我简直想要当场放声大笑。曾枫偏偏却是满脸认真，两眼一眨不眨地盯着我。

"曾枫！"我忽然大声道，"你吃过这儿的煎鸡肉三明治吗？"

"嗯？吃过。"

"好吃吗？"

"还挺不错的。"

"你知道，为什么会那么好吃吗？因为这是用新鲜的鸡肉，而不是冷藏的那种做成的，所以特别嫩，而且还会有许多肉汁。"

"哦……是吗？"

"嗯，要得到新鲜的鸡肉，就必须每天从家禽养殖场直接进货。比如说，在城南高新工业园区，发现林莉娜——也就是'木乃伊'——的附近，就有好几个这样的养殖场。"

曾枫的表情起了些微妙的变化。

"黎小娟的尸体被藏在雉湖的船里，只要不出意外，第一发现者必然会是患有心脏病的管理员老吴。而老吴，则是这里的老板——吴瞎子的哥哥。还有江美琳，她在遇害之前做的最后一件事，就是在这儿楼上的卡拉OK厅唱歌。"

"这，这是什么意思？"

"意思就是，这几起案件，或多或少都能跟这里扯上关系。你刚才不是问，凶手是怎么看出来小安的警察身份吗？我同意你的看法，凶手从一开始就已经知道了这一点，所以诱捕行动才没能成功——但是，这真的是一个除了公安局内部以外，谁都不知道的秘密吗？要知道，一科的人在这儿可是常客。"

心理医生已经惊讶地瞪大了眼睛。

"小安死的时候，身上穿着一条连衣裙，我可以拿性命跟你打赌，她在平时绝对不可能会穿那样的衣服。也就是说，那是凶手替她穿上的，就如同你之前所说，是故意要给警方一个下马威。但在诱捕行动期间，小安还穿过不少其它种类的衣服，为什么凶手偏偏选中那条裙子呢？会不会对于凶手来说，这是他唯一见过小安在诱捕行动中的装扮？如果你还记得的话，那条裙子，是她在行动开始的第一天晚上穿的——那天，一科还请你和我吃了顿饭，地点正是在这里。"

"难道，"曾枫倒抽了一口凉气，"那时凶手就在……"

"那天晚上，除了老郑他们和你我以外，在这里还有三个人，他们都熟知小安的身份。不过，吴瞎子当然是不可能看见小安穿了什么衣服的；至于强子，还不满十八岁，也就不会有驾驶执照——要到城南的养殖场采购，必须开车去……"

"结果，"一个闷沉的声音突然响起，"就只能是我了吗？"

我和曾枫一起猛地转头，只见阿森那高大的身躯挡住了通往吧台的走廊，在面前的地上洒下一大片阴影。他手上还拿着一个晃眼的东西，是一把约三十厘米长的尖刀，似乎是从厨房拿出来的。

与此同时，强子的身影则从店内消失不见了。

"强子呢？！"曾枫立刻喝问道，"你把他怎么样了？！"

"别担心。"我示意让他冷静，"是我刚才在点餐单上写了指示，叫强子先躲出去了。"

阿森的脸部肌肉不受控制地抽搐了几下，似乎仍然不敢相信自己的罪行已被识破。

"杨大夫，你也太厉害了吧，这是要把老子逼上绝路啊！"

"这是小安的功劳。"我冷冷地说,"她说过,只要你敢继续犯案,这次一定就会把你抓住。"

"安警官吗?"阿森狰狞地嘿嘿一笑,"老子本来是不敢去惹你们这些警察大爷们的,但她却非要来勾引我……那就没办法了,像那样的女人,老子怎么可能拒绝得了啊!杨大夫,你说是不是?"

他咧开大嘴,伸出舌头围着嘴唇舔了一圈,那模样像极了一只野兽。

"你趁着去养殖场进货的时候杀害那个女孩,只是为了转移我们的注意力,好让你慢慢准备对付小安。"

"没错!其实那女人老子根本就没兴趣,不过为了可爱的安警官,只好便宜她了!"

"为什么你要把她们打扮成那种样子?"曾枫插嘴道。

"打扮?!"阿森两眼圆睁,犹如遭受了某种侮辱,"曾大夫,你错了!那才是她们的本来面目!那些女人……她们……她们全都是恶鬼!!"

"哦?"曾枫换上心理医生的语气说道,"她们对你干什么了?"

"像你们这种人是不可能明白的!"这个变态的杀人狂激动地吼叫着,"那些都是恶鬼!就算你一直全心全意地去对她,就算你为她付出了所有的东西……但有一天你的钱花完了,她马上就翻脸不认人,就算你跪下来求她,她也不会再回来了!"

"你说的这个'她',指的是谁?"

"每一个!她们每一个都是这样的!"

"所以你就杀了她们?"

"我只是让她们显露原形罢了!这样她们才不能再害人了

啊!"阿森歇斯底里地叫道,"你们!你们都应该要感谢我的啊!!"

我和曾机迅速对视了一眼。正如他曾经预言的,隐藏在这个案件背后的情感,不是"爱",也不是"恨",而是那种被称为"恐惧"的东西。

"我还有一件事情不明白。"我又转向阿森,"在雉湖的时候,你为什么要把尸体藏在船下?租船管理员就是你们老板的哥哥,你应该是知道他有心脏病的吧?他跟你又有什么过节?"

"那都是老板不好,店里的车一直就是由我来开的,他却非要再请一个专门的司机。我知道老板让他哥推荐合适的人选,我当然得阻止他了。要怪的话,就怪他不该多管闲事吧!"

"你要留着这辆车,就是为了方便作案吧!那个大学生的尸体,也是这样运到晴雾山上的,对吗?"

"好了!话说到这里就够了吧!"阿森露出警觉的神情,似乎认为我是在故意拖时间,又朝店门方向退了两步。"两位大夫,你们都不是郑队的人,没必要一定跟老子过不去吧?"

"就算我们现在放你走,"曾机道,"你也跑不掉的。"

"这可不见得吧?"阿森狞笑道,"老子在部队可是侦察兵出身,老子只要愿意躲起来,你们是抓不到我的。"

"既然是这样,"我缓缓站起来,一边卷起衬衣的袖子,一边冷冷道,"那就更不能让你逃出去了。"

"杨大夫,你可想清楚了!"阿森威胁地挥动着手里的刀子,"反正老子被逮住了就是死刑,也不在乎再多杀这一个两个的了!"

我充满怜悯地看着这个隐藏在巨人身体里的懦夫,此刻的他恶贯满盈。

"刀，"我轻蔑地说，"可不是你这样拿的。"

"杨恪平……"曾枫的语气透露出不安。

"曾枫，你不要插手，这是我和这家伙的私人恩怨。"我紧盯着那散发着凛冽寒光的刀尖，冷笑道："放马过来啊，你这个只敢对女人下手的孬种！"

从体型上来看，对手比我高了大半个头，而且也要强壮不少。捏紧的拳头犹如一个小西瓜，臂上满是青筋爆起的遒劲肌肉，加上手中握有武器，看上去优势十分明显。

阿森大概也是这样认为的，于是他抓紧了刀子，气势汹汹地朝我刺来。

但是他犯了一个错误——微不足道，却非常致命的一个错误——

他不该选择精通人体每处弱点的法医作为对手。

精光到处，刀尖已经刺到了我的跟前。我毫不犹豫地伸手一挡，刀刃顿时在左手前臂上划出了一条长长的口子，但却因此无法再前进半分。几乎就在同一瞬间，我的右拳已经打中了阿森的鼻梁。

那里长着人体内最脆弱的骨头之一。

我初次体会到，鼻骨碎裂的声音，竟然可以如此悦耳。

阿森发出一声宛若鬣狗临死时的哀号，手里的刀哐当一声掉到了地上。鼻血顿时从那张变了形的脸上大量涌出，这将会造成呼吸困难，同时骨折也将导致剧烈的头痛以及视力下降。我知道，对方已经失去了抵抗的能力。

但这个杀人凶手还打算做最后的挣扎，捂住受伤的鼻子，转身便要夺路而逃。我追上两步，使尽平生的力气飞身撞去，硬碰硬之下，两人都被撞得东歪西倒。阿森那庞大的身躯直接撞到了吧台上，只听稀里哗啦的一阵乱响，各种瓶瓶罐罐纷纷摔了下来。那半瓶CHIVAS翻了两个跟头，在地板上摔得粉碎，空气中顿时充满了浓郁的威士忌酒香。

我立即便站了起来，再次攥紧了右拳，径直朝着仍然倒地不起的阿森走去。血从左手的伤口滴滴答答地涌出，凉飕飕的，我却丝毫感觉不到疼痛。

阿森趴在那儿蜷成了一团，我一脚踹在他的肋骨之上，把他踢了个仰面朝天，然后伸手便去揪他的领子——

一股强烈的电流在刹那间通过我的身体，我像断了线的风筝那样颓然倒下，在跌倒前的那一瞬，我看见阿森的手里握着一个电视遥控器模样的东西。

防身电击枪——我大意了。

梆！——还没来得及懊悔，后脑又被重重地敲了一记，我感到整个大脑好像裂成了几瓣，当即就直挺挺瘫在了地上。最后映入眼帘的，是一张金属的圆形桌子。

我仿佛身处于一片虚空之中。残存的感官听到一阵磕磕碰碰的声音，大概是阿森在准备发动攻击，可惜我已经没有抵抗的力气了。

"不许动！！举起手来！！"从遥远的某处隐约传来郑宗南的怒喝——不，也许只是唤起了过去的记忆吧。

砰！砰！砰！紧接着是连续的枪声，好像有耀眼的火光闪过。

犹如回光返照，我竭力睁开了眼睛。地上有一只满是血污的大手，一动不动，手里还握着一根尖锐的冰锥。

随后有人抬起了我的头，大脑被这么一晃，又像豆腐花那样混成了一团。

"老弟！"的确是老郑埋怨的声音，"早知道你会这么乱来，我就不答应让你们先进来了！"

但我已经微笑着失去了意识。

十分钟后，我被抬上了救护车，送往附近的医院治疗。手臂上的刀伤出乎意料的轻，几乎连肌肉都没伤及，止血并缠上绷带后，仍然可以活动自如。电击枪的伤口位于腰间，更加不值一提，只是象征性地贴上了创可贴。问题是后脑被桌子撞到的地方，尽管检查后没有发现外伤，X光显示颅骨也没有受损，但我依然觉得头晕，光是下午便连续呕吐了好几次。

医生理所当然地认为这是脑震荡的迹象，宣称这天晚上我必须留院观察。傍晚时分，局长大人亲自前来慰问，红光焕发的脸上洋溢着久违了的笑容。我想，这并不仅仅是我的伤势不重的缘故。

我被安排住在高级的独立病房，不光有设备齐全的卫生间和可以俯瞰庭院的阳台，墙上还挂着一台大屏幕液晶电视。要不是房间中央摆放的是可折叠的护理病床，简直就和星级酒店无异。电视里正在播放几天前那个选秀节目，那个聒噪的家伙居然没被淘汰，还在乐此不疲地制造着现场观众的嘘声。

八点半左右，郑宗南和曾枫一起来看我。老郑还极为有心地给我带了一瓶十八年的金牌JOHNNIE WALKER，以及薯片之类的下酒小吃。不幸的是，这些东西被眼尖的护士小姐发现了，于是两个大男人就像犯下错误的小学生那样并排站着，让小姑娘劈头盖脸地训了一通。之后没过多久，护士长更是亲自过来把他们赶了出去，理由是探访时间到晚上十点整结束，住院部要准备锁门了。

这么一来，我意识到，要逃的话就只能趁现在了。

护士长刚刚把曾枫和仍在咕哝着抗议的老郑带走，我立即从病床上翻了起来,在柜子里找到了一个透明的塑料水壶,躲到卫生间里,往里面灌了满满一壶威士忌,几乎把JOHNNIE WALKER 的瓶子都倒空了。

我蹑手蹑脚地走出病房,并没有被抓到现形,但在经过护士站的时候还是被叫住了。我解释说想到楼下去散步呼吸新鲜空气,值班护士看了看我手里那壶似乎是乌龙茶的东西,犹豫了一下,最终还是没有加以阻止,只叮嘱要在关门前回来。

就这样顺利离开了住院部,剩下的就好办了。我到了医院以后还没洗过澡,因此还是穿着白天时候的衣服,把袖子放下来后,正好可以遮住手上的绷带。裤子上沾了一大块不知道是我的还是阿森的血,幸好印在深色的面料之上并不显眼。不少来探病的人都在这个时候离开,我混入了他们的行列。医院大门前停着一排在等候生意的出租车,我马上钻进了其中一辆。

"去中央大道,市公安局那儿。"我跟司机说。

车一开动,顿时又是一阵晕眩——这是脑震荡、失血、疲劳和饥饿共同作用的结果。我拧开水壶,咕咚咕咚地猛灌了几口,当场就被呛得连续剧烈咳嗽。不过,当出租车驶到市局大楼门前的时候,我反而感觉好受了许多。

对于我的突然出现,大楼的警卫显得十分诧异,我想,他多半已经听说了白天发生的事情。当他回过神来,立正着向我敬礼打招呼的时候,我已经悄无声息地消失在了楼梯间的黑暗里。

跌跌撞撞地走到地下二层,也许是由于酒精的影响,脚步有些轻飘飘的。身旁正好是拘留室的栅栏门,我一把抓住上面的钢条,整个人不由自主地靠了过去。

"哈。"

一个人影出现在拘留室里面。我向他举起手中的威士忌,他便朝我回敬相同的动作。我感到大为有趣，仰头就是一口，里面的家伙竟也摆出一模一样的姿势。就这么你来我往的，片刻之间，一壶酒已经被喝得一滴不剩。当我走进法医办公室的时候，发现水壶也不知道到哪儿去了。

办公室里一团漆黑，大概是打扫卫生的人员把灯给关掉了。但桌上的电脑依然开着，显示器正闪动着青白色的光。

我感受到那光的召唤，像被磁铁吸住的钉子一般，在电脑前面坐了下来。屏幕上仍然保持着我离开时的画面，于水平方向上一分为二，上下各有一组由五颜六色的斑纹构成的长条状图形。仔细观察的话，即使是外行人也能看得出来，两组图形的构成几乎完全相同。

我盯着这两组图发了一阵呆，又切换画面，再次显示出之前打开的那份文档。

这是差不多在两个月前，我撰写的一份尸检报告：

检验日期：二〇一一年四月十四日

姓名：(不明，身份未确定)

性别：女

年龄：(根据对耻骨联合面骨龄测定) 20 ～ 30 周岁

死亡时间：(假定，根据消化物残留) 4 月 12 日 17 时至 4 月 13 日 24 时

致死原因：窒息 (疑为机械性窒息)

……

我移动鼠标，选中"4 月 13 日"这几个字，然后按下了删除键。

是的，死亡时间是在十二日。不过，我是怎么知道的？想到这里，我竟不由得咯咯笑出了声。

同时按下 Ctrl 键和字母 Z，撤销了先前的操作。

我又把光标移到姓名一行的末尾，按下退格键，将括号里面的内容删除。胃里再度泛起了要呕吐的感觉，我用左手紧紧按住肚子，右手剧烈颤抖，敲打出一个接一个的字母。

Y……E……S……

在这绝对的死寂中，键盘发出的咔嗒声宛若炸裂的惊雷，震耳欲聋。

与此同时，屏幕上的拼音逐渐幻化成为文字：

叶……诗……琴。

第十四章　一如约定好的那样

"你一开始是怎么产生怀疑的？"很久以后，曾枫这么问我。

我让自己完全陷入到了那张舒服的沙发里面，窗外阳光明媚，把身上照得暖洋洋的。我顺从地闭上眼睛，和诗琴一起度过的每个片段，宛若一幕幕缺少了结局的电影，历历在目。甜蜜而酸涩的记忆中，隐约还夹杂着焦苦的滋味，一如曾枫冲泡的咖啡。

事实上，和诗琴相遇以来，她始终都带有一种高深莫测的气质。但现在回想起来，大概是我们在晴雾山上的一段对话，才令我初次隐约感到，她的身上或许还埋藏着更加不可思议的秘密。

那时候，诗琴曾这么说过：为了追踪湘竹阁 B 座真菌的来源，她在一六〇五室整整守候了两天两夜；直至那天晚上，我的电话歪打正着地引来了那个恐怖的香菇，她才离开屋子，到楼梯间里避其锋芒。

可以理解，由于那个东西形状诡异，以及出现得突然，即使是诗琴，大概也受到了一定的惊吓。所以，她撤离得相当匆忙，连房门也没来得及关上。

这样的话，她当然就更不可能会特地去关灯。但是，后来当我到达一六〇五室的时候，里面却是一团漆黑。

那就只有一种可能性——那个房间的灯，从一开始就是关着的，也就是说，诗琴一直就是身处在伸手不见五指的黑暗之中。

然而这完全不合情理。在那样的环境里，人连仪器的读数都不可能看见，更不用说进行任何操作了。

除非，她并不需要光线。

另一方面，同样也是那一天，下午当我首次前往竹语山庄的时候，因为没有水喝，只好一路强忍脚气膏那恶心的味道。当然，后来我明白了，那里的厨房和洗手间都遭受了严重的霉菌污染，所以诗琴也是无计可施。

但问题在于，她自己又怎么办呢？

假如按照诗琴的说法，那么可以得出结论，她至少连续四十八小时滴水未进。对于人类来说，尽管还达不到生存的极限，但必然已经极度难受。然而，她的声音却仍然如同最上等的威士忌般醇厚动听，没有半点沙哑。

在那个时候，我只是单纯地感到疑惑，却完全无法理解那究竟意味着什么。后来，托了小安的福，这个令人绝望的残酷真相，才逐渐展开在我的眼前。

小安一动不动地躺在那里，身体随着手术刀的移动而裂开。她的血液早已干涸，从裂缝里源源不断地涌出的，却是一点一滴的事实。这些事实幻化成许多箭头，自四面八方汇聚，一致地指向“夜路”这个终点。

我就是这样找到了真正的凶手，推理的过程，就和当天对曾机说的一模一样。

然而，这些指向“夜路”的箭头，却偏偏还多出来了一个——经过了十年的分别，我与诗琴重逢的一幕，也是在那里的舞台上演。

只是纯粹的巧合吗？还是说，可能会有着什么样的深意呢？

然后我意识到，诗琴出现在"夜路"的那天晚上，恰好就是在我完成了尸检报告以后。而那具尸体，除了判断为二十到三十岁之间的女性，至今依旧身份不明。

我粗暴地扼杀了自己的想象。现在，我只想听见那个威士忌般的声音，来对我再说上一句"傻瓜"。

"您所拨打的电话暂时无法接通，请稍后再拨。"

我一遍又一遍地按下重拨键，直至手机的电池完全耗尽，于是我接上电源，然后继续机械地重复着同样的动作。可惜没有人看见我当时的样子，否则的话，他们一定会认为我已经彻底疯了。

只是，如果这就算是疯狂的话，那么对于接下来发生的事情，人们又应该如何去形容呢？

我漫无目的地走向 PRADO，打开车门，然后却仿佛突然石化了一般伫立原地。她早已不在竹语山庄了，我还能把车开到什么地方去呢？

要是知道她住在哪里就好了，但她显然一直在刻意隐瞒着这个秘密。我曾经认为，原因多半与另一个男人有关——或许，这种猜测彻底错了。

就在这一瞬间，那个想法宛如闪电一般击中了我。

早上，在到小安的公寓前，我曾经在车内发现了一根头发。毫无疑问，现在它应该还在 PRADO 里的地毯上。

在这根头发之上，记载着诗琴独一无二的遗传基因信息。如果，将它与焦尸身上的 DNA 进行比对的话……

近几年来，电脑上出现了大量专业的 DNA 比对辅助软件，已经大大提高了这种测试的效率。不过，当我完成一系列的采样分析以后，已经是五月三十日的深夜了。

比对的结果在屏幕上以两个彩色条形图表示，不同的颜色代表了不同类型的去氧核苷酸。二者ＤＮＡ的吻合率超过了百分之九十九。也就是说，二者要么是同一个人，要么是同卵双胞胎。

但诗琴并没有兄弟姐妹。

"总之……一切都已经太晚了。"

她当时的话在我耳边回响。

"亲爱的，再见。"

我仿佛又看到了，诗琴在离开那一刻的微笑，于是一切都变得清晰起来了。

还有不足一个小时，五月三十日便将过去。从四月十二日算起，到这里正好是第四十九天。所以，这一天又被称为尾七。

传说中，尾七是往生者魂魄能在世上停留的极限。到了这天，魂魄就必须进入轮回，从此不复存在。

机器快要报废的时候，便会频繁地发生故障；鸟兽的异动，经常也昭示了即将到来的自然灾难。世间万物大多如此，当接近其极限的时候，往往会出现一定的预兆。鬼魂大抵也是同样，在尾七之前的一两天，不可避免地开始变得虚弱。

在一般的情况下，魂魄就将不可逆地持续衰弱下去，直至最后完全消失。

除非，恰好在这个时候，发生了非常特殊的事件。比如说，通过某种方法，把活人身上的阳气注入魂魄，或许能稍稍延迟其消逝的过程。

这大概就是所谓的逆天而行，因此也一定需要付出高昂的代价。被吸取了大量阳气的人，即使身体足够健壮，至少也会感到极度的疲劳。假如这么继续下去的话，过不了多久，这人必然也会因为阳气耗尽而亡。

在木河边吃晚饭的时候，我曾为诗琴打的那通电话困扰了许久。不光是与她通话对象的身份，更加令人费解的是，她特地把通话记录删除的原因。无论怎么想，她也没有任何理由要那样做。

那么，结论就只有一个，她并没有删除通话记录。

但是，机器是不会说谎的。既然手机里面没有通话记录，那就意味着，诗琴根本就没有用它打过电话。

她只是把手机拿着，假装是在打电话。

问题是，目的是什么？毫无疑问，那不可能是为了好玩而自言自语。而且，一个明显的事实是，几分钟前还是甜蜜快乐的气氛，在那之后突然出现了一百八十度的转变。这也不可能无缘无故地发生，在这个过程中，诗琴必然通过某种途径获得了一些糟糕的信息，因此她的心情才会一落千丈。

也就是说，虽然"打电话"是假的，但"交谈"却确有其事。

既然没有通过手机，那么，这个发送信息的对象，当时理应就在她的附近。然而，我记得十分清楚，那里并没有这样的人物存在。

这会不会是因为，这个和她交谈的对象，我的眼睛是看不见的？

所以，诗琴不得不假装使用手机，否则的话，看起来就会十分奇怪。

那个看不见的东西，到底向她传达了什么样的信息呢？是关于时限即将来临的通知，还是警告说这个男人已经处于危险的边缘？无论如何，现在这些都已不再重要了。

这么说起来，在这一个多月当中，除了我自己以外，我确实从来没有看见诗琴和其他人交谈过。在他们的眼中，是否同样也看不见她？

　　所以，她才一直坚持不愿前往 L'ÉCLIPSE。和快餐店不一样，那里可不能由我去把食物买好端来。而且，在西餐厅，服务员会为每位顾客分别点餐，因此在木河的那一套也行不通。一旦我们入座以后，服务员却只拿来一份菜单，她的秘密便将暴露无遗。

　　大概，在诗琴看来，那样的话，计划就完全失败了。

　　"什么计划？"曾枫问道。

　　"嗯……如果是你的话，你会利用这段时间来干什么呢？"

　　答案只有一个，那当然是"复仇"。

　　大概，诗琴从一开始就知道我是谁。在晴雾山上，尽管当我表明身份的时候，她装出了诧异的样子；但就在那之前，我曾指出作为案发现场的那棵树——只有警方相关人员才有可能了解这一信息，当时她并没有表现出任何的惊讶。

　　为什么偏偏是我？我不确定，自己是否窥见了她心里的那个答案。

　　在我们相遇的那天晚上，诗琴便已经向我暗示了凶手的所在。只是由于我的极度愚笨，才始终没能领悟过来。

　　"那样的话，她就不得不说出所有秘密。"我黯然道，"也许，她是不想让告别变得太困难吧。"

　　阿森的全名是顾森，这是我后来才知道的。他被击毙后还不足一个小时，一大群刑警就已经在他的住处鱼贯而入。他住在右百背后的老城区一间又破又旧的小房子里，距离焦尸的发现地点仅有几百米之遥。

　　这次搜查几乎没费任何力气便取得了完美的成果。在厨房的冰箱内，刑警们找到了一个光秃秃的人头，头发已经全部被剪了下来。

经过可以算是多此一举的鉴定，证实是属于服装店老板娘沈馨的头颅。在其后颈处有两点伤口，是由电击枪造成的。

这么一来就不再存在任何疑问了，那个使这座城市陷入恐慌的变态杀手，此刻已经在刑警队长的枪口之下伏诛。

局长大人这次没有再来征求我的意见，随便从基层的司法鉴定所抓来一个刚毕业的小孩，草草在顾森的尸检报告上签字了事。我想，老头子并不是担心我会把那混蛋碎尸万段再挫骨扬灰，而是唯一重要的是凶手已经死亡的事实。至于他身上中了几枪，哪一枪击中了要害，其鼻梁和肋骨又是怎么断的，这些事情根本就不会有人在乎吧。

根据吴瞎子以及强子等人的证词，顾森之前曾经交往过一个女朋友。为了获取对方的欢心，顾森时常送给她一些价值不菲的礼物，有一次甚至还为此向吴瞎子预支了两个月的工资。一科进而调查了其银行账户记录，看起来的确如此。

但从今年开始，强子说，就几乎再没有看见他们在一起，好像两人已经分手。

刑警们轻而易举地找到了那个女孩。把她带到局里进行询问的时候，她显得非常不合作，只是不断重复同一句话："我跟那个人一点关系都没有。"女孩神经质地把玩着手里的一台高级智能手机。

老郑在她面前摆出了不容置疑的证据，除了从"夜路"取得的证词以外，还包括二人的一张合影——这是在搜查顾森房间时找到的。

"我们早就已经分手了。"她这才改口道。

"什么时候的事？"

"过年前就跟他说清楚了。一开始还缠着我不放，但之后就没有见过面了。"

这和强子的证言相符。更重要的是，与顾森最初一次作案的日期也十分吻合——可以合理地认为，这是促成其犯罪的直接原因，也就是所谓的动机。

这么一来，结案所需的证据就已经全部搜集完毕。对此，市局上下想必都很高兴。

但郑宗南还是忍不住多问了一句："你这手机是怎么来的？"

女孩一下子变得极度紧张，双手牢牢地握着手机，仿佛怕眼前的警察会把它抢走。

"这，这是我的东西……"

每个人都很清楚，顾森向吴瞎子预支工资的时间，就在这款手机发售之后不久。

然而法律并没有赋予老郑再追究下去的权力。女孩心安理得地用手机拨打电话，叫来了一辆出租车，头也不回地扬长而去。

"为什么顾森没有杀她？"在一科的办公室，一名刑警道出了大家心里的问题。

没有人回答。随着凶手的伏法，这将成为一个永远的谜。或许，是因为他仍然盼望她能回心转意，所以才没有下手；或许是因为他知道，那样将不可避免地让自己成为头号嫌犯；又或许，他只是还没来得及动手罢了。

唯一可以确定的，只有极其讽刺的事实——因为这个女孩的缘故，善良无辜的人们惨遭杀害，而她却依然好端端地活着。

之后的那个星期天，小安的追悼会隆重举行。她静静地躺在以国旗覆盖的玻璃棺椁里，四周摆满了怒放的鲜花。化妆师精心修饰了她的遗容，假如不是身上穿着笔挺的警察制服，大概就和睡美人艾罗拉公主一样吧。

追悼会由局长大人亲自主持，会上为小安追记一等功。老郑私下告诉我，我和刑侦一科也会分别被记二等功和集体二等功，虽然还在等待省公安厅的正式批复，但那只是形式上必须走一遍的流程罢了。

第二天，根据我的指示，刑警们查到了诗琴的住处。似乎所有人都认为，这是当我在"夜路"和顾森对质的时候，他自己主动说出的被害人的名字。郑宗南派何丰以及鉴定科的一名新人负责搜证工作，无疑对于一科来说，这就是一项无关痛痒的任务。因此，当我坚持要和他们一同前往的时候，老郑显得非常惊讶。

不过，大概是考虑到此行并不存在危险，他也没有加以阻拦。在这次的案件以后，刑警队长对我几乎是言听计从了。

诗琴住的房子是租来的，已经提前支付了一年的租金。因此，当房东被叫过来把门打开的时候，明显是一副老大不乐意的样子。

房间是不大的一居室，木地板上隐约可见积了薄薄的一层灰，小何走在最前头，留下了一串脚印。阳台上摆放有一些装饰性的盆栽，除了一盆仙人球以外，其他的植物都已经完全枯萎。

小何让鉴定科的警员先去采集指纹，自己则装模作样地在屋里转了一圈，然后停在书柜前开始翻了起来。不过，他很快被迫放弃了这一行动。从印在书背上的名字来看，里面大多数是关于真菌方面的学术著作，以英文的原版书为主，有好几本甚至是拉丁文的，我只认得出 FUNGOS 一个单词。

于是菜鸟刑警又转向旁边的书桌，漫无目的地打开了桌上的一台笔记本电脑。我实在是看不下去了，便提醒鉴定科那孩子要注意检查洗手间。

"嘿！"

小何突然叫了一声。我以为他从电脑里找到了什么，连忙凑过去看，却发现他手里拿着一张卡片形状的东西。

那是一张晴雾山的年票。

年票上贴着持有者的照片。诗琴在照片里甜甜微笑，她的脖子上，挂着一条十字架吊坠的项链。

"看在上帝分儿上……"

"感谢上帝……"

仔细回想起来，她确实不止一次地这么说过。

我遇见诗琴的时候，她并没有佩戴这条十字架项链——当然，它已经被烧得不成样子了。大概正是因为这样，我下意识地觉得她那美丽的脖子上缺少了点儿什么，因此才会想到要选一条项链作为礼物的吧。

之后，在回局里的路上，我跟小何一块拜访了圣月教堂。蓄着长胡子的神父证实，诗琴是这个教区的信徒之一。

"愿主永远与她同在。"

当得知警方调查的原因以后，神父低下头来，在胸前画着十字。

我曾经约诗琴在圣月教堂的门前见面，然而她拒绝了。大概，她担心会被教堂的熟人认出来——不，不对，他们应该是看不见她的。那么，也许是因为，她那时候的状态，已经无法再靠近这个神圣的地方了吧。

临走的时候，神父拿了两本厚厚的《圣经》送给我们。小何讪笑着谢绝了，我则郑重其事地收下了。

那天晚上，我捧着《圣经》彻夜不眠地翻阅。在《马太福音》第六章第三十四节，我读到了这样一句话："不要为明天忧虑，因为明天自有明天的忧虑，一天的难处一天当就够了。"

在诗琴的房间里，鉴定科的警员在浴室的下水道口，以及放在化妆台的一把梳子上收集到了几根头发。这些头发被作为正式的证据记录了下来。我没有参与这一次的ＤＮＡ检验，但结果与之前完全相同。

于是，那份我早就改好了的尸检报告，就这么原封不动地被提交了上去。

又过了两天，局长大人把我叫到了他的办公室。我走进去的时候，发现那儿已经坐了另外一位不速之客。那个男人四十来岁，身体极瘦，穿着一套皱巴巴的灰色西服，裤管似乎还不如我的袖子宽。

"这位是北京来的任教授，"老头子向我介绍道，"是中国……呃，真菌……科学研究院的负责人。"

那男人便站起来和我握手，我仿佛牵起了实验室里的骷髅。

"生物科学领域的。"男人似乎担心我听不懂，特意补充道。

随后他说明了此行的目的：为了确定死者就是研究院的成员叶诗琴，他希望亲自认尸。

案件侦破以后，几名受害者的遗体已经陆续交还给了亲属。但正如我料想中的那样，由于没有亲人前来认领，诗琴至今仍然留在停尸房里。因此所谓的认尸其实是可能的。

"可是……"

我解释说，就遗体的状况而言，即使认尸恐怕也不会有任何意义。

但男人依然固执己见。局长大人暗中给我使了个眼色，示意我按他说的办——至于到时候自讨没趣，那就是他的问题了。

231

于是我把男人带到地下二层。老头子的判断极为准确，只看了尸体一眼，男人的脸便立即扭曲了起来，一双形如筷子的手捂住了嘴。我听见，从他的喉咙里传来咕噜咕噜的声音。

初次见到死状奇特的尸体，人们原本自以为强大的承受能力，往往都是不堪一击的。我当了这么多年法医，也目睹过无数人在认尸的过程中呕吐，对这种事情早就习以为常了。然而这一天，我却很有把这位教授痛揍一顿的冲动。

"您打算把遗体带走吗？"当他逃也似地跑出停尸房时，我在背后大声问道。

男人突然停下来，惊恐万分地看着我，仿佛我正在把尸体硬塞到他的手里。在注意到我根本没有移动过以后，他露出了求饶的神情，拼命地摇着头。后来据老头子说，他从此再没敢在市局大楼出现，灰溜溜地跑回北京去了。

根据规定，无人认领的尸体在经过一定时间后，便由公安局统一作火化处理。凭着职务上的便利，我没怎么费劲便拿回了诗琴的骨灰。

我们再次一同踏上旅途。虽然还是夏天，但从早上开始就下起了大雨，后来更夹杂着冰雹，气温低得像是进入了深秋。我已经把放在车里的夹克披到了身上，仍然一路瑟瑟发抖。

诗琴安葬在一处风景优美的墓园，那里种植着许多整齐挺拔的柏树，木河就从墓园的边上蜿蜒而过。此刻雨点打在微黄的河面上，泛起一圈圈圆形的波纹。

"你看，我们这不是又回来了嘛。"我撑着伞，在大理石的墓碑前喃喃自语。

仿佛是对我的回应，雨水从墓碑上流下，漫过诗琴的照片，使她看起来笑得更漂亮了。

太好了，我宽慰地想，似乎她对这个地方还颇满意。

"那么我先回去一会儿，"我裹紧了身上的夹克，"等雨停了以后，我再给你带些烤豆腐过来。"

就在这时，某个东西突然从兜里掉了出来，啪嗒一声摔到了地上。

那是一只殷红色的盒子，上面装饰着华丽的金线花纹。

这么说来，那天诗琴戴起项链后，确实是把空盒子塞到了夹克的兜里。第二天返程的时候，这件夹克就又放回了车上，之后由于天气持续温暖，所以我一直没有再穿过。

我俯身把盒子捡起，使劲甩干上面的水。奇怪的是，从本应空空如也的盒子里面，竟传来一阵哐啷哐啷的响声。

于是我打开了它。

我看着盒子里面的东西，手中的雨伞不自觉地松脱，被风吹动，挂到了一棵柏树的枝干上。豆大的水珠自我的脸上滑落，我已经分不清楚，那到底是雨水还是眼泪。

"你的意思是，"曾枫扶了一下鼻梁上的金丝眼镜，"你们分开的时候，项链是戴在她身上的，但后来却自动回到了盒子里面？"

"正是这样。"

"也就是说……她从来没有把项链拿出来过，她戴着的项链，其实和她自己一样，都是只有你才能看见的幻影？"

我沉默不语。这段日子以来，我已经养成了不再去思考这些事情的习惯。

"嗯……"曾枫望了望墙上的挂钟，"我看，咱们今天就先到这里好了。下周还是同样的时间，好吧？"

我便和他道别了。已经到了下班时间，因此我直接前往停车场，驾驶 PRADO 汇入了中央大道的车流。

算起来，已经有些日子没去诗琴的墓前看看了呢。

无论如何，不久以后应该就能见面了。因为我一直坚守着那时的承诺，所以，她也必然会遵守约定的吧。

这一次，我一定会好好守护着她，直到永远。

我把车停到一幢大楼的门前。这是一座有些年头的办公楼，可供停车的空间十分狭窄，但最近我几乎每天都会练习两遍，因此已经娴熟无比。

我从后视镜里观察着办公楼的大门。不久，三位年轻女孩从里面并肩走出。她们看见我的车，其中两人便朝另一个方向走去，脸上均流露出艳羡的神情。

甘芸和她们挥手告别，小心翼翼地腾挪坐到我旁边的座位上。现在，她的腹部已经明显隆起。

我得知她身体上的变化，是在案件结束之后的一个月左右。实际上，当时她已经有了三个月的身孕。

这种时候，医学生的背景就能体现出明显的优势。我联系了老三，他当仁不让地建议甘芸前往自己工作的医院，那里有着这座城市首屈一指的妇产科。

B 超检查室里，医生看着屏幕上的由超声波形成的胎儿图像，满脸都是幸福的笑容。

"恭喜，是个女孩呢。"

尾声 & 后记

这个故事，到这里就告一段落了。

后来，我们的主角，法医杨恪平接受了一系列的心理治疗，断断续续地把他的经历告诉了曾枫大夫。而我则是从曾枫那儿听来的。那时候，距离那桩震惊全国的连环强奸杀人案的最终告破，已经差不多过去了半年。

必须首先说明一点，在一般情况下，心理医生有义务为病人在治疗过程中的谈话内容保密。但假如是基于治疗目的，有必要咨询另一位专家的时候，则不受到这样的限制。

去年年底的一天，北京城里罕有地飘起了鹅毛大雪。我们都躲在暖气充足的房间里，喝着烫嘴的普洱茶。但当曾枫最终把故事讲完的时候，我已经感受到了宛如置身室外的刺骨的寒意。

然而方程看上去却是马上就要睡着的样子。

"曾枫，"他揉了揉眼睛，懒洋洋地说，"你专门跑那么远来北京找我，该不会就是为了说这件事吧？"

"是的，有什么问题吗？"

"那倒不是，我只是不认为有什么心理学研究的价值——不过，夏亚一定很喜欢这个故事，对吧？"

我立即朝方程怒目而视，然而他好像根本没有注意到。

"一开始的时候，"曾枫道，"我曾经怀疑杨恪平出现了严重的幻觉。但假如仅仅是幻觉的话，就无法解释他是怎么知道那具尸体就是叶诗琴的。我当时和他一起和凶手对质，可以肯定，顾森绝对没有透露过这个名字。"

"幻觉？"方程显得很是惊奇，"你怎么会这么想呢？你们的这位法医非常清醒，他跟你说的，全部都是他的亲身经历。顺便说一句，这人连细节都能回忆得这么准确，真是了不起。也难怪他能只凭一件衣服便成功锁定凶手了。"

"可是，关于鬼魂什么的……"

"不错，在这里杨恪平确实犯了个根本性的错误，这是因为有人刻意利用了他的一些弱点。但必须承认，这是一个设计得非常非常巧妙的圈套。"

"圈套？"我大声说。与此同时，曾枫问："什么弱点？"

"是的。关于杨恪平的弱点，我们等会儿再来说。"方程说着直起身子。"现在，我们先来看清楚这个圈套。我想，你们都会同意，世界上是不存在鬼魂的吧？"

我和曾枫对视一眼，然后不情愿地点了点头。

"夏亚，你似乎还不太赞成。不过不要紧，我们现在先这么假设好了。那么，就有一个很明显的结论，和杨恪平在一起的那位女性，是人而不是鬼。也就是说，叶诗琴这个人，其实并没有死。"

"可是，"曾枫道，"DNA 检验的结果证明了……"

"曾枫，"方程打断了他，"你有没有考虑过，为什么要进行DNA 检验呢？"

"这个……"

"通常来说，DNA 是身份确定的最后一项手段吧？只有当其他方法都行不通的时候，才会采取 DNA 检验，不是吗？"

"确实是这样。"

"那么，为什么其它方法都行不通呢？因为首先这是一具无头尸体，所以不能通过容貌判断身份；而且尸体全身均被烧焦，所以也不能用指纹或胎记之类的特征来判断。值得注意的是，尸体被焚烧后，容貌自然也会一并遭到破坏，为什么还要特地切掉头部呢？要是为了模仿遭受火刑的女巫，保留一具完整的尸体才更加自然吧。"

"是因为牙齿吧？"我回答道。虽然让人很不服气，但那家伙说得没错，这个故事确实属于我的兴趣范围。

"我同意。"方程点点头，"尽管牙医记录在中国还不怎么普遍，但牙齿也有可能提供死者身份的信息。如果有人迫切想要进行 DNA 检验，仅仅破坏尸体的牙齿又容易引人怀疑，这样切掉整个头部就显得顺理成章了。"

"有人想要进行 DNA 检验？"曾枞皱眉道。

"是的，为什么非得检验 DNA 不可呢？"方程再次设问，"因为通过 DNA 检验来确定死者身份，首先必须要有参照物，而这个参照物是很容易伪造的——比如说，在叶诗琴家里找到的头发，却并不一定是属于叶诗琴本人的。"

"那会是谁的？"

"我们还不知道她的身份，不过当然，她才是真正的被害者。"

"假如是像你说的那样，"我迅速指出，"能实施这个圈套的，就只有叶诗琴本人了，对吧？"

"非常正确。先不说别的，把死者的头发放在叶诗琴家里，除了她自己不可能有别人了。"

"可是她的目的是什么呢？这么做对她并没有一点儿好处啊。"

"嗯……关于动机么，其实也是有迹可循的。叶诗琴设下的圈套最终成功了，也就是说，其后续发展的结果正是她的目的：她最终被认为是连续杀人案的其中一位被害者，杨恪平也在她的死亡鉴定书上签了字。这样一来，就可以让叶诗琴这个身份从世界上彻底消失。

"至于为什么她要让自己消失，我们就只能尝试着猜测一下了。我想，这大概和她的真菌研究有关。叶诗琴曾经说过，在未知的真菌中，很可能存在着具有抗癌作用，甚至能根治恶性肿瘤的品种存在。

"那么，会不会，她已经找到这样的品种了呢？

"这是有可能的。因为她采取了特殊的研究手段，比传统的方法能更快地发现未知品种的真菌。

"假如是这样的话，'能治疗癌症的特效药'，毫无疑问，里面至少蕴含了几百亿，甚至几千亿的经济利益。这已经足以构成任何犯罪的动机。

"另一方面，作为机密科研机构的研究员，叶诗琴甚至无法离开这个国家。她的一切研究成果，以及当中所有潜在的经济利益，都只能归研究院所有——尽管事实上，这是她一个人出生入死才换回来的资料。理所当然地，她希望用一种能体现它真正价值的方式将它交出去，比如说，以合理的价格出售给国外翘首以待的医药厂商。

"那样的话，叶诗琴首先必须抛弃原来的身份。恰好就在这时，出现了一个对她来说千载难逢的机会——在她所居住的城市，发生了一系列针对女性的杀人案。

"干脆让叶诗琴这个身份就此死掉，还有什么做法能比这更完美呢？"

"可是，叶诗琴是怎么得到死者的头发的呢？"曾枫提出疑问，"难道说，她要一直跟踪顾森，等他杀人以后才动手？"

"这当然不可能。"方程道，"事实上，我认为叶诗琴根本就不知道凶手是顾森。"

"但她一定是知道的，否则她怎么会特意在'夜路'出现呢？"

"关于这一点，我们不妨稍稍放一放。现在，我们先来看看这一系列的案件。这些案子有一个共同特征，就是凶手在行凶前，都会通过某种方式使被害人失去抵抗能力。在第一起案件里，凶手使用的是安眠药，同时，他从被害人那里得到了一把防身电击枪。于是，从第二起案件开始，一直到最后安警官的案件，他都是使用这把武器攻击被害人。

"但是，唯独在焦尸一案，凶手使用的却是安眠药。

"明明有更加方便的电击枪，为什么不使用呢？我的猜想是，那时候，电击枪恰好不在凶手的手里。

"我们再来看每一次的案发日期。第一起案件'吊死鬼'发生于二月二十日，第二起案件'无头鬼'发生于三月十二日，中间相隔了二十天；第三起案件'水鬼'发生于四月二日，与前一起相隔了二十一天；第四起案件'女巫'发生于四月十二日，与前一起相隔了十天；第五起案件'木乃伊'发生于四月三十日，与前一起相隔了十八天；最后一起案件'吸血鬼'发生于五月二十九日，与前一起相隔了足足二十九天。

"很容易看出来，第三起和第四起案件之间相隔的时间特别短。现在，假如我们把'女巫'案从这一系列案件中抽掉，那么第三起和第五起案件之间相隔就是二十八天，比前三次作案间隔长了一些，而和最后两起案件的间隔差不多。考虑到前三次作案凶手只是随机挑选被害人，之后则把安警官作为明确目标，并且处心积虑地转移警方的注意力，准备的时间稍长也就不难理解了。"

"你的意思是说，"曾枫难掩惊讶，"这第四起案件，并不属于连续杀人案的其中之一？"

"是的。我认为顾森犯下了其它五起案件，但唯独这一次，凶手并不是他。顾森一直保存着'无头鬼'一案中被害者的头，却没有保存'女巫'的头，这样的犯罪手法明显缺乏一致性。除非，'女巫'一案的凶手另有其人。"

"如果不是顾森的话，那就只能是……"

"叶诗琴。"方程郑重地说出那个名字，"事实上，她只有亲自挑选对象，才能保证死者的年龄体型和自己相仿。"

"方程，"我提出反对意见，"你这种假设存在很大的漏洞。叶诗琴事前不可能知道顾森会被当场击毙。假如顾森是被逮捕的话，一经审讯，就会知道他没有犯那个案子。那么，作为'死者'的叶诗琴马上就会遭到怀疑。"

"是吗？"方程转向我们的客人。"假如顾森被捕的话，曾枫，你觉得他会怎么说呢？"

出乎我的意料，曾枫竟然连连点头。

"的确，"他说，"顾森认为自己杀人是在替天行道，所以他很可能会把这份'功劳'也笑纳了。"

"但叶诗琴也不知道这一点吧？"我依旧抗议，"而且，即使很可能也不是必然，万一顾森就是坚持自己没有干呢？"

"那样的话，"方程冷冷道，"你觉得警方会相信他吗？"

我顿时语塞，过了好一会儿才开口道："除了证词以外，还有证据呢？万一存在表明顾森没有犯罪的证据怎么办？"

"哦？什么样的证据？"

"这个……比如说……对了！不在场证明！如果顾森有不在场证明的话，叶诗琴的计划不就彻底失败了？"

"不在场证明吗……"方程慢悠悠地说，"什么时候的不在场证明呢？"

"那当然是案发当天的……啊！"

"没错，夏亚，这具精心布置的焦尸还有另外一个用途，那就是让人无法判断准确的死亡时间。这么一来，无论连续杀人案的凶手是谁，都不可能拥有不在场证明。"

三人不约而同地停了下来，各自把面前的半杯茶一饮而尽。我从保温炉子上拿起茶壶，为大家重新倒满，然后转身去往茶壶里续上开水。

"可是方程，"曾枫道，"即使叶诗琴的动机成立，也假设她是'女巫'案的凶手而不是死者，但她怎么会采取装鬼这种匪夷所思的行动呢？如果是我的话，我就直接在弃尸的时候留下一点跟自己有关的线索，使警方误认为死者是我就行了。"

"不错。虽然不见得是完美的方案——比如说，警方有可能认为那是凶手故意放置的线索；而你更要时刻保持警惕，不能让人发现自己还活着——但对你来说，这也许已经是最好的处理方式。因为，你并不像叶诗琴那样，拥有足以决定成败的特殊资源。"

"杨恪平。"我接口道。

"是的。"方程点点头，"乍看起来，在光天化日之下装鬼当然是很愚蠢的做法，很容易就会被人识破。然而，叶诗琴的目标并不是要骗全世界，她只需要让一个人相信就足够了。杨恪平是你们那儿的首席法医，只要他同意了死者的身份，其他人就不会再有疑问。

"可以说，世界上只有叶诗琴一个人，才有可能实施这个计划。我们刚才说过，她充分利用了杨恪平的三项弱点：

"第一，杨恪平本身就是一个怕鬼的人。也就是说，他在潜意识里便认同了鬼魂的存在，那么，要让他相信自己看见了鬼魂，也就不是特别困难的事情。

"第二，杨恪平一直爱慕着叶诗琴。这种感情会极大地影响他的判断，即使他对叶诗琴有所怀疑，也会认为她的动机是正当的，而无法看到她阴暗的一面。

"第三，也是最关键的，杨恪平是一个相当聪明的家伙。这些聪明人都有一个共同的弱点，那就是对于那些直接摆在眼前的东西通常持怀疑态度，但对于自己通过推理得出来的结论却深信不疑。叶诗琴非常巧妙地利用了这一点，她并没有直接走到杨恪平跟前说'我是一个鬼'，而是让他慢慢产生怀疑，最后得出了她希望他得出的结论。"

我心道，这话用来形容你自己也完全没有问题。不过我并没有说出来。

"下面我们来看看这个惊人的计划是怎么实施的吧。"方程继续道，"根据叶诗琴的行动，我将她的计划大致划分为三个阶段。

"从四月五日到四月十四日，这十天是准备阶段。我认为，所有一切的开端，是在清明节当天，叶诗琴在一份报纸上读到的关于'女鬼杀手'的报道。那时候，她立即意识到了这个情况可以加以利用。

"在这十天里，叶诗琴一共做了几件事情。首先，她在网络留言板上发表了新凤大街十九号闹鬼的信息。可以预见，当杨恪平读到这条留言的时候，必然会引起他的极大兴趣。同时，为了避免杨恪平产生疑心，叶诗琴还特地把发言时间修改为二月。这个网站本来就是她建立起来的，改动数据库自然是轻而易举的事情……"

"等一下，"我提出异议，"杨恪平已经许多年没有在新凤大街居住了。叶诗琴又不是警方，怎么可能在短短几天之内就查出来他过去的地址？"

"很好的问题。事实上，那是不可能的。但别忘了，在许多年前，叶诗琴和杨恪平曾经有过一段短暂的相遇。

"我们都知道，在十年前的那一场相遇中，杨恪平对叶诗琴一见钟情，这是他自己承认了的。那么，当时叶诗琴的想法又是怎么样的呢？根据杨恪平的描述，在二人被打断之前，似乎叶诗琴也并不抗拒和他在一起。

"之后杨恪平由于自卑感而匆匆离去，也没有勇气再去找叶诗琴。但另一方面，叶诗琴却不存在这样的问题，假如她真的对杨恪平有好感的话，她也许会去想办法调查他的信息——在同一所学校里，这并非什么难事——名字、专业、年级、籍贯等，或许还包括了家庭地址。

"那时候，杨恪平的家庭地址正是新凤大街。"

"但是，"我再次质疑道，"他们在学校的时候，叶诗琴并没有再和杨恪平联络。"

"嗯。或许是出于女性的矜持，又或许是受到朋友的影响，她始终没有主动踏出第一步。但我想，假如不是因为后来发生了某个重大变故的话，他们说不定会有一个不错的结局吧。"

"叶诗琴的母亲在此期间去世了。"曾枏冷静地说。

243

"对。正如杨恪平观察到的，母亲的病逝，给叶诗琴造成了极大的影响。毫无疑问，她对父亲的怨恨也因此而达到了巅峰。从那以后，对叶诗琴来说，爱情已经变成了不幸的象征。因此她放弃了对爱情的追求——尽管，她仍然会不时关注杨恪平的动态。"

我们又喝了一轮茶，然后方程继续说道："叶诗琴进行的另一项准备工作是显而易见的。她了解到，江美琳的同学会在尾七当天为她守灵，于是她便前往晴雾山，在夜里伪装成江美琳的鬼魂出现。目睹这一幕的同学自然印象深刻，之后只要让他知道网上有一个灵异事件留言板的存在，他十有八九会前往留言寻求安慰。由于是同一系列案件中的死者，这条留言无疑会被杨恪平注意到，也就第一次向他暗示：人死了以后，确实是存在鬼魂的。

"这里的巧妙之处就在于，即使后来杨恪平去找这位留言的同学对证，他也一定会坚持说，自己看见了江美琳的鬼魂。

"准备阶段的最后一件事情无须多言。叶诗琴杀死了一名和自己年龄身形相近的女性，把自己的十字架项链挂到了她的脖子上，然后按照报纸上连续杀人案的特征，将尸体处理成女巫的形状。

"有必要指出的一点是，在这份报纸出版的时候，一共只发生了三起案件。其中，一名被害人是服用了安眠药，另一名被害人是被电击枪袭击，还有一名被害人由于头部被切掉，所以报纸上并没有记载凶手是如何使她失去抵抗能力的。在这种情况下，叶诗琴便采用了最容易得到的安眠药。

"之后，从四月十四日晚上，叶诗琴和杨恪平在'夜路'相遇开始，直到他们到达新凤大街为止，我将其定义为'试探阶段'。毕竟过了这么些年，叶诗琴必须确认杨恪平有了多大的改变。如果没有十足的把握，就必须放弃这个计划。"

"放弃？！"我几乎从椅子上跳了起来，"她已经杀了一个人，怎么还可能放弃？！"

"当然可以，"方程淡然道，"这也是这个计划的恐怖之处。只要叶诗琴不主动把案件和自己扯上关系，她一直都是安全的。即使最最糟糕的情况，也不过是警方发现此案并非连环杀人案的凶手所为，她假死的目的无法达到而已，无论如何她都不会遭到怀疑。

"至于为什么叶诗琴会在'夜路'出现，并不是因为她想暗示那儿的顾森是凶手，我坚持认为，当时她并不知道这一点。而是因为，在杨恪平的日常生活轨迹中，'夜路'有一个独特的优势——那里的老板是一个盲人，即使堂而皇之地在吧台前坐下来，也不用担心被他看到。作为一个幽灵，本来就是不应该有人能看见的。

"顺便说一句，后来杨恪平约叶诗琴在圣月教堂会面，她却提议了另一个地点，也不是因为什么鬼魂无法靠近教堂之类的胡说八道，而是因为你，曾枫。"

曾枫原本端起了茶杯正要喝，此刻却仿佛突然石化了一般，双手僵硬地停在了半空，那姿态十分滑稽。

"从你的办公室里，可以很清楚地观察到教堂前面的状况。不仅如此，从你们公安局大楼其他楼层同一方向的房间，应该都具有相似的视野。万一，有人目击杨恪平在那儿与她会面，对叶诗琴来说就是很不利的情形。所以她提出改在湖边见面，以杜绝这样的可能性。

"当然，她不可能避开无处不在的监控摄像头。事实是杨恪平并未调阅监控录像，但就算叶诗琴出现在录像中，被他看见了

245

也不要紧。不是也有许多，肉眼看不见的灵异现象被摄像机拍下的传说吗？最重要的，是确保不会有任何第三者能记得她。

"关于试探阶段，我们就长话短说吧。在这里，叶诗琴最重要的任务，就是重新建立与杨恪平之间的交集。而其中起到关键作用的，则是杨恪平感染了真菌毒素，并因此出现幻觉一事。

"那当然不是由于杨恪平的手指被划破而导致的，对叶诗琴来说，那次意外无疑是一个方便的巧合。但即使没有这次巧合，杨恪平也会自行做出其它解释，而不会怀疑自己被下了毒——是的，尽管我不知道具体手法，但叶诗琴对杨恪平下毒应该是确凿无疑的——也许是在'夜路'里，也许是在停车场，也许是那张名片有问题。总之，她是研究真菌的专家，要做到这样的事情并不困难。

"接下来的发展就是顺理成章的了。正如叶诗琴设想的那样，杨恪平向她求助。她通过各种巧妙的心理暗示，使杨恪平不断徘徊于灵异与科学之间，于是逐渐混淆了两者的界限。一个典型的例子，是在叶诗琴讲述自己身世的时候。

"只要仔细考虑一下便能发现，那是一种非常古怪的叙事方式。她先是让杨恪平误认为自己是在车里的小女孩——从故事的前半部分，任何人都会很自然地产生那样的想法——然后又告诉他，小女孩在车祸中死掉了。

"不管是谁，至少都会在一瞬间闪过一个念头：正在讲这个故事的，就是那个小女孩的鬼魂。对于杨恪平来说，这样的影响无疑会更加深刻。

"请注意，到此为止，无论是自己的过去，还是真菌研究院的工作，叶诗琴对杨恪平所说的一切都是真实的。这样一来即使要中止计划，她仍然可以和杨恪平继续正常交往下去。

"但是，对叶诗琴来说，一切都进行得十分顺利——杨恪平尽管已经成为了一位优秀的法医，也仍然是当年那个怕鬼的男孩；可为了叶诗琴的缘故，他又心甘情愿在三更半夜独闯凶宅。于是，她决定进行计划的最后一步，也就是'实施阶段'。

　　"正如之前所说的，这一阶段的舞台是在杨恪平的家乡。我们已经可以清楚地分析出叶诗琴的行动：一开始所谓的身体不适当然是伪装的；之后又一次向杨恪平下毒，使他醒来后感觉全身乏力；接下来是在小饭馆里演出打电话的一幕，再借故离开，以便让心怀妒忌的情人有机会查看通话记录；最后，则是把属于真正被害人的头发留在了杨恪平的车上。

　　"叶诗琴提议在当地额外逗留了一天，这是很有必要的。这么一来，他们就不得不在星期一的早上返回，杨恪平必须直接前往公安局上班，她便可以趁机从他的视野中消失。然后只要耐心等待杨恪平领悟出她设计好的'秘密'，便能把叶诗琴这个身份彻底从世界上抹去。"

　　上等的普洱茶还是沏好了放在那儿，然而却没有人再去动杯子了。

　　"叶诗琴是如何确保杨恪平能发现那根头发的呢？"曾枫问道。

　　"很遗憾，那并没有办法能做到。杨恪平已经很明确地告诉过你，他不过是偶然看见了那根头发，可以说只是一个巧合罢了。"

　　"又是巧合！"我明显不满地咕哝道。

　　"不错，"方程微笑道，"世上所谓鬼神之说，通常不正是由各种巧合迭加而成的吗？就好像那个什么地方——对，竹语山庄的蜡烛楼一样。"

"但叶诗琴不可能把希望赌在巧合上！一开始，杨恪平为什么会认为叶诗琴是案件的相关人物？是因为她出现的地点就是凶手工作的酒吧——但你说这是巧合；杨恪平又是怎么确定叶诗琴是个死人？是因为他发现了那根头发，然后进行了ＤＮＡ检验——但你又说这也是巧合。那你倒是告诉我，要是杨恪平根本没有看见那根头发的话，叶诗琴又该怎么办呢？"

"那么，夏亚，我们不妨就来假设一下这样的情形：首先，杀人案的凶手并非顾森，而是和'夜路'完全无关的某人；其次，杨恪平也没有注意到车里小小的一根头发。是这样没错吧？"

"嗯。"我固执地点头。

"很好。事实上，我认为当时叶诗琴也是这么设想的。那么，在这种情况下，接下来会发生什么呢？毫无疑问，杨恪平也同样会去联系她，但问题是，她却不接他的电话。

"当然，杨恪平并不会认为这是因为她的尾七大限已届，而是其他原因——比如说，他一直疑心存在着的另一个男人。

"杨恪平并不知道叶诗琴的地址，手机是他们唯一的联络方式。当这种局面持续了好几天以后，曾枞，假如你是杨恪平的话，你会怎么办呢？"

"我会到局里找人帮忙查出她的地址。"

"我想也是。杨恪平肯定会前往叶诗琴的住所，然后便会发现地板上的积灰，以及她已经有一段时间没回来过的事实。

"当然，因为房东持有备用钥匙，杨恪平凭着警官证要进去并非难事。于是，他便会找到叶诗琴精心安排下的第一项证据——晴雾山的年票。叶诗琴大概办了两张年票，其中一张在杨恪平面前使用过，而另一张则一直放在家里。年票上贴有她戴着十字架项链的照片，而这条十字架项链，不久前杨恪平才亲手从焦尸的身上取了下来。

"她初次出现的地点是在'夜路'，假设凶手并非顾森，这个信息对杨恪平来说没有任何意义。然而，她初次出现的时间，却恰好是在焦尸案发生以后。只要看到那张照片，杨恪平不可能不把她和焦尸案联系起来。再加上那些关于'尾七'的铺垫，叶诗琴有理由相信，这些已经足够促使杨恪平去进行一次 DNA 检验。

"如此一来，我们假设的情形便会和现实的轨迹重合了。杨恪平将会通过叶诗琴准备的第二项证据——她放在家里的，真正的被害者的头发——证明她就是那位身份不明的死者。

"万一，在最极端的情形下，杨恪平并不像预期中的那样对自己死心塌地，万一他对科学的坚持超过了想象，他或许会怀疑，后来作为'鬼魂'出现的，其实是另有其人。

"那样的话，杨恪平有可能会想到搜查自己的汽车。为了应付这种情况，叶诗琴特地在车内也留下了几根头发。

"所以说，夏亚，即使排除了这些巧合，最终的结果也是不会改变的。"

"但事实是，"我不怎么自信地反驳道，"所有这些巧合都是朝着对叶诗琴有利的方向发展，她的运气也太好了吧。"

"我不否认有时运气是在她这边，但并非总是这样。"方程笑道，"恰恰相反，因为某个意外，她的计划差点儿就无法完成。"

"啊！"曾枫一副恍然大悟的样子，"你是指新凤大街的改造工程……"

"不错。叶诗琴特意安排杨恪平到那里去，不会是没有原因的。我想，她可能事先在新凤大街设下了某种我们无法想象的装置——多半还利用了一些奇怪的真菌，足以让杨恪平确信她是一个幽灵。遗憾的是，由于公安局取消了假期，使他们迟迟未能成行，结果几个星期以后，新凤大街竟被彻底拆除了。叶诗琴精心准备的机关，也就被埋在了瓦砾之下。"

虽然这只是猜测，但我确实也无法指出有什么不合理之处。我决定把最后一张牌也打出去。

"那串项链呢？那串项链又是怎么回事？为什么会在盒子里面？"

我从未期待这个问题会难倒方程，然而我诧异地发现，这家伙竟一下子眉头紧锁。

"是啊，为什么呢……"

"喂……"

"如果杨恪平的记忆没有出现偏差的话，"他模棱两可地说，"那唯一合理的解释就是，叶诗琴提前准备了另一条一模一样的项链，就像她准备了两张晴雾山的年票一样。准备两张年票的意义很明确，那样她便不必把随身携带的年票放回房间，也就不会破坏那里长期没人居住的表象。可是，我无法理解她为什么要准备另一条项链。那样做的风险非常高，就连杨恪平什么时候会发现盒子不是空的都无从预测，更不用说能对他的判断造成什么影响了。"

三个人一起陷入了沉默。窗外北风呼啸，将几朵纷飞的雪花在玻璃上撞得粉碎。

到了这个地步，已经是纸上谈兵的推理所能达到的极限。要想再继续向真相逼近的话，就只能重新开展调查，希望能获得新的证据。

比如说，叶诗琴还活着的证据。

我们求助于北京市公安局的柯柔警官。她曾在方程的协助下破获过好几个厉害的案件，因此虽然不太情愿，却也没有拒绝的理由。

"除此以外，"方程补充道，"也请调查一下在杨恪平购买了那条项链以后，相同款式在国内的销售情况。"

我邀请曾枫在北京多待些日子，因为毕竟是超过半年前的事情，我本来认为，即使一切顺利，这调查也并非一朝一夕就能有结果。没想到柯柔第二天便带来了消息，她出现的时候，脸上还带着一种很奇怪的表情。

"怎么回事？"我问。

"关于叶诗琴是否还活着这一点，"警官回答道，"在你们之前，已经有人要求调查过了。"

这个相同的要求，是由中国真菌科学研究院的任教授直接向北京警方提出的。从时间上来看，正是他与杨恪平见面以后不久。任教授在警方高层之中似乎颇有人脉，他的要求得到了一些大人物的重视，因此当时的调查进行得相当彻底。

"结论是，"柯柔道，"没有任何痕迹显示叶诗琴还活着——包括她潜逃国外的可能性。也就是说，就警方而言，我们相信叶诗琴已经死亡了。"

"项链的情况呢？"

"这个倒是容易，只要让珠宝店核查一下相关数据就可以了。确实，今年五月十日，在新唐广场的专卖店有过一次销售记录。但是从那以后，在国内就再也没有售出过相同款式的项链。"

方程的推理似乎被无情地推翻了。当然，这样尴尬的情形以往也不是没有遇到过。问题是，假如这次方程弄错了，那杨恪平所见到的，难道真的是鬼不成？

"说起来，"曾枫的话更像是落井下石，"这半年也没有听说哪个国家在癌症治疗方面取得了什么突破……”

方程突然跳了起来。

“你说什么？”

“啊？”曾枫瞠目结舌，一副被吓到了的样子。

“原来如此……”但方程随即不再理他，喃喃自语道，“对啊，叶诗琴很可能已经死了……”

“喂，”我不满地说，“你不会现在才来说杨恪平真的见鬼了吧？”

“嗯？”我的朋友如梦初醒，“不，杨恪平见到的当然是还活着的叶诗琴啊。”

“还……活着的？”

“没错，杨恪平见到她的时候，叶诗琴还活着；但警方进行调查的时候，她已经死了。从时间上来说，这并没有任何矛盾。”

“你是说，有人在这期间杀了叶诗琴？”我恍然大悟，“可是谁会这么做呢？根本没有人会因为叶诗琴的死得到任何好处。”

“还真是有的。”方程幽幽地说，“与其说这个人会从叶诗琴的死亡中得到好处，倒不如说，只要叶诗琴还活着，就会对她造成严重的威胁。”

“啊……”

“而且，如果是这个人杀害了叶诗琴的话，她便可以重新取回那条项链，再放进原来的盒子里去。”

“为什么……”我只觉得头皮一阵发麻，“为什么她要这么做……”

“五月十日，就在杨恪平买下项链之后不久，曾一度感觉自己被人监视了。他认为是安警官，但受过专业跟踪训练的刑警应该可以隐藏得更好才对。如果那不是安警官，而是另一个人，她便会知道杨恪平买了这条项链，也知道他把项链送给了叶诗琴。所以，她要把一切都从那个女人手里夺回来……"

"不，不，不。"我拒绝地连连摇头，"方程，你疯了。"

"是吗？你觉得，跟鬼魂显灵相比，哪个更疯一些？"

"你没有任何证据。"

"这倒是真的。"方程承认道，"所以，只能取决于你愿意相信什么了。"

可是我偏偏不知道应该相信什么。

后来我向曾枫询问，是否可以把这个故事写下来，他同意了。

当然，我已经隐去了真实的人名和地名。但即使如此，相关者只要读到这些情节，也就自然会明白具体的人物是谁。令我在意的是，这么一来，方程的推理便有可能会被杨恪平本人看见。

"不用担心，他应该没有机会读到了。"曾枫告诉我，"孩子出生以后，他们全家就将搬到加拿大去。而且我认为，即使是方程当面跟杨恪平说，他也一定不会相信。"

应该是这样的吧，于是我宽心地想。或许，这位全心全意相信着鬼魂存在的法医，是个真正幸运的家伙也说不定。

那么，亲爱的读者，您呢？

如果这注定是一场见鬼的爱情，您，还愿意相信吗？

夏亚军
二〇一二年于北京

253

图书在版编目（CIP）数据

见鬼的爱情／雷钧著. –– 北京：新星出版社，2020.7

ISBN 978-7-5133-4040-3

Ⅰ.①见… Ⅱ.①雷… Ⅲ.①长篇小说–中国–当代 Ⅳ.① I561.45

中国版本图书馆 CIP 数据核字（2020）第 026936 号

m
午夜文库
谢刚 主持

见鬼的爱情

雷钧 著

责任编辑： 王　萌
特约编辑： 刘　琦
责任校对： 刘　义
责任印制： 李珊珊
封面插图： KEN
装帧设计： 人马艺术设计·储平

出版发行： 新星出版社
出 版 人： 马汝军
社　　址： 北京市西城区车公庄大街丙3号楼　　100044
网　　址： www.newstarpress.com
电　　话： 010-88310888
传　　真： 010-65270449
法律顾问： 北京市岳成律师事务所

读者服务： 010-88310811　　service@newstarpress.com
邮购地址： 北京市西城区车公庄大街丙 3 号楼　　100044

印　　刷： 北京美图印务有限公司
开　　本： 910mm×1230mm　　1/32
印　　张： 8.25
字　　数： 139千字
版　　次： 2020年7月第一版　　2020年7月第一次印刷
书　　号： ISBN 978-7-5133-4040-3
定　　价： 45.00元